KB072574

LEGEND OF SWORD EMPEROR

검황전설

FANTASY FRONTIER SPIRIT

미르나래 판타지 장편 소설

검황전설 5

미르나래 판타지 장편 소설

초판 1쇄 찍은 날 § 2012년 7월 31일
초판 1쇄 펴낸 날 § 2012년 8월 7일

지은이 § 미르나래
펴낸이 § 서경석

편집부장 § 권태완
편집책임 § 박우진
디자인 § 이혜정

펴낸곳 § 도서출판 청어람
등록번호 § 제1081-1-89호
등록일자 § 1999. 5. 31
어람번호 § 제1-1437호

주소 § 경기도 부천시 원미구 심곡2동 163-2 서경B/D 3F (우) 420—822
전화 § 032-656-4452 팩스 § 032-656-4453
http://www.chungeoram.com
E-mail § chungeorambook@daum.net

ⓒ 미르나래, 2012

ISBN 978-89-251-2963-1 04810
ISBN 978-89-251-2865-8 (세트)

※ 파본은 구입하신 서점에서 교환하여 드립니다.
※ 저자와 협의하여 인지를 붙이지 않습니다.
※ 이 책은 도서출판 청어람과 저작자의 계약에 의해 출판된 것이므로,
  무단 전재 및 유포 · 공유를 금합니다.

CONTENTS

Chapter 01
사중생유

알레그리아는 침대에 누운 아리안의 얼굴에서 눈을 떼지 않았다. 아리안의 얼굴은 대륙의 일반적인 기준으로 볼 때 결코 미남은 아니었다. 오히려 지극히 평범한 얼굴이었기에 길에서 봤다면 쉽게 잊혔을 것이다.

깊은 정은 용모에서 우러나는 게 아니라 마음에서 비롯된다고 어떤 현자가 갈파했던가.

깊은 정은 용모에서 비롯되는 게 아니라 마음에서 우러난다.

알레그리아는 그런 아리안의 얼굴을 가슴에 새기려는지 눈동자도 깜빡이지 않고 바라봤다. 그녀는 아리안이 누워 있는 동안 한숨도 자지 않고 한 치도 떨어지지 않은 채 자리를 지켰다. 자

지 않고 먹지 않고 배설하지 않는 게 드래곤의 특성이라 할지라
도 알레그리아의 정성은 실로 놀라웠다.

"언니! 그만 가서 쉬세요. 이곳은 안전하잖아요. 저하께서 일
어나시면 가장 먼저 알려 드릴게요. 예? 언니!"

"주모님! 말씀은 감사하지만 저는 정말 괜찮아요. 주군의 가
신들은 모두 믿을 수 있지만, 적의 음모는 상상을 뛰어넘어요.
흑기와 마기의 원천봉쇄에 저보다 나은 가신이 아직은 없잖아
요. 주모님! 이 일이야말로 제가 가장 잘할 수 있는 일이랍니다.
제게서 죄책감을 벗을 기회와 보람을 가질 행운을 뺏어가지 마
세요. 예? 주모님!"

"언니~!"

오죽했으면 마르티네스 공주마저 감복하여 그녀가 침상 지키
는 것을 인정할 수밖에 없었다.

오늘도 알레그리아는 아리안의 평범한 얼굴을 싫증내지 않고
바라봤다.

'아~! 주인님은 평범함 속에 비범함을 감추셨어. 그리고 내
게 감정을 심어주셨지. 지금까지 세상을 관조하던 내가 삶 속으
로 뛰어든 듯해. 전혀 색상이 없는 세상에서 온갖 감정이란 색
으로 채색된 세상으로 들어온 거야. 마치 영원의 세계에서 순간
의 세상으로 변한 것만 같아. 내 주위에 있는 모든 세계가 살아
서 꿈틀거리잖아.'

알레그리아는 모든 게 자신을 중심으로 돌아가는 세상, 내가
세상의 중심이고 우주가 돌아가는 축이며, 바로 내가 우주 신비
의 모든 것이며 바로 소우주로서 신비 그 자체임을 서서히 깨달

았다.

유희를 즐기려던 알레그리아는 놀랍게도 인간의 삶을 체험하고 그 속에 동화되어 갔다. 그리고 그는 마침내 놀라운 진리를 체득하고 말았다.

'아, 드래곤은 만년을 관조하면서도 헛된 것을 보고 있었어. 세상을 관조하라는 게 아니라 자신을 관조하라는 것이었고, 세상을 조율하라는 뜻이 아니라 대우주의 신비 그 자체이며 시작과 끝인 자신을 조율하라는 가르침이었어. 태초의 창조신인 일원께서 우리에게 남긴 그림자, 아니, 힘의 근원이며 혼돈으로 표현된 일원과 음양, 삼태극, 사상, 오행, 육합, 칠성, 팔괘, 구궁, 그리고 십전. 조율해야 할 이 모든 게 바로 내 안에 있음이야.'

알레그리아는 마침내 감성이 생기면서 영혼의 씨앗이 뿌려졌고, 순간과 영원의 한계를 벗어나면서 자각을 이루었다. 그리고 바로 우주와 자신이 하나의 점 속에서 유영하는 깨달음 속에서 허우적거렸다.

음머~!

자아라는 소우주가 깨지면서 대우주와 하나 되는 소리가 울렸다. 드래곤 알레그리아가 틀을 깨고 초각을 이루었다. 참으로 무엇 하나 잊지 못하는 드래곤의 특성상 모든 것을 잊어야 이룰 수 있다는 각자가 된 것은 실로 놀라운 일이었다.

번쩍!

생각에 잠겼던 알레그리아는 영원과 순간이 교차되는 공간 너머로 여행함으로써 드래곤 역사상 처음으로 깨닫는 위대한 존재가 됐다.

'드래곤은 한 번 듣고 본 일을 결코 잊지 않아. 그러나 그런 기억력은 지식을 쌓도록 도움이 되기는 했지만, 오히려 지혜로 가는 길은 완전히 막았어. 인간 현자의 지혜마저 지식으로 흡수한 우리들은 더는 나아갈 길이 없는 기억 저장고요, 단순한 계산기일 뿐이었다. 그런데……'

우렁찬 천상음악이 울리면서 화우(花雨)가 자욱이 뿌려지는 가운데 알레그리아는 깨어났다.

'알레그리아! 네 이름에 영광이 깃들리라.'

그녀는 자신의 이름을 불러준 자가 바로 주인임을 알았다. 침대를 바라봤지만 아리안은 눈을 뜨지 않았다. 아리안의 모습은 전과 동일했으나, 알레그리아는 그의 입가에서 자신에게 보내는 미소를 발견했다.

지금까지 그녀가 지녔던 권위와 자긍심, 고통과 바람이 모두 씻겨 나갔다. 7,000년 위대한 삶의 기억이 깨졌고, 자신이 위대한다는 생각마저 사라졌다.

삶의 환희는 고뇌의 그림자 속에 숨겨졌고, 고통은 성장을 위한 불멸의 요소였다.

영원이란 순간을 제대로 활용하는 자의 보상이었고, 깨달음이란 이미 자신이 깨달은 자라는 인식을 체득해 나가는 과정일 뿐이었다.

우주의 가장 큰 신비와 경이는 인간의 지루할 정도로 반복되는 일상 속에 모두 감춰졌다는 사실을 깨달은 알레그리아의 눈에서 눈물이 하염없이 흘러내렸다.

그녀는 자리에서 일어나 침상에 누운 아리안에게 대례를 올렸다. 그녀는 감격에 겨운 절을 하다 보니 저도 모르게 구배지례를 올리게 됐다.

모든 게 이유 없이 기쁘고 말도 안 되게 눈물이 흘렀다. 아무도 보는 사람 없는 그녀의 얼굴은 우는 것도 아니고 웃는 것도 아니었다. 콧물과 눈물이 하나 되어 그녀의 옷에 새로운 영역의 추상화와 생활 아트를 선보였지만, 그런 것은 아무래도 좋았다.

그녀의 스승에 대한 구배지례는 순간마다 그렇게 감동과 경이라는 이름으로 이루어졌다.

아리안은 무려 한 달 만에 자리에서 깨어날 기미가 엿보였다. 그 사실을 제일 먼저 알고 가장 기뻐해야 할 알레그리아는 그 기쁨의 자리를 마르티네스 공주에게 넘기려고 그녀의 방문을 노크했다.

"주모님! 주인님께서 깨어나실 듯합니다."

"그래요? 언니! 고마워요."

마르티네스 공주는 급히 아리안이 누운 방으로 가서 침대 옆 의자에 앉았다. 알레그리아는 방에 들어가지 않고 창가에 서서 방 안의 동정을 살폈다.

아리안의 얼굴 근육이 가볍게 떨었다. 공주는 아리안의 손을 두 손으로 꼬옥 잡았다. 아리안의 눈꺼풀이 파르르 떨다가 힘겹게 떨어졌다.

"아리안님! 흑흑!"

"……."

마르티네스 공주는 눈물부터 흘렸다. 기뻐서 눈물을 흘렸고, 서럽고 두려웠기에 눈물은 그칠 줄 몰랐다. 불안했던 나날이 생각났기에 저도 모르게 소리 내어 울었다.

아리안은 그녀의 머리를 말없이 쓸어줬다. 그녀는 더욱 서럽게 울었다. 그동안 노심초사했던 모든 걱정과 시름이 눈물과 함께 씻겨 나갔다.

알레그리아는 조용히 자신의 처소로 갔다. 에르네스토가 방문을 열고 들어왔다.

"누님! 주인님이 깨어나신 듯한데, 가장 고생한 누님이 왜 얼굴도 보이지 않고 오신 겁니까?"

"네스토! 우리가 주인님께 칭찬 받으려고 일을 하는 것은 아니겠지?"

"그야 누님 말씀이 당연하지만……."

"암, 당연해. 그럼 그것으로 된 거지. 네스토! 내가 조금 피곤하구나."

"예, 누님!"

밖으로 나와서 문을 닫은 에르네스토는 걸어가다가 문득 멈춰 서서, 누님의 방 쪽을 돌아보고 고개를 갸웃거렸다.

'누님이 쓸쓸한 표정을 지으시다니… 설마, 내가 잘못 본 것이겠지? 위대한 관조자에게 감정이 있을 리가 있나.'

아리안이 마침내 침상에서 일어났다.

가신들이 모두 모여들었다.

천하무적 대장군이란 칭호를 받은 수련생 70여 명에 새로 온 2기 수련생 7명까지 참석했다. 또한 에르네스토와 시로코가 가장 앞줄에 선 것도 이색적이었다. 한데 레모의 얼굴까지 보였지만, 오직 한 사람 알레그리아가 눈에 띄지 않았다.

1,000명도 들어갈 듯한 연회장에 100명이 들어섰는데도 꽉 찬 느낌이 들었다.

그때, 포르피리오가 한 발 앞으로 나섰다.

"주군과 주모께서 나오십니다. 모두 예를 갖추시오."

의자에 앉았던 가신들이 모두 일어나서 바닥에 무릎을 꿇었다.

"주군과 주모님을 뵈옵니다."

그들이 경하 드리는 소리는 기묘한 떨림을 동반했다. 아리안이 마르티네스 공주와 함께 모습을 드러냈다. 알레그리아가 조용히 그 뒤를 따랐다. 아리안이 단상에 준비된 의자에 마르티네스 공주를 앉히고 돌아서서 가신들을 둘러봤다.

"모두 자리에 앉아라!"

"감사합니다. 주군!"

다른 가신들은 모두 의자에 앉았지만, 자이언트 드워프 람티무스만은 미처 대형 의자를 준비하지 못해서 바닥에 그대로 앉았다. 하지만 의자에 앉은 자들보다 훨씬 컸다.

가신들은 처음 보는 자이언트 드워프가 궁금했지만, 누구도 입을 열어 묻지는 않았다. 자이언트 드워프가 있다는 사실조차 몰랐기에, 고대 종족의 후예가 아닐까 추측해 보는 게 전부였다.

아리안이 한 사람씩 눈을 마주쳤다. 눈을 마주친 사람은 금방 눈물이라도 흘릴 듯한 감동과 감격으로 그를 맞이했다. 그가 고개를 끄덕이며 자리에 앉았다.

알레그리아는 자리에 앉지 않고 아리안 뒤에 묵묵히 섰다. 그 자리는 마치 그녀를 위한 자리인 듯싶었다. 그녀는 동상인 양 눈동자의 작은 움직임마저 보이지 않았다.

가신들은 그녀가 보이는 부동의 자세에서 절대적인 신심을 읽었다. 그것은 참으로 기이하고 경이로운 모습이었고, 바라보는 가신들에게 기묘한 존경심과 동질감마저 끌어냈다.

포르피리오가 앞으로 나섰다.

"오늘은 주군의 쾌유를 경하하는 자리이며, 주모님께 처음 인사드리는 기회이기도 합니다. 또한 가신들마저 서로 모르는 경우가 많아서, 일률적으로 자기 소개하는 기회를 갖기로 하겠습니다. 먼저 모두 일어나서 주모님께 예를 갖추기 바랍니다."

"주모님을 뵙습니다."

쿵!

가신들이 자리에서 일어났다. 마르티네스 공주도 자리에서 일어나 한 걸음 앞으로 나섰다. 모두 바닥에 부복하며 머리를 바닥에 댔다. 자이언트 드워프 람티무스가 머리로 바닥을 찧는 소리가 요란하게 울렸다.

"반가워요. 마르티네스입니다. 고개를 드세요."

가신들은 무릎을 꿇은 자세에서 허리만 폈다. 공주는 그런 그들을 내려다보며 단호한 음성으로 말했다.

"세상에는 기본이 통하지 않는 자들이 있더군요. 여기 기본 위에 서 계신 아리안님이 계심을 대륙에 알리세요."

"명심하겠습니다. 주모님!"

쿵!

가신들은 다시 한 번 바닥에 머리를 조아리며 복명했다.

"고마워요. 그렇게 할 것을 믿어요. 여러분! 자리에 앉으세요."

"감사합니다. 주모님!"

가신들은 나이 어린 주모의 심성이 여리거나 결코 우유부단한 성격이 아님을 깨달았다. 게다가 주군 뒤에 숨어서 안방만을 지키지도 않을 것을 알았기에, 실수하지 않으려고 공주의 얼굴을 자세히 살폈다. 하늘나라 공주처럼 아름답고 귀품이 서린 공주의 어디에 그런 단호함이 숨었는지 실로 궁금했다.

마르티네스 공주가 자리에 앉자, 가신들도 의자에 앉았다.

포르피리오가 다시 앞으로 나섰다.

"지금부터 모두 간단히 자기소개를 하겠습니다. 먼저 가장 체격이 좋으면서 처음 얼굴을 보인 분부터 시작할까요?"

람티무스는 포르피리오가 자신을 쳐다보자 고개를 돌려 아리안을 바라봤다. 그가 고개를 끄덕이자 자리에서 일어났다. 람티무스가 일어나자 높은 연회장 천장도 전혀 높다는 생각이 들지 않았다.

"나는 자이언트 드워프 종족으로 주군을 천 년 동안 기다렸다. 끝."

"하하! 끝이 상당히 명료해서 좋군요. 하지만 이름은 밝히는 게 좋을 듯합니다."

"……"

연회장에 모인 가신들은 모두 얼굴에 미소를 지었다. 그러나 자이언트 드워프는 포르피리오의 말을 듣지 못한 듯이 이름을 말하지 않았다.

포르피리오가 아리안을 돌아다보며 난색을 표명했다. 아리안이 고개를 희미하게 끄덕이며 입을 열었다.

"그의 종족에게 이름이란 단순한 호칭이 아니다. 생살여탈권과 직결된 문제이기에, 나 이외는 누구도 부를 수 없다. 혹시 내가 부르는 것을 들었다고 해서 그처럼 부른다면, 생사결전을 각오해야 할 것이다. 소드 마스터 상급에 이르는 무위와 트롤에 버금하는 재생력, 오거를 능가하는 힘은 물론이고, 일주일 동안 먹지도 마시지도 않고 싸울 수 있는 지구력, 그리고 마법 저항력까지 있으니, 웬만하면 그의 이름은 물어보지 말고 들어도 잊는 게 좋을 게다. 그래도 궁금한 사람이 있나?'

"에고, 무슨 그런 끔찍한 말씀을 서슴없이 하십니까? 혹시라도 주군께서 그를 부를 일이 있으시면 다른 사람 듣지 않게 불렀으면 좋겠습니다."

그 뒤로 자기를 소개하는 일이 두 시간이나 더 지속됐지만, 누구도 지루해하지 않았다. 백여 명 중에 소드 마스터에 이르지 못한 사람은 단지 9명뿐이었다. 책사 포르피리오 백작과 드워프 장로, 그리고 마스터에 근접한 2기 수련생 7명이었다. 그들을 바라보면서 시로코는 속으로 놀랐다.

'세상에, 대륙 전체와 맞먹는 힘이 이곳에 모였잖아. 아니, 오히려 순수한 힘만으로 따진다면, 대륙의 힘 몇 배에 이른다고 봐야 옳겠지. 아라카이브 제국 황태자와 쥬비스 제국 황제에게 복수해야겠다는 생각이 강했지만, 지금은 오히려 황태자가 불쌍하고 이돌로 황제는 안됐다는 생각마저 드는군. 그들은 결코 건드려선 안 될 사람의 심기를 거스른 거야. 더구나 주군께선 당하고 돌아서서 잊는 분이 결코 아니니까.'

시로코는 생각하다가 잠시 머리를 갸웃거렸다.

'한데, 지금 와서 생각하니 한 가지 이해가 안 되는 부분이 있어. 주군께서 어떻게 제자들의 검에 찔리셨지? 그것도 전혀 피할 생각마저 하지 않으셨잖아. 나 정도만 돼도 평소에 아무도 암습하지 못하는데…….'

잠시 후 시로코는 몸을 부르르 떨었다. 그가 마스터의 경지를 넘어선 후에는 살기를 느껴서가 아니라, 몸이 저절로 강기막을 만들어 방어한다는 점을 깨달은 것이었다.

그렇다면 제자들을 너무 믿어서라기에는 뭔가 석연치가 않았다. 만약 몇 번이고 공격을 주도한 황태자와 이돌로 황제를 치기 위한 확실한 동기를 가신들에게 심어주려는 뜻이었다면 이해가 됐다. 그것만이 아직 마스터도 아닌 제자들이 주군을 찌를 수 있는 유일한 이유였다.

그랜드 마스터 시로코는 그제야 아리안의 장계취계 계략을 깨달았다.

'아, 주군은 정말 무서운 분이군. 모든 환경을 원하시는 대로 만든 후에 움직이시는구나. 더구나 그 일 이후 가신들의 수련태도도 확연하게 변했고, 아라카이브 제국이나 쥬비스 제국을 칠

명분도 확보했잖아. 크크, 주군이 아직 어려서 우유부단하면 어떡하나 하는 걱정은 멀리 사라진 건가? 후후!'

시로코는 갑자기 주군의 적이 된 자가 정말 불쌍하다는 생각마저 들었다. 그제야 그는 생각을 정리하며 결심했다.

'주모님도 아직 어리지만 생각보다 단호하시니, 만약 소주군이라도 탄생하면 나도 결혼해야겠다. 최소 500년은 주군의 가문이 이 대륙을 지배할 테니까.'

아리안은 제2기 수련생 3명이 갇힌 방으로 혼자 들어갔다.

"주군! 저희는 죽을 수밖에 없는 죄인입니다만, 저희도 모르는 사이에 당한 일이라 참으로 하늘이 원망스럽다는 생각도 버릴 수가 없습니다."

"그렇습니다, 주군! 비록 도저히 용서받을 수 없는 죄인이지만, 주군을 찔렀다는 오욕을 벗을 길은 정녕 없는지요."

"주군! 우리를 불쌍히 여기셔서 부디 기회를 허락하여 주십시오. 주군!"

그들은 무릎을 꿇고 엎드려서 피눈물을 흘리며 간곡히 빌고 또 빌었다.

"그렇다. 나도 너희 억울함을 안다. 하지만, 내게 검을 겨눈 정도가 아니라 검으로 찌른 자마저 용서한다면, 가문의 법도를 어떻게 세울 것이며 용서하지 말아야 할 자가 어디 있겠느냐."

그들을 벌할 수밖에 없는 아리안의 음성도 침통했다. 세 명의 제자는 피를 토하는 심정으로 말했다.

"오, 주군이시여! 우린 어린 나이에 주군을 뵙고 새로운 희망과 꿈에 부풀었습니다. 어떤 고난과 역경을 넘어서라도 주군의 검이 되어 대륙의 어두운 부분을 도려내고자 했습니다. 인간의 탄생이 귀족과 노예로 갈리는 세상이 아니라, 누구든지 노력한 만큼 잘살 수 있는 세상을 만드는 일에 이 목숨을 바치고 싶었습니다."

수련생들은 피눈물을 흘리며 바닥에 머리를 찧었다.

쿵쿵!

"그런데 이게 웬일입니까? 황태자의 농간에 중독된 동안, 간악한 흑마법사의 음모에 빠져 주군을 시해했다는 엄청난 일이 일어나고 말았습니다. 주군이시여! 우리의 하늘이시여! 제발, 이 모든 게 꿈이라고 말씀해 주십시오. 그렇지 않다면, 저희는 진정 눈을 감을 수조차 없을 것입니다. 엉엉!"

아리안은 그들의 말을 그대로 들을 수가 없어서 고개를 돌렸다. 고개를 돌린 그의 눈에서도 피눈물이 한 방울 흘렀다. 그러나 그들을 벌할 수밖에 없었다.

"너희에게 한 가지 길을 열어주겠다."

"주군! 저희에게 길을 열어주신다는 게 진정입니까? 엉엉! 정말 감사합니다. 감사합니다. 주군!"

세 사람은 흘러서 넘친 눈물 콧물을 닦을 생각도 하지 않고 머리를 수없이 조아렸다.

"너무 좋아할 것은 없다. 이 길은 열에 아홉이 죽음에 이르는 길이기 때문이다."

"아닙니다. 주군! 주군께서 말씀하시길, 죽으려 한다면 살 것이라고 하셨습니다. 그 길을 걷다가 죽거나, 수련하다가 죽는 것이야말로 저희에게 영광이기 때문입니다."

"감사합니다. 감사합니다. 감사합니다. 어떻게 해서든지 말씀하신 그 길에 끝까지 이르고 말겠습니다."

"좋다. 너희가 사중생유(死中生有:죽음 속에서 한 가닥 살아날 기회)의 천기를 얻을 수 있기 바란다."

아리안은 조용한 음성으로 말하고 세 사람은 눈을 반짝이며 귀를 기울였다.

과연 '죽음의 바다에 드리워진 한 가닥 삶의 밧줄 시험'은 어떤 것일까?

아리안은 그들이 갇힌 방의 벽 3면에 걸쳐 그림을 그렸다.

한쪽에는 태양이 높이 솟았고 뒤로는 고산준령이 벽처럼 늘어섰다. 벌판에는 각종 동물의 모습이 보였고, 유사인종들은 각기 삶의 터전을 일궜다.

몬스터가 마을을 습격하여 남녀노소 가리지 않고 죽이고 잡아먹었다. 힘있는 인간들은 전쟁하는 모습이었고, 피를 흘리며 쓰러진 자와 그를 붙잡고 하늘을 쳐다보며 우는 아이도 보였다.

한쪽 하늘에서 그들을 내려다보는 마수와 마물을 거느린 마왕의 얼굴에는 비릿한 미소가 마치 고함이 되어 터져 나올 것만 같았다.

아리안이 마침내 그림을 끝내고 마지막 여백에 점 하나를 찍었다.

벽화가 완성됐다. 훗날 '대륙위난지화' 혹은 '사중생유'라고 불릴 그림이었다.

아리안은 놀란 눈으로 벽화를 뚫어져라 쳐다보는 수련생들에게 말했다.

"저 속에 길이 있다. 하지만 열흘을 넘긴다면, 너희가 버티지 못하고 먼저 쓰러질 것이다. 물과 밥을 먹을 수도 없다. 한 모금의 물이라도 마신다면 처음부터 다시 시작해야만 하기 때문이란다. 저 그림 속의 인간을 구하라!"

"예, 주군! 기필코 명령을 이행하겠습니다. 명예롭게 죽을 수 있는 길을 열어주신 주군의 배려에 깊은 감사를 드립니다. 다시 태어나도 또 다른 세상에서 주군을 모실 수 있기를 갈망합니다. 흑!"

세 사람은 눈물을 뿌리며 아리안을 향해 무릎을 꿇고 머리로 바닥을 찧었다.

쿵!

아리안은 머리를 살짝 끄덕이고 방을 나와서 문을 닫았다. 그는 방을 향해 방음마법과 결계마법을 펼쳤지만, 말은 한마디도 하지 않고 오직 손만 몇 번 휘저었다.

방문 앞마당에는 제2기 수련생과 제1기 수련생 전체가 무릎을 꿇고 부복했다. 그들도 방에 갇힌 세 명의 동료가 결코 용서받을 수 없는 죄를 지었지만, 그것은 그들의 본의가 아니었기에 지극히 억울하다는 점을 잘 알고 있었다. 하지만 주군께서 용서하기에는 너무나 엄청난 죄였기에, 그대로 지나갈 수는 도저히 없었다.

수련생들은 방에 갇힌 자들과 같은 죄를 지은 심정으로 묵묵히 무릎을 꿇는 것 외에는 다른 방법이 없었다. 그들은 주군께서 피눈물을 흘리며 그들을 참할 것으로 여겼다.

그런데, 그런데…….

주군께서는 지혜를 짜내어 죽을 수밖에 없는 그들에게 한 가닥 살길을 열어주셨다. 주군께서 그 길을 찾으려고 얼마나 노심초사하셨을까.

수련생들은 주군의 아픔이 그대로 스며들었다. 주군께서 자신들을 얼마나 사랑하시는지, 그리고 주군이 느꼈을 고통이 그들의 가슴에 알알이 새겨졌다.

"주군~!"

울먹이며 주군을 부르는 그들에게 다른 말은 전혀 떠오르지 않았다.

"고개를 들어라!"

고개를 든 그들의 얼굴에는 형언할 길 없는 감격으로 가득 찼다. 그들은 이미 잘못했다고 엉엉 우는 어린아이가 아니라, 어느새 자신의 행동을 목숨으로 책임지는 청년이었다.

"이제 그들의 내일은 그들 자신이 결정할 것이다. 나도 그들이 억울한 것은 안다. 하지만 암계에 넘어갈 정도로 약한 것은 분명 자신의 책임이다. 병이 든 후에 병균을 죽이고 낫는 것도 중요하지만, 더욱 필요한 것은 병균이 들어와도 충분히 이겨낼 건강한 몸을 만드는 것이다. 너희는 돌아가서 다시는 이런 안타까운 일이 반복되지 않도록 수련에 매진해라."

"예, 주군!"

그들은 힘차게 대답하고 일어나 주군의 뜨거운 관심과 배려를 가슴에 안고 수련장으로 향했다. 방음마법과 강화마법이 몇 겹으로 펼쳐진 수련장에는 밤낮없이 고함이 끊이질 않았다.

* * *

제2기 수련생 3명 중 한 사람인 주노는 아리안이 나가자 벽화를 바라봤다.

그림 속의 인간을 구하라!
죽음 속에 한 가닥 살 길이 있다.

주노의 머릿속에 아리안이 말한 두 가지 명제가 떠올랐다. 그림은 마치 살아 움직이듯이 꿈틀거리는 듯했다. 고산준령은 여여함을 여지없이 드러냈고, 유사인종의 이마에 배인 땀방울은 금방이라도 떨어질 듯싶었다.

죽은 부모를 잡고 하늘을 쳐다보며 울부짖는 아이가 못내 안타까웠다. 그 아이의 절박한 심정이 가슴에 와 닿았지만 그뿐이었다. 주노의 부모는 살아 계셨기 때문이었다.

그렇게 밤이 찾아왔지만 소득은 없었다. 아리안이 그림을 그리고 나간 후로 빛은 완전히 차단됐고 밤낮없이 단조로운 마법 등불만이 주위를 밝혔다.

하루 동안 벽화를 구석구석 살핀 세 사람은 각기 벽 하나를 바라보고 가부좌 자세로 앉았다. 입술은 타들어갔고 배는 고프다 못해 위가 쓰라렸다. 침을 입술에 발랐다.

'물 한 잔만 마시면 통증은 사라질 텐데⋯⋯. 그림 속의 사람을 구하려면 그림과 동화되어야 한다는 뜻일까? 이건 분명 죽음 속에서 피어나는 한 줄기 향기를 찾는 시험이야. 죽어가는 저 아이의 아버지처럼 죽음과 직면하면서 풀어가야 할까? 젠장, 배 아픈 게 생각마저 방해하는군. 일단 단전호흡을 해서 통증부터 몰아내야겠어.'

주노는 천천히 숨을 내쉬고 다시 천천히 들이마셨다. 천천히, 더 천천히, 호흡한다는 생각마저 잃을 정도로 더 천천히! 그리고 가늘고도 길게 더 가늘고 더욱 길게…….

주노는 통증도 잊고 호흡한다는 것도 잊었다. 아리안이 내준 난제마저 잊었다. 그는 점차 몰아지경에 빠져들었다. 반개한 눈으로 바라보이는 희미한 벽화는 아무런 의미도 없었다.

그렇게 해서 하루, 이틀, 그리고 사흘이 마치 1분인 양 훌쩍 흘러갔다.

주노의 눈에 검은 점 하나가 보였다. 아리안이 마지막으로 찍은 점이었다. 점은 말 그대로 하나의 점일 뿐이었다. 그런데, 그 점이 갑자기 흔들리기 시작했다.

점은 점점 커지다가 벽화 전체가 검은 막으로 변했다. 주노는 그 순간 그만 검은 막 속으로 하염없이 빨려들었다.

검은색은 색들이 죽은 무덤이 아니었다. 온갖 색이 저마다의 아름다움을 뽐내었다. 극미는 단순한 시각적 효과로 끝나는 게 아니었다. 극에 달한 아름다움(=극미)은 상처를 입은 몸과 마음을 따뜻이 감싸 안았고, 인간의 경계를 뛰어 넘은 창조의 능력을 발휘했다.

주노는 극미의 세계를 지나서 더욱 앞으로 나아갔다.

다음에 나타난 세계는 침묵의 세계였다. 모든 위대한 언어가 끊어진 자리였다. 침묵의 세계는 소리가 없는 세계가 아니었다. 침묵은 언어가 완성된 자리였다.

창조의 모태인 혼돈이 가지는 거룩함과 성스러움이 잔잔한 떨림으로 태초 창조신 일원의 뜻을 펼치는 중이었다.

주노의 가슴에 그 떨림이 와 닿았다. 그의 몸이 마구 떨렸다. 그의 몸이 떨리는 대로 노폐물과 이물질이 떨어져 나갔고 몸이 재구성되기 시작했다.

으드득!

그의 몸에서 뼈가 어긋났다가 다시 붙는 소리가 들렸고, 피부가 각질이 되어 떨어져 나가고 새살이 차올랐다. 그의 몸에서 나던 악취는 삽시간에 사라졌고 어느새 한 번도 맡아본 적 없는 향기가 풍겼다. 향기 역시 신비의 묘약이었다. 바로 선향이었다.

바로 그때였다.

벽화 속의 마왕이 향내를 맡았는지 이마를 찌푸렸다. 마수마물이 갑자기 괴성을 터뜨리며 괴로워했다.

마왕이 마침내 손을 흔들며 뒤로 물러났다. 이윽고 벽화에는 마왕과 마수마물이 보이지 않았다. 주노는 아무것도 모른 채 쓰러져 잠이 들었다.

아리안이 약속했던 열흘이 되자 제자들이 들어간 문을 열었다. 수련생들과 상당수의 가신들은 주군께서 '사중생유'의 난제를 펼친 사실을 듣고 궁금해서 몰려들었다.

"사중생유가 무슨 말이야?"

"말 그대로지. 죽음 가운데 한 가닥 살 길이 있다는 뜻이 아니겠나."

"그렇다면 무척 어려운 관문이겠는걸."

그들은 서로 고개를 끄덕이며 이야기를 나눴다. 그리고 걱정과 호기심이 가득 담긴 눈길로 주군의 뒤를 눈으로 쫓았다.

"당연하지. 그들이 지은 죄를 생각하면 어찌 쉽게 용서할 수 있겠나. 모든 죄인에게는 나름대로 사연이 있다는 말도 들어 보지 못했어?"

"그럼, 이번에 주군께서 내신 사중생유는 어떤 문제야?"

수련생 한 명이 도저히 상상조차 하기 어려워서 물었다.

"주군께서 벽화를 그리시고 그 속의 사람들을 구하라는 문제였다는군."

"세상에, 벽화 속의 사람을 구하라고? 그게 가능하단 말이야?"

벽화 속의 사람을 구하라. 과연 풀 수 있는 문젤까? 그림은 단순한 그림이 아니었던가? 상식을 벗어난 주군의 문제를 들은 가신들은 그 문제를 자신이라면 어떻게 풀어야 할지 고뇌에 빠졌다.

"에고, 그러니까 난제지. 먹지도 마시지도 않은 채 열흘 안에 구해야 한다는 게 더 문제지."

"아니, 열흘 동안 먹지도 마시지도 않는다면 과연 살 수는 있는 걸까? 그리고 그럼 그 문제를 저들이 풀었단 말이야?"

수련생들은 저마다 한마디씩 하면서 자신의 궁금증을 드러냈다.

"그걸 알고 싶어서 모인 것 아닌가. 혼인 첫날밤에 신부 껴안을 생각은 하지 않고, 태어날 아이 이름부터 짓는 격이군."

"뭐야? 내가 그랬어? 나도 엄청 미래지향적이잖아."

"에고, 절로 입을 다물게 만드는군. 너야말로 진정한 고수다."

방 안에는 세 명의 수련생이 잠들어 있었다.

아리안이 벽화를 쳐다봤다. 벽화에는 마왕과 마수마물은 보이지 않았다. 인간들은 어느새 전쟁을 멈추고 밭을 갈았다. 울부짖는 아이는 아버지가 일어나서 품에 안고 있었다.

아리안은 고개를 끄덕이며 잠이 든 세 사람을 손도 대지 않고 동시에 들어 올렸다. 밖으로 안고 나온 세 명의 피부는 옥처럼 반짝거렸으며 그들의 몸에서는 그윽한 향기가 퍼졌다.

"아, 그들이 주군의 관문을 넘으면서 초각을 이뤘구나. 주군께서 저들에게 살 기회를 주신 게 아니라, 목숨을 걸고 깨달을 수 있도록 인도하신 거였어."

"오, 주군~!"

수련생들은 그제야 주군의 깊고 깊은 사랑과 한량없는 은혜를 깨닫고 무릎이 절로 구부러졌다. 머리를 숙인 그들의 눈에서 감격에 겨운 눈물이 그치지 않고 흘러내렸다.

"주군~!"

하지만 그들은 무릎을 굽힐 수가 없었다.

"어? 아~!"

그들은 놀란 눈으로 아리안을 쳐다봤다. 아리안이 빙그레 미소 지었다. 그들은 무릎을 꿇지 못하도록 아리안이 기운을 보낸 것을 알았다.

"주군! 저희가 안고 가겠습니다."

"괜찮다. 오늘은 다시 태어난 이들을 직접 데려다주고 싶구나. 이들의 방으로 안내해라!"

"예, 주군! 이쪽으로 오십시오."

아리안은 그들 세 사람을 각기 침대에 눕히고 이불을 덮어준 후 다독거렸다. 그 광경을 지켜보는 가신들의 가슴에는 따뜻한 바람이 불었다.

알레그리아는 묵묵히 지켜봤는데, 에르네스토는 아리안이 다독거리는 모습을 흉내 냈다.

'아하, 8분의 6박자로 두들기니까, 가신들이 뿅 가는구나. 음, 부지런히 연습해야지.'

한 번 본 것을 결코 잊지 못하는 드래곤은 글자와 글자 사이에 숨겨진 글이 보이지 않았다. 에르네스토는 지식 뒤에 살포시 숨은 지혜의 꼬리를 도저히 발견할 수가 없었다.

* * *

키레로 왕국의 아이레 공주는 아리안과 만난 후, 한 번도 그녀를 부르지 않자 초조한 마음을 가눌 길이 없었다.

"아, 오늘도 우리를 부르지 않는군."

"공주님! 너무 걱정하지 마십시오. 이곳 태대공 저하는 보통 사람이 아닙니다. 시간이 좀 걸려도 그가 나선다면 왕국의 모든 어려움은 사라질 것입니다."

"산테로! 의심스런 눈길을 거두지 않던 백작의 마음이 달라진 모양이야."

나이 어린 공주는 산테로 백작의 바뀐 모습이 신기한 모양이었다.

"그렇습니다. 공주님! 이젠 저도 그를 믿게 됐습니다. 이곳에 있는 그의 모든 뛰어난 가신들이 충심으로 그를 받드는 모습을 보고 감동했습니다."

"그의 가신들이 모두 뛰어난 자야?"

"그렇습니다. 공주님! 이곳에는 저보다 못한 자를 찾아보기 힘든 상태입니다."

"아니, 그게 정말이야? 산테로 백작은 대륙에 몇 명 안 되는 마스터잖아."

공주는 백작의 말을 듣고 크게 놀랐다. 산테로 백작은 누구도 무시할 수 없는 마스터였기 때문이었다.

"공주님! 이곳 총관은 예전에 쥬비스 제국 기사단장을 지낸 분입니다. 제가 한 번 뵌 적이 있어서 어렵게 기억해 냈지요. 마스터 초급인 저보다 훨씬 어린 기사들마저 중급을 상회합니다. 더구나 그들의 검술과 몸놀림은 가히 상상할 수 없는 경지랍니다. 그런 그가 움직이면 키레로 왕국 전체가 움직여도 상대가 되지 않습니다. 모렐로스 왕국 등이 쓰러진 이유는 운이 없어서가 아니라, 그를 적대했기에 필연인 것입니다."

"음, 그런데 그가 언제 움직일까? 너무 늦지 않아야 할 텐데……."

"이번 태대공의 신행을 쥬비스 제국에서 공격했다고 들었습니다. 그에 대한 복수가 선행된 후에 우리를 도와주리라 생각합니다."

그때였다. 그들을 찾는 음성이 들렸다.

"아이레 공주님! 태대공 저하께서 찾으십니다."

"……."

아이레 공주는 의아한 눈길로 산테로 백작을 쳐다보고 묵묵히 시녀의 뒤를 따랐다. 산테로 백작도 눈을 살짝 찡그리고 공주를 경호했다.

"오, 아이레 공주. 그동안 불편했겠군. 내일 키레로 왕국으로 갈 테니 준비들 하게."

"예? 쥬비스 제국을 먼저 다녀오지 않고요?"

"하하, 무슨 말을 들은 모양이군. 공주와 이야기한 게 먼저 아닌가? 일은 선후가 있어야지."

공주는 말을 잇지 못하고 눈자위가 붉어졌고, 산테로 백작은 이를 악물고 그 자리에 엎드려 머리를 조아렸다.

'아, 진정 대인이십니다. 제 마음에서 우러나온 절을 받으십시오. 제가 다시 태어나면 대인을 모실 수 있었으면 좋겠습니다.'

*   *   *

키레로 왕국은 노블리아 왕국의 서쪽 국경을 맞대고 있었다. 아리안은 아이레 공주와 산테로 백작, 파라미와 디오사, 알레그리아와 시로코를 데리고 서쪽으로 은밀히 길을 떠났다. 아리안과 아이레, 그리고 알레그리아만 검을 차지 않았다. 하늘은 푸르고 농부들은 들에서 땀을 흘리는 모습이 참으로 아름다웠다.

"와, 모내기가 한창이네. 우리 집도 요즘은 상당히 바쁘겠구나."

"집에서 농사지어?"

파라미의 말에 디오사가 신기한 듯이 물었다.

"그럼, 내가 아카데미에 가기 전에는, 저기 논에서 모를 심을 때 똑바로 심으려고 줄잡는 것은 내 역할이었지. 디오사 부모는 뭘 하시지?"

"우리 아버지는 상인이야. 상단에 들어가길 원했지만 쉽지 않아서 보따리 장사를 하든지, 상단이 바쁠 때는 돕기도 해."

"그렇구나. 그럼 네가 마스터 된 것을 알고 부모님이 무척 기뻐했겠군."

"그럼, 당연하지. 내가 성인이 돼서 정식 기사가 되면 가족들을 부를 거야."

아리안은 그 말을 듣고 자신이 수련생들에게 무심했음을 자각했다.

'그렇구나. 저들이 벌써 마스터 중급, 상급들이야. 보통 왕국에선 백작, 후작을 주겠다고 난리일 텐데, 내가 너무 무신경했어. 왕성을 옮기는 곳에 저들을 위한 집을 지어야겠구나. 더구나 정작 대륙을 지키기 위한 전쟁이 터지면, 가장 큰 역할을 할 사람들이 저들 아닌가. 그만한 대우를 받는 게 당연한 일이

겠지.'

들판을 지나 산으로 들어섰다. 산이라고 해도 제법 마차가 다닐 수 있는 넓은 길이었다.

"디오사! 좀 이상하지 않아?"

"뭐가 이상해?"

"숲으로 들어온 지도 시간이 꽤 흘렀는데, 이상하게 오크 한 마리도 반기질 않네."

"흠, 그렇군. 그건 정말 이상한 일이야."

파라미가 디오사의 말에 대꾸하면서 주위를 살피는데, 아리안은 알레그리아를 쳐다봤다. 산으로 들어가기 직전에 다른 사람 모르게 드래곤 피어를 숲으로 날려서 몬스터를 모두 쫓아버린 알레그리아는, 아리안이 바라보자 하늘을 쳐다보며 구름을 살폈다.

"파라미, 저게 솜털구름이지?"

"그리아 누님! 솜털구름이 아니라 새털구름, 혹은 권운이라 불러요."

"아, 그래? 구름도 천 년 전과 이름이 바뀌었네. 참새구름, 가고일구름, 그리폰구름, 드레이크구름, 참 좋은 이름들이었는데……."

파라미는 고개를 갸웃거리는데, 디오사는 웃음을 참느라 힘든지 손으로 입을 가리고 얼굴이 발개졌다. 아리안과 시로코도 미소를 지었다.

아리안 일행은 마침내 키레로 왕국과의 국경에 도착했다. 병사들이 국경을 막고 검문했다.

"모두 멈춰라! 어디를 가려고 하느냐?"

"수고들 하시오. 우리는 용병들이오. 키레로 왕국에 들어가려 하오."

아리안과 시로코, 그리고 알레그리아는 특급 용병패를 꺼냈고, 파라미와 디오사도 A급 용병패를 보여줬다.

"통과하시오. 한데 키레로 왕국은 가지 않는 게 좋을 거요."

"하하, 염려 마시오. 어려움이 많아도 의뢰를 받았으니, 응당 해야 할 일이니까요."

울창한 숲에는 온갖 생명이 '오늘의 찬가'를 불렀다.

짹짹! 쉭쉭! 슥슥!

아리안 일행은 도저히 표현할 길 없는 자연교향곡을 들으며 저도 모르게 가슴을 편 채, 산에서 내려가고 다시 올라갔다.

"주군! 좀 더 가면 해가 떨어지고 말겠습니다. 여기서 야숙하는 게 어떻겠습니까?"

여행과 야숙 경험이 풍부한 시로코가 주위를 둘러보며 아리안에게 말했다.

"그럴까?"

아리안은 시로코에게 대답하며 주위 사람을 둘러봤다. 파라미는 벌써 잘린 나뭇가지를 주웠으며, 디오사는 야숙준비를 하느라 여념이 없었다.

알레그리아의 제일 목적은 아리안을 경호하는 일인지라, 아리안의 약간 뒤에서 그림자처럼 움직일 뿐이었다. 산테로 백작은 자신의 무위가 가장 떨어진다고 여겼기에, 어설프게 아이레 공주 옆에 남지 않고 물을 구할 수 있는 곳을 살폈다.

잠시 후 시로코가 어깨에 그랜트 가젤 한 마리를 메고 나타났다.

　"와, 영양이야. 시로코 오빠, 능력 있네요."

　"응, 운이 좋았어."

　시로코는 디오사가 오빠라고 부르자, 기분이 좋아서 콧노래를 흥얼거리며 그랜트 가젤을 한쪽으로 끌고 가서 열심히 가죽을 벗기고 내장을 꺼냈다. 파라미가 땔나무를 줍다가 옆에 와서 시로코의 손놀림을 자세히 살폈다.

　"와, 정말 많이 해본 솜씨로군요. 시로코님!"

　"시로코가 뭐냐, 시로코가. 디오사가 오빠라고 부르면 너도 형이라고 불러야지."

　"어? 그럴까요? 형에게 배울 게 참으로 많겠다는 생각이 드네요."

　"당연하지. 아카데미에서 배운 것만으로는 밖에서 생활하기 어려워. 모든 것을 새롭게 배워야지. 잘 봐라. 가죽도 결을 따라서 벗겨주지 않으면 고기 맛이 없어지지. 사람들은 영양의 다리가 맛있다고 여기지만, 실상 가장 부드럽고 맛있는 부위는 가슴, 등, 목살이야."

　신이 난 시로코의 설명은 끝이 없었다.

　그날 저녁 일행은 영양 바비큐를 즐겼다.

　"와, 시로코 형! 끝내주네요."

　"크크, 뭘 이 정도 가지고……."

　적당히 익은 고기는 시로코가 뻐길 정도로 충분히 맛있었다.

　"시로코 형! 한데 조미료 챙길 생각은 어떻게 했어?"

"크크, 그건 용병과 여행자의 기본이야, 기본!"

산테로 백작도 맛에 놀라서 평소보다 많은 양을 먹었다. 아리안은 빙그레 미소만 지었다. 그릇이 없으니 식사 후 처리가 간단했다. 일행은 산테로 백작이 알려준 가까운 샘으로 가서 입과 손을 씻었다. 그 후 자연스럽게 모두 모닥불 주위로 모였다.

"주군! 저는 지금까지 검에 대해서 체계적으로 배운 적이 없습니다. 한마디로 말해서 전장 검술이고 좋게 말하면 실전 검술이지요."

시로코가 검에 대해서 아리안에게 질문하자, 파라미와 디오사는 눈을 반짝이며 아리안을 쳐다봤다. 산테로는 감히 검을 논하는 자리에 앉아 있을 수가 없었다. 마음 같아서는 무릎을 꿇고서라도 듣고 싶었지만, 그럴 수가 없었다. 검술의 비전은 비기 중의 비기이며, 다른 사람에게는 금기 중의 금기사항이 아닌가. 그는 슬그머니 일어나서 목소리가 들리지 않을 만한 곳으로 물러갔다.

아이레 공주는 그가 용변 문제라고 여겼지만, 아리안이 그를 보고 고개를 끄덕였다. 다른 사람이 이야기하는 것을 몰래 들으려는 것도 아니었고, 자신이 이미 앉아 있는데 꺼낸 이야기였기에, 모른 척하고 들을 수도 있었다.

"산테로 백작! 기다리는 중이니, 빨리 다녀오시오."

"예, 태대공 저하!"

대답하는 산테로 백작의 콧등이 시큰해졌다.

'태대공 저하! 누가 아랫사람의 마음까지 그처럼 배려하겠나이까. 아~! 권모술수와 이전투구, 그리고 아귀다툼의 틈바구니

에서만 살아온 제게 너무 다른 세상을 보여주시는군요.'

"주군! 제게 검의 길을 일러주십시오."

시로코의 말에 산테로 백작까지 모닥불 주위에 둘러앉아 눈을 빛냈다. 자신을 불태워 주위를 밝히는 모닥불의 불꽃이 춤을 추도록 산들바람이 도왔다. 아리안의 조용한 음성이 어두운 주위에 녹아들었다.

"검의 길이란, 바로 궁극에 이르는 길을 말한다. 처음에는 바른 자세를 연습하고, 그 자세가 몸에 익으면 검이 가고자 하는 대로 움직이는 게 중요하지. 그 과정에서 검심이란 표현이 나오고, 검심이 읽혀졌을 때 검명이 울리며, 검아일체가 되면 검향이 풍긴다. 바로 이와 같은 향기다."

아리안의 말이 끝남과 동시에 향기가 퍼졌다. 일행은 눈을 감고 가슴을 펴면서 향기를 깊이 들이마셨다. 그 향기를 맡자마자 심신의 피로가 풀리며 머리가 맑아졌다.

'아~!'

아이레는 이 놀라운 기적에 눈이 둥그레졌다. 아리안의 말은 계속 시냇물이 흐르듯이 조용히 이어졌다.

"이 향기는 검향이라 표현하지만, 실상 검에서 나는 향기가 아니라, 내가 자연의 일부와 하나 됨을 축하해 주는 우주의 배려라고 할 수 있다. 이제 단순한 칼질이 아니라, 검의 극을 향한 길을 걸을 준비가 됐다고 봐야 한다."

"아, 그래서 검도라고 하는군요."

디오사가 혼잣말처럼 작은 소리로 말했다.

"그렇단다. 그가 어떤 일에 종사하든지 혼신의 힘을 다한다면 길을 가는 자라 할 수 있지."

"죄송합니다. 주군! 도둑질은 혼신의 힘을 다해도 어렵지 않습니까?"

모두 엉뚱한 소리를 하는 파라미를 봤지만, 누구도 다른 말은 하지 않고 아리안을 쳐다봤다. 아리안이 말한 내용 중에서 '어떤 일' 이란 말의 한계가 궁금했기 때문이었다.

"그렇다. 그 이유는 도둑질에 혼신의 힘을 다할 수 없기 때문이란다. 훔친 물건을 팔아야 하고, 혹시라도 잡힐까 봐 노심초사하고 도망갈 것을 항시 염두에 둬야 하지 않겠느냐."

"아~!"

듣는 사람들은 아리안이 말하고자 하는 한계를 이해하게 됐다.

혼신의 힘을 다해라! 그러면 궁극에 도달할 것이다.

아리안의 말은 매우 쉬웠다.

산테로는 궁금한 점이 수없이 많았지만 더는 바라지 않고 아이레 공주 맞은편 나무에 기댔다. 그는 이제까지 허리에 찼던 검을 냉대해 왔다는 느낌이 들었는지 검을 풀어 가슴에 안고 두 손으로 꼬옥 품었다.

*　　　*　　　*

베렛 성은 인구 8만 정도의 평범한 성이었다. 하지만, 성벽만은 높고 튼튼했으며 보수도 잘된 상태였다. 성을 지키는 병사의 눈빛은 국경병사처럼 권태로워 보이지 않고 살아 있었다.

"정지! 누구냐? 신분을 밝혀라!"

성주관을 지키는 병사들은 창으로 막으면서 용무를 물었다. 산테로 백작이 앞으로 나섰다.

"난 산테로 백작이다. 성주님께 친구가 왔다고 전해라!"

"알겠습니다, 잠시 기다려 주십시오."

병사가 사라지고 얼마 되지 않아서 집사가 나타났다.

"어? 정말 산테로 백작님이시군요. 아니, 아이레 공주마마가 아니십니까?"

"흥, 나를 알아보는 것을 보니, 제법이군."

"죄송합니다. 공주마마! 안으로 모시겠습니다."

집사가 공주를 알아보자 아이레는 못마땅한 듯이 말했지만, 그녀의 그늘졌던 얼굴은 어느새 냉엄한 표정으로 바뀌었다. 집사가 성주 집무실 앞에서 말했다.

"성주님! 아이레 공주님과 산테로 백작님이 방문하셨습니다."

"아이레 공주님, 어서 오십시오. 산적과 함께 사라졌다는 말을 듣고 무척 걱정했는데, 참으로 다행입니다."

티토바코 성주의 말을 듣고 아이레 공주는 빙그레 웃었지만, 산테로 백작은 뭐가 못마땅한지 투덜댔다. 털이 많은 자신을 산적으로 비유해서 못마땅한 모양이었다.

"저 자식은 정말 머리도 좋군. 아카데미 시절의 별명을 아직도 기억하고 있잖아, 젠장. 티토바코! 소개할 분이 계신다. 인사해라! 노블리아 왕국의 아리안 태대공 저하시다."

"노블리아 왕국의 아리안 태대공 저하? 그렇다면, 검황으로
일컬어지는 그분이란 말인가?"

티토바코 성주의 얼굴은 마치 돌아가신 부모가 살아온 듯한
표정으로 산테로 백작에게 반문했다.

"그렇다네. 검황이라고도 불리고 마왕이 인정했다는 검신,
바로 그분이시지."

"반갑습니다. 아리안 태대공 저하! 그 높은 이름을 흠모하는
티토바코라고 합니다. 부디 가르침을 아끼지 마십시오."

아리안 일행이 들어왔을 때, 눈길조차 주지 않았던 티토바코
성주는 산테로 백작에게 아리안이라는 말을 듣자, 태도가 완전
히 바뀌었다. 그는 진정 꾸밀 줄 모르는 검을 위한 사나이였다.
그런 사내와의 가장 깊은 정담은 검으로 나누는 대화이리라.

"반갑습니다. 티토바코 성주님! 역시 산테로 백작에게 듣던
대로 진정으로 검을 사랑하는 분이군요. 그런 분과는 여러 말
나눌 것 없이 수련장으로 가는 게 어떻겠습니까?"

"으하하하! 참으로 통쾌한 말씀을 듣습니다. 일단 검으로 대
화를 나눠야 서로 이해가 깊어지겠지요."

그는 얼굴 전체로 웃었다. 참으로 기쁜 듯했다. 성주는 밖을
향해 소리쳤다.

"집사는 거기 있느냐?"

"예, 성주님!"

"아이레 공주님을 모시고 가서 시녀들에게 수욕을 도우라고
전해라! 나는 수련장으로 갈 것이다."

"예, 성주님!"

티토바코 성주는 아리안 일행을 수련장으로 인도했다. 수련장은 집무실 지하에 있었으며 무척이나 넓었고, 지하면서도 빛이 들어와서 불을 켤 필요가 없었다.

"태대공 저하께선 어떤 검을 사용하시겠습니까?"

아리안의 허리에 검이 없는 것을 본 성주가 공손히 물었다.

"저하께선 검이 필요 없으시네."

"응? 심검?"

티토바코 성주의 말에 산테로 백작이 대신 대답하자, 성주는 놀라서 눈을 동그랗게 떴다.

"싸울 때는 필요 없어도 대련할 때는 있어야겠지. 성주의 검을 빌리도록 하겠소."

"그렇게 하시지요. 아리안님!"

성주가 한쪽에 놓인 검 틀에서 검을 꺼내려고 가는데, 검 한 자루가 빠져나와 날아가는 것을 보고 깜짝 놀랐다.

"아니, 전설로만 전해지던 염력? 세상에, 도대체 내가 얼마나 놀라야 되는 거지?"

"하하하! 누구나 아리안님을 만나면 그렇게 된다네. 자넨 이제 시작일 뿐이야. 전설 그 자체인 분을 뵙고 있는 중이니까."

티토바코 성주는 산테로 백작의 말이 결코 허언이 아님을 알았다. 그는 숨을 고르고 검을 꺼내 중단으로 잡았다. 그는 망신 당하지 않으려면 최선을 다해야 한다고 여겼다.

그의 검에서 오라블레이드가 1m가 넘게 형성됐다. 예전보다 조금 길어진 듯해서 만족스런 표정으로 아리안을 쳐다봤다. 역시 중단으로 검을 든 그의 모습이 허허롭게 느껴졌다.

'어? 세상에, 마치 허공과 같아서 공격할 데가 없잖아. 젠장, 어떻게 이런 일이……. 내가 어제 과로했나?'

티토바코가 눈을 몇 번 깜빡거린 후 쳐다보자, 아리안의 모습이 다시 보였다. 한데 갑자기 수련장의 마나가 그의 주위를 감싸고돌면서 강한 회오리를 만들었다.

아리안의 표정은 고요했고, 그의 옷깃 하나 움직일 기세가 전혀 보이지 않는데, 성주의 옷자락은 심하게 펄럭거렸다.

'아, 그는 이미 더는 오를 수 없는 하늘이고, 보이지 않지만 우리를 포근히 감싸는 허공이며, 우리가 태어나서 숨 쉬고 생활하다 돌아갈 자연이었어. 그는 우리의 대결 상대나 뛰어넘어야 할 존재가 아니었다니, 상상도 못할 일이었잖아.'

티토바코 성주는 아리안과 겨루려는 생각을 버렸다. 그리고 검을 고쳐 잡고 아리안을 쳐다봤다. 아리안이 검을 상단으로 올리는 모습이 보였다.

'아, 내 수준에 맞춰서 한 수 지도해 줄 모양이구나. 그렇다면 내 모든 역량을 보여야겠지.'

티토바코 성주는 의욕을 불태우고 기합을 토하며 혼신의 힘을 다해 달려들었다.

"야!"

성주의 기운이 바뀌었다. 그의 전신이 하나의 불덩이처럼 변했다.

"아~!"

관전하던 사람들이 그의 놀라운 기세에 절로 신음을 내뱉었다.

"야! 일검삼격세!"

그가 상단에서 내려치는 기세는 산악이라도 가를 듯했다. 아리안은 피하지 않고 그의 검을 맞받았다.

챙챙챙!

"컥!"

성주가 검을 단 한 번 내려쳤는데, 부딪치는 소리는 연속 세 번이나 들렸다. 그리고 아리안의 검에 허리를 맞고 나가 떨어졌다.

쿵!

성주는 평소 가문의 비전비기인 '일검삼격세'를 펼치면 마나가 척추에서 막히는 듯한 느낌이 들곤 했는데, 갑자기 허리가 시원해진 것을 느꼈다. 그는 벌떡 일어나서 다시 덤벼들었다.

챙챙챙챙!

이번에는 오히려 한 번 더 부딪치는 소리가 들렸다. 그리고 아리안에게 다시 엉덩이를 맞고 벽에 부딪쳤다가 바닥에 떨어졌다. 이번에는 회음혈이 시원히 뚫린 듯했다. 성주는 콧등이 시큰해졌고, 속에서 뭔가 치밀어 오르려는 것을 꾹 참고 다시 덤벼들었다.

쓰러지자마자 일어나서 다시 덤벼든 성주는 발바닥에서 시원하게 퍼지는 마나를 깨닫고 참고 참았던 눈물을 그만 한 방울 흘리고야 말았다.

성주는 넘어지면 일어났고 다시 덤빌 때는 앞서보다 더욱 빠르고 한층 더 강했으며, 검이 부딪치는 소리 역시 늘어만 갔다.

챙챙챙챙챙챙챙!

결국 티토바코 성주는 일 검을 내리치고 일곱 번의 부딪침을 만들어낼 수 있게 됐다.

"오, 아리안님! 300년 동안 집안 누구도 완성하지 못했던 가문의 비전비기 '일검칠격세'를 완성시켜 주셨습니다. 이제 돌아가신 아버지와 조상님을 자랑스럽게 뵐 수 있게 됐군요. 엉엉!"

가문의 숙원을 완성한 티토바코 성주는 그 자리에서 어린아이처럼 소리 내어 울며 큰절을 했다.

짝짝짝!

누구도 성주가 눈물을 흘린다고 탓하거나 흠잡지 않았다.

진정에서 우러나온 눈물과 웃음보다 동화력이 강한 것은 없다.

가문의 숙원을 이룬 그를 마음껏 축하해 주는 사람의 눈에서도 눈물이 흘렀다. 감격해하는 성주와 그를 축하해 주는 사람들 사이에는 직위도, 나이도, 성별도 없었다. 모두 한 마음이 되어 한껏 축하하고 그것을 진솔한 마음으로 받아들였다.

식사를 같이 하는 것보다 서먹한 사람과의 거리를 좁히는 것은 드물었다.

그날 저녁 성주와 아리안 일행이 함께 나누는 저녁시간은 마치 화목한 가정의 식사 분위기처럼 화기애애했다. 그 자리에는 성주의 부인과 다섯 살 된 아들, 그리고 마침 성에 누님을 찾아온 성주 부인의 동생도 참석했다.

"하하하! 아리안님! 제 부인이 정성껏 준비했으니, 마음껏 드시기 바랍니다."

"공주마마! 저이가 저런답니다. 겸양이란 말과는 아예 담을 쌓았지요."

"제가 볼 때는 오히려 성주 부인께서 은근히 자랑하시는 것처럼 들립니다."

아이레 공주의 말에 성주는 신이 나서 큰소리로 말했다. 부인은 성주에게 한껏 눈을 흘겼다.

"크크, 그것 보시오. 부인! 공주님은 단번에 속내를 알아보지 않소."

"호호, 그렇게 됐군요."

성주의 말에 부인은 웃으면서 남편의 말을 시인했다. 그러나 그 말이 재치임은 누구나 알 수 있었기에, 분위기는 더욱 부드러워졌다.

"아리안님! 이게 제 가족의 모습입니다."

"참으로 보기 좋습니다. 성주님! 키레로 왕국 사람들이 이런 행복을 놓치지 않기를 바랍니다."

"아리안님이 그렇게 되도록 왕국의 수호신이 돼 주기를 기원합니다."

식사하는 이들은 아이레 공주와 성주 부인의 대화를 들으며 만면에 미소를 띠고 이런저런 이야기를 나눴다. 그때 성주의 어린 아들이 아리안을 가리키며 아버지에게 물었다.

"아빠! 저 사람이 외삼촌보다 강해?"

공주와 알레그리아, 그리고 시로코와 파라미까지 성주를 쳐다봤다.

"왜 그렇게 생각했지?"

"아빠는 약한 사람에게는 언제나 말을 내렸잖아. 내가 볼 때는 외삼촌이 훨씬 센 것 같은데, 아빠가 저 사람에게 말을 높였잖아. 난 외삼촌이 더 강한 것 같애."

성주는 철없는 아이의 내일을 열어주고 싶은 마음이 간절했기에 엄숙한 표정으로 말했다.

"얘야, 잘 들어라! 저분은 대륙에서 제일 강한 분이란다. 어느 왕국 국왕이나 어떤 제국 황제도 저분을 불편하게 할 수 없지."

"그럼, 아빠보다 강해?"

성주는 아이의 어이없는 말에 조금도 웃음기를 띄지 않고 설명했다.

"당연하지. 저분과 비교하는 것만으로 이미 불경임을 알아야 한단다. 다시는 저분에 대해 말을 하지 마라. 네가 비록 어려서 몰랐다고 하겠으나, 네 책임은 어른들이 져야만 할 것이다."

"엄마, 아빠가 무서워! 엉엉!"

"오, 그래, 그래. 엄마하고 나가자."

성주 부인은 다른 사람을 쳐다보지도 않고 아들을 데리고 밖으로 나갔다. 갑자기 연회장 분위기가 싸늘하게 식어버렸다.

"아리안님! 제 불찰입니다. 제 집사람과 아들이 예를 잃었습니다. 용서해 주기 바랍니다."

"성주님! 개의치 마십시오. 실례는 어디에도 없었습니다. 지금은 피로하니 내일 이야기를 나누는 게 어떻겠습니까?"

"알겠습니다. 아리안님!"

아리안은 성주와 헤어져서 집사가 안내해 줬던 숙소로 향했다. 정원을 지나는데 불쑥 나서서 그들을 가로막는 자가 있었다. 성주 부인의 동생이었다. 키가 2m가 됨 직했고, 몸무게도 150㎏은 넘을 듯한 거구였다.

"어린아이를 울렸으면 사과를 해야지 않겠나. 매형은 체면과 지위 때문에 어쩔 수 없는 모양이지만, 난 그렇지가 않아."

아리안은 그의 말이 어이없어서 빙그레 미소를 지었다.

"어, 웃어? 젠장, 샌님 같은 녀석이 경호무사를 믿는다는 뜻인가?"

휙! 퍽퍽! 컥!

알레그리아와 시로코는 기가 막혀서 잠시 어리둥절한 사이에, 파라미가 공중으로 날아오르며 거구 사내의 배를 찼다. 그가 신음을 뱉으며 고개를 숙이자, 파라미는 배를 차고 공중에 뜬 상태에서 그대로 양발로 턱을 올려 찬 후, 가볍게 뒤로 맴을 돌며 내려섰다.

쿵!

그는 뒤로 넘어지면서 땅이 울릴 정도로 큰 소리를 냈지만, 곧 일어나서 주위를 두리번거렸다. 자신이 왜 넘어졌는지조차 모르는 듯했다.

"주군을 모독하는 자는 아무리 힘이 약한 자라고 해도 용서할 수 없다. 어서 사과해라!"

"뭐라고? 이런 쥐방울만 한 녀석이 나보고 힘이 없는 자라고?

에이!"

그는 파라미의 말을 듣고 화를 내며 발로 걷어찼다. 파라미는 오히려 그가 찬 발을 딛고 뛰어오르며 턱을 돌려 찼다. 거구 사내는 턱이 돌아가면서도 파라미가 찬 발을 잡았다.

"저 상태에서도 발을 잡을 수 있다니, 생각보다 몸이 발달한 자로군."

"정말 놀랍습니다, 주군. 누구든지 순간적으로 마비 상태가 될 텐데요."

아리안과 시로코는 거구 사내에게 흥미를 가졌다. 파라미는 그가 발을 잡자, 이번에는 잡힌 발을 축으로 해서 다른 발로 사내의 어깨뼈를 내려찍었다.

뚝!

뼈가 부러지는 소리가 나면서 사내는 한쪽 무릎을 꿇고 말았다. 파라미의 공격은 거기서 멈추지 않았다. 잡힌 발이 약간 느슨해지자, 잡힌 발의 무릎으로 상대의 코를 박았으며, 연이어 양발로 그의 목을 감고 몸을 틀었다. 거구가 공중에서 맴을 돌며 거창한 소리와 함께 땅에 쓰러졌다.

쿵!

정원에서 일어난 소음을 듣고 병사들이 하나둘 모여서 그 광경을 구경했다.

으악!

사내는 거기서 주저앉지 않고 괴성을 지르며 일어났다. 그의 얼굴은 피투성이가 됐고, 어딘가가 부러졌을 텐데도 그의 근성은 결코 포기하거나 기가 죽지 않았다.

그는 한쪽 팔이 자유스럽지 못한지 오른팔만 들고 파라미에게 달려들었다. 파라미는 그의 오른팔을 감싸듯이 부드럽게 잡고 허리를 약간 숙이면서 왼발을 뒤로 보냈다. 거구 사내의 몸이 다시 공중에서 빙그레 돌면서 땅에 처박혔다.

꽝!

구경하던 병사들은 처음에는 거구 사내가 젊은 청년에게 맞는 것을 보고 통쾌한 기분이 들었지만, 한 대도 때리지 못하고 계속 얻어맞자 그때마다 몸을 부르르 떨었다.

"세상에, 호아킨님이 저렇게 맞다니, 상상이 안 가는군."

"그러게 말이야. 왕성 베라쿠르소의 밤의 황제란 말도 있던데……."

호아킨은 그 후에도 악착같이 일어났고, 일어날 때마다 다시 시원스럽게 땅에 누웠다. 그가 기가 차다는 표정으로 파라미를 힘겹게 쳐다봤다.

청년은 조용한 표정으로 자신을 바라봤으며 숨소리마저 들리지 않았다. 그는 자신이 일어나기를 기다리는 듯했다.

"기, 기다려……."

하지만 호아킨은 말을 끝내지 못하고 앞으로 넘어져 기절하고 말았다. 그리고 깨어나지 못했다. 사내들의 만남은 이런 모습도 있나 보다.

아리안은 쓰러진 호아킨을 손을 대지 않고 들어서 숙소 뒤쪽 공터에 눕혔다.

"그리아! 좀 고쳐주면 좋겠군."

"예, 주인님! 힐링!"

그리아의 힐링은 일반 마법사의 힐링과는 달라서 상당히 강력했다. 그리아가 두 번 힐링을 외치자 빛이 호아킨에게 스며들었다. 기절했으면서도 괴로운 표정이었던 호아킨은 편안히 잠들었다.

아리안이 그 앞에 앉자 일행도 주위에 앉아서 주군을 바라봤다.

"주군, 비인부전이란 말이 무슨 뜻입니까?"

"비인부전이란 말은 가르칠 만한 사람이 아니라면 가르치지 않는다는 뜻이긴 하지만, 실상은 어떤 일을 이루거나 깨닫는 데 스승과 같은 열정과 독창적인 수련이 필요하건만, 스승이 주는 것만을 받아서 깨우치려는 쉽고 편한 것만 추구하는 게으른 제자를 보는 스승의 안타까운 표현이라는 게 더 옳은 말이겠지."

"스승이 펼치는 검법을 머리 좋은 제자가 보고 흉내를 내면 결국 똑같이 되지 않을까요?"

아리안은 파라미의 말을 듣고 빙그레 미소를 지었다.

"너희가 아무리 말을 잘하고 표현력이 뛰어난들, 매운맛을 느끼게 할 수 있겠으며 달콤한 맛을 맛보게 하는 것은 불가능하지 않으냐."

"아, 주군의 말씀을 조금은 느낄 수 있을 듯합니다."

파라미가 아리안에게 감사하며 자리에서 일어나서 검을 휘두르며 입으로는 자신의 느낌을 말했다.

멈춘 듯 나아가니 정중동이고,

나아간 듯이 노니는 모습은 그대로 동중정이니,
허상인 듯 실상이요,
실상인가 싶으면 허상이라,
어느덧 허허실실이 조화를 이루었도다.
음과 양이 서로 끌어안고 받쳐 주니,
검광은 팔방으로 뻗치고 우레가 천지에 진동한다.
우주의 신비는 마음 밭에 뿌리를 내리고,
자연의 조화는 검끝에서 새록새록 숨을 쉬는구나.

파라미의 검을 보고 아리안이 그를 도우려고 검을 잡았다. 파
라미의 검에서 번개가 내려치면 아리안의 검은 검침을 이뤄 번
개를 빨아들였다. 번개가 사방으로 난무하면 검벽을 이뤄 이를
막았다. 파라미의 검에서 검향이 뿌려지면 아리안의 검은 산들
바람이 되어 향기를 주위로 퍼뜨렸다. 그의 검에서 사계의 운행
이 나타나는가 하면 광풍호우가 몰아치기도 했다.

우렛소리에 놀란 호아킨이 깨어났다. 그는 통증이 느껴지지
않기에 놀라서 자신의 몸을 살펴봤다. 터지고 멍들었던 피부는
어느새 원래 모습으로 돌아왔고, 부러졌던 어깨뼈마저 붙은 듯
싶었다.

그는 놀라서 주위를 둘러봤다. 자신과 싸우던(?) 청년이 뭔가
를 중얼거리며 정신없이 검을 휘둘렀다.

허걱!

그곳에는 신들의 쟁투가 보였다. 번개가 번쩍거리고 수시로
섬광과 함께 벼락이 쳤으며, 우레가 장단을 맞췄다.

'아, 저런 사람들에게 덤벼들다니, 내가 죽으려고 환장해서 완전히 날을 잡았었군. 아, 매형이 그의 무공을 그토록 장황하게 설명한 이유가 바로 저기 있었구나.'

그제야 상황을 판단한 호아킨은 몸을 부르르 떨었다.

한편, 파라미는 전날 주군이 하신 말씀이 문득 떠올랐다.

"태초에 일원이 있어 혼돈으로 창조를 시작하니 음양으로 나뉘더라. 음양은 삼태극을 이루어 돌고 도니 사상이 자리 잡고 오행을 이루는가. 오행을 돌리는 힘을 육합이라 하고, 여기서 칠성과 팔괘 그리고 구궁이 자리 잡으니 십전이 되었도다."

파라미는 크게 머리를 끄덕였다. 갑자기 막힌 게 뻥 뚫리는 듯한 시원함을 맛봤다.

'맞아. 주군은 대우주의 신비를 말씀하신 거였어. 일원에서 십전에 이르는 모든 게 삶의 근원이고 자연의 조화며 또한 무공으로 표현할 수 있는 것이었잖아. 그 열 개의 무공이 존재한다면, 일원의 무공, 음양 무공, 삼태극 무공, 사상 무공, 오행 무공, 육합 무공, 칠성 무공, 구궁 무공, 십전 무공 또한 없다고 어찌 단언할까. 그리고 각각의 무공 역시 어마어마할 게 틀림없어.'

파라미는 눈을 반개하여 주군의 검로를 보는 듯 마는 듯하면서 생각의 여로를 따라 조용히 흘러갔다.

세상은 하나에서 시작했으나 그 하나는 간 곳이 없구나.
하나는 둘셋이 되고 더욱 늘어나니 그 끝은 어디인가?

세월은 셀 수 없어 세월이요, 세상사는 만상만변이던가.
오직 일 검이 있어 화답하도다.

'아, 그랬었구나. 주군께서 우리에게 가르친 모든 무공은 그
하나하나가 우주의 신비, 그리고 자연의 기경과 직결된 것이었
어.'

파라미는 감격에 겨워 물기가 차오른 눈으로 아리안을 바라
봤다.

'오, 주군이시여! 저희가 무엇이기에 이처럼 사랑하시나이
까.'

바로 그 순간, 파라미의 눈에 주군이 휘젓는 검로가 환히 드
러나며 그 폭이 늘어났다. 아리안의 검이 그리는 궤적은 하나의
흔적이 아니라, 생명의 씨앗을 뿌리고 가꾸는 신의 손길이었다.

"아~! 진정 기묘요, 묘사로다."

놀라는 파라미 앞에 나타난 인연과 악연의 조화가 서로 얽혔
으며 선택에 따라 무수히 많은 길을 만들어냈다.

"아~ 인간의 모든 길흉화복은 자신의 선택이며 스스로 뿌린
씨앗의 열매였구나. 무수히 많은 내 선택 중에 주군의 가신이
된 것보다 더 자랑스러운 결정은 없었어."

감격에 겨워 눈을 감은 파라미의 몸은 더할 나위 없는 감동으
로 심히 떨렸다. 그 떨림은 점차 강해지면서 우주와 공명을 이
루었다. 그의 몸이 공중으로 1m 정도 서서히 떠올랐으며, 빛이
사방으로 뿜어져 나왔다.

"세상에~!"

디오사가 놀란 눈으로 빛에 싸인 파라미를 쳐다봤다. 모두 놀라서 그를 바라봤으며, 호아킨은 계속 이어지는 기경에 혼백이 달아날 지경이었다.

"젠장할, 이들은 도대체 어떤 사람들인 거야?"

호아킨이 한껏 부릅뜬 눈으로 바라볼 때, 파라미의 몸 주위로 마나가 몰려들었고 그 마나는 그를 중심으로 맴을 돌았다.

점차 강해진 마나 회오리에 그를 보던 사람들이 한 걸음 물러섰을 때, 마나 회오리는 그의 몸속으로 서서히 빨려 들어갔다. 그런 과정은 오랫동안 이어졌다.

파라미가 마침내 눈을 떴다. 그리고 그는 아리안 앞에 무릎을 꿇었다. 그는 자신의 벅찬 감격과 한없는 존경을 단 한 마디에 담았다.

"주군~!"

*　　　*　　　*

아리안 일행은 티토바코 백작이 준비해 준 짐을 들고 베렛 성을 출발했다. 산테로 백작이 짐을 지고 가자 파라미가 말했다.

"백작님! 짐은 제가 지고 갈게요."

"아니, 무공이 제일 약한 내가 지고 가야지."

"알았어요. 그게 편하시다면 그렇게 하세요. 하지만 나중에 저와 교대해요."

"그러지. 그런데 정말 궁금해."

산테로 백작은 무엇이 그렇게 궁금했는지 정색하며 말했다.

"뭐가요? 백작님!"

"아리안님이 말씀하시기를 정신을 위한 꾸준한 명상과 신체 단련을 위한 수련의 중요성을 강조하셨는데, 어떻게 대련 중에 깨달을 수가 있었던 거지?"

"아하, 그게 궁금하셨구나. 저는 주군의 검로를 보면서, 평소 우리를 가르치실 때 하던 말씀을 생각했었죠."

디오사는 파라미가 주군의 특별한 인도가 없었는데도 벽을 뛰어넘은 것에 놀라서 그의 말을 귀 기울여 들었다.

시로코도 주군에 대해서 좀 더 알 수 있는 기회였기에 파라미에게 가까이 가는 바람에, 아리안과 알레그리아가 앞에 서고 다른 네 명이 뒤를 따르는 모습이 됐다.

"주군께서 저희를 가르치실 때, 일원, 음양, 삼태극, 사상, 오행, 육합, 칠성, 팔괘, 구궁, 십전을 언급하셨습니다. 저는 그 점에 착안하여 주군께서 가르치실 때의 분위기로 돌아갈 수 있었습니다. 바로 그 순간, 단순히 문자에 불과한 기호의 세계에서, 언령이 창조의 힘을 발휘하는 초월 영역으로 넘어갈 수 있었던 것입니다."

"아, 파라미는 정말 대단하구나. 발상도 탁월했지만, 그토록 집중할 수 있었다니……."

디오사는 파라미에게 찬사를 보냈지만, 그녀의 모습은 무척 침통했다. 그 모습을 이상하게 여긴 시로코가 디오사에게 물었다.

"디오사! 왜 그렇게 안타까운 표정을 짓지? 다음 벽을 넘으려는 산테로 백작이나 나보다 디오사가 훨씬 유리한 입장이 아닌가?"

"휴, 그럴 수도 있겠죠. 하지만 주군께서 이런 말씀을 하셨답니다. '결과를 기대한 노력은 이미 대가를 받았기에, 꽃은 피는 듯해도 향이 없고 열매 역시 없다'. 저는 이미 알아버렸기에 또다시 그런 상황이 돼도 영역을 초월하려는 기대감이 먼저 생기겠죠."

아~!

시로코와 산테로 백작은 놀라서 이구동성으로 감탄사를 터뜨렸다.

결과를 기대한 노력은 이미 대가를 받았기에, 꽃은 피는 듯해도 향이 없고 열매 역시 없다.

'결과를 기대한 노력은 이미 대가를 받았다'. 씹으면 씹을수록 단 물이 우러나왔고, 갑자기 콧등이 시큰거렸다. 아름다운 말은 눈물을 동반하는 듯했다.

두 사람은 그 말이 지니는 깊이가 생각할수록 깊어지는 무저갱 같고 결코 사라지지 않는 우주 신비의 한 자락임을 깨달았다. 네 사람은 생각의 여로에 잠겨 허우적거리며 발만 무심히 움직였다.

Chapter 02

마군 선발대

"사람 살려!"

"도와주세요."

난데없는 비명에 가까운 구원 요청이 일행을 현실로 텔레포트시켰다. 젊은 남녀가 손을 잡고 도망치는 뒤에는 오크 다섯 마리가 쫓았다. 두 사람은 죽을힘을 다하여 달렸지만, 아리안 일행과의 거리가 너무 멀었다.

획! 번쩍!

역시 알레그리아는 의연한 자세로 아리안 옆을 지켰고, 시로코와 파라미가 앞으로 나섰다.

"저, 저럴 수가……."

산테로 백작은 놀라서 입을 쩌억 벌렸다.

"디오사! 파라미가 마검사였나?"

"아닌데요."

시로코의 몸놀림은 번개가 무색할 정도로 잔영을 남기며 달려갔지만, 파라미는 아예 섰던 자리에 잔상만을 남긴 채 사라졌다.

휙! 컥!

오크 다섯 마리는 마치 스스로 넘어지듯이 거의 동시에 쓰러졌다.

"언덕 너머에 일행이……."

여자는 이미 기절했고, 남자가 언덕을 가리키며 말을 끝내지도 못하고 쓰러지자, 시로코와 파라미는 다시 사라졌다.

"시로코는 사람들을 구하고, 파라미는 몬스터를 처치하다가 그 뒤를 밟아라!"

"예, 주군!"

파라미는 대답하고 언덕을 넘어갔는데, 시로코는 바로 옆에서 이야기하는 듯한 소리에 놀라서 뒤를 돌아봤다. 아리안이 아직 쓰러진 사람들 곁에 있는 것을 보고 속으로 놀랐다.

'세상에, 음성 확대 마법도 아니고 이건 뭐지? 진정 주군의 깊이는 알 수가 없구나.'

시로코는 고개를 잘래잘래 흔들며 고개를 넘어갔다. 언덕에는 말 두 필이 쓰러져 있었다. 아무래도 두 남녀가 타고 도망가던 말인 듯싶었다.

"흠, 아이스 애로우 마법에 죽었군. 마법사가 있다는 뜻이겠지."

시로코가 언덕을 넘어서자 마차 행렬이 몬스터의 습격을 받는 중이었다. 많은 사람이 땅바닥에 쓰러져 있었다. 용병들의 사체가 많았고, 상인들의 시신도 보였다. 파라미는 벌써 오크 여러 마리를 죽이고 오거마저 단번에 갈라 버렸다. 용병들은 세 명이 힘겹게 싸우던 오거를 단숨에 죽여 버리고 다른 오거를 검으로 내려치는 그를 보고 할 말을 잃었다.

"세상에, 오거를 단숨에 죽이다니, 마스터인 모양이야."

"그러게 말이야. 오라블레이드도 보이지 않는데 굉장하군."

"저렇게 굉장한 무사가 도우려 왔으니, 이젠 우리도 살 수 있겠어. 어서 다른 사람을 돕도록… 앗, 위험!"

용병들은 파라미의 능력에 놀라서 이야기를 나누다가, 다른 오거가 파라미의 머리로 대도를 내려치는 것을 보고 소리를 질렀다.

퍽!

파라미는 눈앞의 오거를 죽이면서 돌아보지 않고 발로 뒤의 오거 머리를 올려 찼다. 수박 깨지는 소리와 함께 오거가 대도를 들고 뒤로 날아가는 모습이 보였다. 그 오거는 다시 일어나지 못했다.

용병들이 놀라서 파라미를 쳐다보자 그는 이미 다른 몬스터에게 달려가는 중이었다. 그는 한 번도 자신을 공격했던 오거를 쳐다보지 않았다.

"아, 진정 검의 새로운 경지를 보는 듯하군."

"맞았어. 우리와는 차원이 달라!"

용병들이 놀라고 있을 때, 시로코는 싸우려 하지 않고 주위를 살폈다.

'흠, 분명 흑마법사가 있을 텐데…….'

"다크 애로우!"

갑자기 숲에서 마법 영창 하는 소리가 울리고, 어둠의 기운이 화살 모양으로 변해 파라미에게 날아왔다.

휘익!

파라미가 화살을 간단히 잘라 버리자, 다크 애로우는 힘없이 사라졌다.

"다중 다크 애로우!"

이번에는 십여 발의 어둠의 화살이 날아왔다. 파라미는 화살을 막을 생각조차 하지 않고 날아오는 화살 위로 날아갔다.

앗!

"마검사다!"

놀라는 소리가 여기저기서 들렸다. 하지만 검은 로브를 걸친 마법사도 그대로 서 있다가 당하지는 않았다.

"블링크!"

흑마법사가 갑자기 사라졌다.

"바인딩! 플래시 투 스톤!"

흑마법사는 십여 미터 떨어진 곳에 나타나서 마법을 연속해서 영창했다.

싸움은 어느덧 끝이 나고 몬스터는 모두 도망갔으며, 용병들과 상인들은 싸움의 결과가 자신들의 생사와 연결된 듯했기에, 흑마법사와 파라미의 싸움을 조마조마한 심정으로 구경했다. 아리안 일행도 어느덧 도착해서 둘의 싸움을 가만히 지켜봤다.

"구속마법과 석화마법이다!"

용병대장인 듯한 자가 놀라서 소리쳤다. 파라미는 피하지 않고 오히려 흑마법사에게 날아갔다. 흑마법사의 지팡이에서 뻗은 검은 기운이 연속해서 두 번 파라미를 맞혔다.

　"세상에, 적중했어."

　구경하던 사람들은 안타까운 탄성을 터뜨렸다. 파라미의 손가락에 끼어 있던 반지에서 순간적으로 빛이 두 번 반짝거렸다. 그 반지는 아리안이 통신마법과 항마법이 인첸트됐다고 수련생들에게 나눠줬던 반지였다. 흑마법사는 파라미가 마법에 적중한 후에도 계속 날아오자, 더는 확인하거나 싸울 자신을 잃었는지 달아나려고 했다.

　"텔레포트!"

　"태극파천!"

　흑마법사가 '텔레포트'를 외치는 소리와 파라미가 검법 외치는 소리가 동시에 들리면서, 번쩍거리는 불빛과 공간을 가르는 번개 불빛 두 개가 보였다. 파라미가 땅에 내려서서 검을 검집에 넣었다.

　"으악!"

　갑자기 공중에서 외마디 비명이 들리더니 허리가 잘린 흑마법사가 땅으로 떨어졌다.

　쿵!

　"아니, 저럴 수가……."

　"세상에, 텔레포트하는 자를 허공에서 자르는 검법이라니……."

　파라미는 흑마법사를 처치한 후 몬스터가 사라진 숲으로 가려 했다.

[그만두어라. 시로코가 이미 쫓아갔다.]

파라미는 주군의 전음을 듣고 아리안에게 다가갔다. 그때 마차에서 상인 복장의 사내가 나와서 주위를 두리번거렸다. 아리안이 파라미에게 명령했다.

"상처 입은 자는 한쪽으로 모이게 하고, 구덩이를 파 죽은 몬스터를 파묻어라!"

"예, 주군!"

"아니, 그만두십시오. 목숨을 구해주셨는데… 이런 일은 당연히 저희가 해야 합니다."

"맞습니다. 그렇지 않으면 저희가 편하지 않습니다."

파라미가 죽은 몬스터를 옮기자, 용병들이 이구동성으로 말렸다. 파라미가 엉거주춤한 자세로 섰을 때, 용병들이 몬스터의 시체를 모두 모았다.

파라미가 주위를 둘러보자 알레그리아는 다친 용병들을 치유하는 중이었다.

"힐링!"

"세상에, 힐링 한 번에 그처럼 엄청난 상처가 났다니, 도대체 몇 서클 마법살까?"

"그러게 말이야. 얼굴은 천상미녀고 나이도 십대 후반이나 많아야 20대 초반일 텐데, 혹시 위대한 분의 유희가 아닐까?"

"그렇다면, 모른 척하는 게 좋아."

"그렇겠지?"

용병들은 소곤거리다가 주위에서 물러났다. 마차에서 내려

두리번거리던 사내가 산테로 백작에게 다가갔다.

"혹시 산테로 백작님이 아니십니까? 저는 톨르카 상단의 아보가도입니다."

"하하, 역시 아보가도 상단주님이셨군요. 긴가민가했습니다."

"아이고, 산테로 백작님! 백작님의 부하들 때문에 저승 문턱까지 갔다가 돌아왔습니다. 이 은혜를 어찌 갚아야 할지 모르겠습니다. 더구나 제 아들과 며느리까지 구해주셨더군요."

아보가도 상단주는 감격스러운 표정으로 산테로 백작에게 사의를 표했다.

"하하! 상단주님! 제 부하가 아니라 왕국에서 초빙한 분들입니다. 이리 와서 인사하십시오. 노블리아 왕국의 태대공 저하십니다. 저하! 저와 안면이 있는 톨르카 상단주인 아보가도님입니다."

"아이고, 저 유명한 아리안 태대공 저하 아니십니까? 덕분에 목숨을 부지하게 된 아보가도입니다. 뭐든지 말씀만 하시면 따르겠습니다."

"반갑습니다. 아보가도님! 평소에 베푸신 덕이 크다고 들었습니다. 그렇지 않았더라면, 돕고 싶어도 시간이 부족했을지도 모릅니다."

아리안이 부드러운 음성으로 답례하자 아보가도 상단주는 속으로 크게 감탄하며 조심스럽게 권했다.

"오늘은 이미 늦었으니 피 냄새가 조금 나긴 하지만, 여기서 야숙하는 게 어떻겠습니까?"

"그렇게 하지요."

상인과 용병들은 그곳에서 야숙 준비를 서둘렀다. 그때 시로 코가 돌아왔다.

"주군! 그들이 있는 곳을 확인했습니다."

"음, 수고했다."

야숙하는 장소에서는 모두 바삐 움직였다. 천막을 치는가 하면 솥을 걸고 물을 떠왔으며 땔감을 준비했다. 디오사는 물끄러미 그 광경을 지켜봤다.

그 순간 디오사는 파라미가 검술 수련하는 모습을 발견했다.

'어? 파라미가 지금 연습하는 것은 기본 8검술이잖아. 지금 누굴 약 올리는 거야? 그랜드 소드 마스터가 기본 검술을 수련해? 아냐, 뭔가 이상해. 기본 8검술이라면 훨씬 빨라야 하는데, 저건 느려도 너무 느려. 좀 더 자세히 봐야겠다.'

디오사는 야숙할 공터에서 파라미가 수련하는 조금 떨어진 곳으로 다가갔다. 파라미가 검을 휘두르는 속도는 매우 느렸다. 잠자리 한 마리도 잡지 못할 듯싶었다. 그리고 그는 한 자리에서 검을 휘두르는 게 아니라 분명히 움직이고 있었다. 그가 의도했는지 안 했는지는 알 수 없었지만, 분명히 5m 정도의 거리를 오간 흔적이 바닥에 역력했다.

파라미는 쉬지 않고 그 거리를 오가면서 검을 내리치든지 올려쳤으며, 다시 돌아올 때도 횡으로 긋는 등의 기본 8검술 중 한 가지 동작씩을 수련했다. 그랬기에 얼핏 봐서는 움직이지 않는 듯했다.

파라미는 디오사가 구경하는 줄 알면서도 개의치 않고 계속 연습했다. 디오사는 파라미를 바라보다가 어느 순간 이상한 느낌이 들었다.

'아냐, 이럴 수는 없어. 내 눈이 잘못된 게 틀림없어. 어떻게 한 번 휘두르는 검속에 기본 8검술을 모두 넣는 것만으로도 부족해서 여덟 번 반복한다는 게 말이나 돼?'

디오사는 머리를 흔들며 돌아갔다.

'아, 디오사는 아직 때가 안 된 모양이구나.'

파라미는 안타까운 한숨을 내쉰 뒤에 자신도 수련을 마쳤다.

디오사는 식사도 하지 않고 아리안 일행의 숙소인 천막으로 들어갔다. 밖은 아직 완전히 어두워지지 않았는데, 천막 안은 상당히 어두웠다. 그녀는 단전호흡을 하려고 가부좌 자세로 앉았다. 하지만 이런저런 생각이 연방 떠올라 몰두할 수가 없었다. 그녀는 더는 노력하지 않고 흐르는 생각을 그대로 관조했다. 그리고 시간이 흘러갔다.

아리안은 일행을 모두 불렀다.

"파라미! 모두 모이라고 전해라! 아, 디오사는 천막 안에 있다. 그대로 두어라!"

"예, 주군."

파라미는 시로코와 산테로 백작에게 주군의 말을 전했다.

"주군께서 오시랍니다."

아리안은 천막에 결계를 친 후, 용병대장을 불렀다.

"부르셨습니까? 태대공 저하!"

"어서 오게. 부하들에게 명해서 이 천막에 가까이 오지 못하게 하게. 결계를 쳤으니 억지로 들어오려 하면 목숨을 잃게 될 것이네."

"명심하겠습니다. 태대공 저하!"

용병대장은 아리안에게 고개를 숙여 절하고 돌아갔다.

아리안은 시로코와 산테로, 파라미와 함께 야숙장을 벗어났다. 물론 알레그리아는 그림자처럼 아리안을 따랐다.

시로코가 앞장서서 인도하는 대로 숲으로 들어가면서 주위는 어둠의 장막이 짙게 드리워졌다. 모두 어둠 속에서도 주위를 환히 볼 수 있는 능력자였지만, 산테로 백작만은 어둠을 완전히 벗어나지 못하여 나무의 잔가지들은 피하지 못했다. 파라미가 그런 산테로 백작을 그도 모르게 도왔다.

시로코가 멈춰서 가리킨 광장에는 모닥불이 환히 밝혀졌고 거대한 검은 동공의 동굴 입구가 보였다. 모닥불 주위에는 오크와 오거들이 제멋대로 흩어져서 인간의 사지로 보이는 것을 뜯어먹는 놈, 무기를 손보거나 잠을 자는 등 제각기 자신의 일을 했다.

동굴 입구를 지키는 엄청난 크기의 쌍두마룡의 한쪽 얼굴은 잠든 듯했고, 깨어 있는 머리는 사방을 두리번거리며 쉴 새 없이 살폈다.

"파라미와 산테로 백작은 나와 알레그리아, 그리고 시로코가 동굴로 들어간 후 밖에 남은 몬스터를 죽이고 입구를 지켜라!"

"예, 주군!"

"예, 태대공 저하!"

아리안은 두 사람에게 명한 뒤 오른손을 들었다. 손에는 밤인데도 빛이 반짝거리는 검 한 자루가 생겼다.

'무형검이로구나.'

'아, 심검!'

시로코와 산테로 백작이 각기 속으로 놀라는데, 아리안이 작은 목소리로 말하며 검을 높이 들었다가 쌍두마룡을 가리켰다.

"천기일원검!"

번쩍, 꽝!

하늘에서 기둥만 한 벼락이 떨어져 쌍두마룡을 그대로 감쌌다. 마룡은 비명도 지르지 못하고 재로 변해 사라졌다.

"죽어라!"

산테로 백작과 파라미가 몬스터에게 달려들었다. 산테로 백작의 검에서는 2m 정도 화려한 오라블레이드가 나와서 오크와 오거를 단번에 베어 나갔다. 파라미는 오거 세 마리를 처치한 후 동굴 입구에서 사방에 주의를 기울이며 산테로 백작을 바라봤다. 백작은 머지않아 몬스터를 모두 처치하고 파라미 곁에 섰다.

"와, 백작님! 대단하시네요."

"하하, 왜 그러시나, 파라미 청년. 그런데, 마스터 초급하고 상급의 차이가 굉장하기는 굉장해. 전에는 오크를 벨 때도 정신을 집중했는데, 지금은 오거도 그대로 잘리더군. 파라미 청년! 마스터와 그랜드의 차이는 어떤가?"

"글쎄요. 마스터가 육체 무공의 꽃이라면, 그랜드 마스터의 무공은 정신 무공의 시작인 듯한 기분이죠."

파라미는 백작의 질문에 곰곰이 생각하더니 대답했다. 그러나 백작은 그의 말을 십분 이해하지 못한 듯싶었다.

"정신 무공의 시작?"

"예. 마스터의 오라블레이드는 자르지 못할 게 없다고 알려졌죠. 마스터 상급이 되면 가장 효율적인 검의 운용이 기본이라고 봐야 할 겁니다. 하지만 그랜드 마스터가 되면 절대공간이라는 게 생깁니다. 그리고 그 공간 안에서는 나의 뜻이 그대로 반영된답니다. 제 느낌으로는 그랜드 마스터 경지의 상승은 절대공간이 점차 넓어지고 공간을 지배하는 방법이 다양해지며, 대상이 점점 많이 포함되는 것은 아닐까 싶어요."

"아, 그렇구나."

산테로 백작은 파라미의 말을 정확히 이해할 수는 없었지만, 어렴풋하게 짐작이 갔다. 백작은 놀란 눈으로 젊은 청년을 무척이나 경이의 눈으로 바라봤다.

'세상에, 절대공간이라니……'

아리안은 동굴로 들어갔다.

동굴은 상당히 높고 폭도 넓어서 세 사람이 함께 걸어도 여유가 많았으며, 좀 더 들어가자 마법 불까지 보였다.

"엇? 인간이 돌아다녀? 비상!"

동굴이 갈라지는 곳에서 갑자기 나타난 병사가 소리쳤다. 시로코가 순간적으로 검을 휘둘러 병사를 갈랐지만, 검이 그대로 지나가고 말았다.

"어? 쉐도우 병사?"

"시로코, 물러나라! 헬 프레임!"

알레그리아가 소리치자 시로코는 재빨리 물러났고 지옥화염과 같은 검은 불길이 쉐도우 병사를 삼켜 버렸다.

"크악! 마도사라니……."

검은 그림자 병사도 검은 불길에 휩싸여 역소환되지 못하고 소멸했지만, 그가 비상을 외치는 바람에 통로에는 많은 그림자 병사가 나타났다.

"인간 마도사다. 죽여라!"

"이곳은 죽은 자의 땅, 산 자의 영혼을 바쳐라!"

"지랄도 귀엽게 떠네. 파이어 스톰!"

"으악! 인간이 8서클 마법을 어떻게……."

불의 회오리가 여러 개 형성되어 동굴을 쓸어버렸다. 고위 마법 한 방에 그림자 병사가 모두 소멸했다. 파이어 스톰은 동굴 천장까지 모두 태운 후 사라졌다.

"휴! 물리적인 힘이 전혀 도움이 안 될 때가 있다니……."

시로코가 식은땀을 닦으며 중얼거렸다. 알레그리아는 그를 힐끗 쳐다보고 아리안보다 약간 앞으로 나섰다. 일행이 동굴 모퉁이를 돌아갔다. 바로 그때였다.

"으윽! 젠장!"

시로코가 바닥에 한쪽 무릎을 꿇으면서 뭔가를 이겨내려고 안간힘을 썼다.

"힐링! 큐어!"

알레그리아가 연방 치유마법을 펼쳤지만 효능이 없었다. 시로코는 더욱 괴로워했으며, 얼마나 어금니를 세게 물었는지 피가 흘러나왔다.

"크윽!"

알레그리아가 어쩔 줄 모르는데, 아리안이 시로코의 머리에 손을 댔다.

"출! 압! 파!"

시로코의 머리에서 검은 기운으로 뭉쳐진 공이 빨려 나왔다가 작게 압축된 후 그대로 터져 버렸다.

"세상에, 셰이드잖아."

알레그리아가 탄성을 터뜨렸고, 시로코가 그제야 편안하게 바뀐 얼굴로 물어봤다.

"알레그리아님! 셰이드가 뭐죠?"

"어둠의 중급 정령이지. 보통은 검은 유령 모습으로 나타나고 약간의 물리력을 행사하기도 해. 공포와 고통을 느끼게 하고 소환사를 그림자와 동화시키지. 만약 어둠의 정령왕 아르카네가 나타난다면 나도 당해내지 못해. 우리 로드가 나타나야 겨룰 수나 있을 거야."

"그럼, 어둠의 상급 정령도 있겠군요."

알레그리아의 말에 시로코는 어이없다는 표정으로 물었다.

"당연하지. 스프라이트라고 부르는데, 창백한 피부와 검은 옷을 걸쳤고 전형적인 페어리 형태지. 그의 저주와 매혹마법은 상당히 이겨내기 어렵다고 전해져."

"정령은 지금까지 보지도 못했었는데, 실제로 당해보니 대항하기가 실로 난감하군요."

시로코의 말을 들은 아리안이 그를 돌아보며 말했다.

"마음에 여유를 갖는다면 침범하기가 어렵다. 더구나 이처럼 무엇이 나타날지 모르는 상황에서는 절대공간을 유지하도록 해라! 상급 정령도 그랜드 마스터의 절대공간은 침범하지 못한다. 절대공간이 확장되지 못하면 다음 경지로 갈 수가 없다."

"예, 주군! 명심하겠습니다. 한데, 그랜드 마스터 다음 경지도 있습니까?"

시로코가 아리안의 말에 놀란 표정으로 말했다.

"그랜드 마스터의 극은 자연력을 사용하는 것이고, 다음 단계는 공간과 시간을 다루는 차원력, 그 다음 단계는 우주력, 그 뒤엔 창조력, 그리고 마지막에 조화력의 경지까지 존재하지."

아리안의 말을 들은 시로코는 각 단계의 이름만을 외우며 놀랐지만, 알레그리아는 조금 달랐다.

'아, 주님의 말씀은 너무 놀랍구나. 드래곤의 한계가 그랜드 마스터의 극과 비슷한 거였어. 다음 단계의 차원력이란 로드의 11서클 마법과 비슷한 면이 있는 듯하구나. 세상에, 우주를 창조하고 원래부터 있던 자인 조화주의 능력까지 언급하는 주인님은 대체 어떤 경지인 거지? 지금까지 내가 주인님을 지킨다고 여겼는데, 그게 아니었나? 아니야, 먹는 것도 잘못해서 제자를 잃고 피눈물을 흘리는 주인님을 혼자 두면 안 돼. 주인님의 안전은 내가 지켜야 해. 아무리 강하면 뭘 해. 남자는 다 어린애 같은걸.'

알레그리아가 아리안을 사랑스럽다는 듯이 은근한 눈빛으로 쳐다보다가 눈이 마주치자, 그만 얼굴이 발갛게 변했다.

"그리아! 지금 무슨 생각하니?"

"예? 그러니까 그게, 왜 달이 보이지 않을까 싶어서……."

"동굴에서 달이?"

"달, 달, 무슨 달, 쟁반같이 둥근 달, 어디 어디 떴나, 주인님 위에 떴지. 달은 점점 더 높이 떠오릅니다. 새 나라의 어린이는 일찍 일어날까요? 씨! 주인님 그만 쳐다보세요! 그리아, 부끄러워지잖아요."

"???"

신도 이해하기를 포기한 여자의 마음을 아리안이 어찌 알 수 있으랴. 아리안이 머리가 아픈지 고개를 흔들었다.

"으악!"

알레그리아가 비명을 지르며 아리안에게 안겼다. 아리안은 엉겁결에 그녀를 안았다. 시로코가 검을 뽑아 들고 사방을 살폈다. 절대공간을 형성하고 기감마저 펼쳐 나갔다.

"거미가……."

짜당!

대륙에서 제일 강한 두 남자를 단 한 마디에 쓰러뜨린 알레그리아의 얼굴은 보름달보다 환히 빛났다.

여자는 이해의 대상이 아니라, 사랑해야 할 존재라고 누가 그랬던가.

*   *   *

"마도사님! 이제 키레로 왕국은 마도사님의 명령에 따를 준비가 끝났습니다."

동굴 광장에는 거대한 소환진이 그려졌고, 정면 벽에는 지름

1m의 암흑 기운이 이글거렸는데, 마치 벽걸이처럼 걸려 있었다. 그 앞에는 제단이 설치됐으며, 제물을 바친 지 얼마 되지 않았는지 피가 조금씩 흘러내렸다.

제단 아래 검은 로브를 걸친 사내가 섰고, 그 앞에는 귀족 복장을 한 사내가 무릎을 꿇었으며, 그 양쪽 옆에는 흑마법사들과 마수들 모습이 눈에 띠었다.

"귀족들 포섭은 끝났느냐?"

"예, 마도사님! 열에 여덟은 흑뇌단을 복용시켰습니다."

귀족 복장을 하고 무릎을 꿇은 자는 고개도 들지 못한 채, 흑마법사의 물음에 겨우 답했다.

"인간들이 침입했다. 인간들이 침입했다."

갑자기 날아온 푸른 까마귀가 마도사의 어깨에 앉으면서 말했다.

"그래? 청오야! 그럼, 동굴을 지키던 놈들은 어떻게 됐느냐?"

"머리 두 개 덩치도 죽었다. 냄새 나는 놈들도 죽었다."

청오라는 푸른 까마귀는 아마 밖에서 들어온 모양이었다. 마도사는 곁에 선 미녀를 쳐다봤다. 그녀의 하반신은 무지개처럼 칠색 빛으로 반짝이는 커다란 뱀이었다.

"라미아! 네가 처치하고 오너라!"

"알았어. 그 대신 그놈들의 피는 내 거다."

혀를 날름거리며 말하는 라미아의 입가에는 피가 굳어 있었다.

"알았다. 그렇게 해라!"

거대한 몸통을 가진 라미아는 고개를 한 번 돌리는 것만으로 벌써 모퉁이를 돌아갔다.

"어? 벌써 여기까지? 어스퀘이크!"

구릉, 구르릉!

라미아가 아리안 일행을 보고 마법 주문을 외우자, 땅이 갈라지며 거대한 동공을 만들었고, 땅이 부서지며 날카로운 무기처럼 세 사람을 난도질하려고 덤볐다.

"플라이!"

알레그리아가 마법으로 몸을 공중으로 띄우자, 라미아는 다른 마법을 난사했다.

"인탱글!"

동굴 천장과 벽에 뻗은 나무뿌리들이 아리안 일행을 잡으려고 사방에서 꿈틀거리며 달려들었다.

"그레이트 파이어!"

알레그리아가 만든 불길은 일반 파이어 마법보다 몇 배나 강화되어 동굴 안쪽을 쓸어버렸다. 그 광경을 지켜본 라미아는 다시 마법을 영창했다.

"포이즌!"

무시무시한 뱀의 독이 안개처럼 세 사람을 향해 뿌려졌다. 알레그리아도 다시 마법 언령을 외쳤지만, 아리안이 손을 들어 라미아를 가리키는 게 조금 더 빨랐다.

"멸!"

"큭, 이럴 수가!"

라미아는 머리부터 꼬리까지 긴 몸통이 차례로 부서져 내렸다. 독은 실드에 부딪쳤다가 그녀가 소멸되면서 동시에 조용히 가라앉았다. 아리안은 급히 모퉁이를 돌아갔다.

한편, 라미아가 소멸하자 흑마도사는 잠시 비틀거리더니 마법사들에게 명령했다.

"크윽! 라미아가 소멸하다니, 모두 침입자를 막아라!"

"예, 마도사님!"

"텔레포트!"

번쩍!

마도사가 빛을 번쩍이며 사라진 순간 아리안 일행이 모퉁이를 돌아서 나타났다.

"다크 애로우!"

"윈드 커터!"

"파이어 볼!"

"검천광풍!"

"실드!"

갑자기 동굴 광장은 마법 연무장이 되고 말았다. 지금까지 이렇다 할 도움이 되지 못했던 시로코의 분노에 찬 검풍이 회오리를 일으키며 광장을 휩쓸었다.

번쩍 번쩍! 꽈꽝 꽝!

동굴 광장은 태풍이 몰아친 듯했다. 마법사나 마법은 물론이고 누구도 시로코의 검이 일으킨 용권풍에서 자유롭지 못했다. 모두 깨어지고 갈라졌으며 소멸했다.

컥컥!

광장 중앙에 엎드렸던 귀족이 고통스런 비명을 질렀다. 알레그리아는 재빨리 그에게 다가가서 머리를 만졌다가 뒤로 물러났다. 한바탕 회오리가 쓸고 지나간 광장은 고요했다.

"그들이 남긴 서류가 있는지 찾아보자."

"예, 주군!"

"예, 주인님!"

세 사람이 동굴을 샅샅이 뒤졌지만, 어디에도 그들의 계획을 알 만한 것은 나오지 않았다.

"주인님! 다행히 저들 계획 중 일부는 알아냈어요. 이미 왕국 귀족 중에 열의 여덟은 저들의 흑뇌단을 삼킨 상태에요."

"흑뇌단?"

"예, 주인님! 한 명씩 세뇌하기에는 너무 위험하고 누군가가 그들을 치유한다면, 세뇌한 자에게 부작용이 커서 일률적으로 세뇌시키는 약을 먹인 것이죠. 그들의 명단을 알았으니 문제는 없을 듯해요."

알레그리아는 자신이 읽은 기억을 아리안에게 보고했다.

"음, 국왕은 어떻게 됐나?"

"국왕 역시 약을 먹었어요."

아리안의 물음에 대답하는 알레그리아의 음성은 담담했지만 자신만은 넘치는 듯했다.

"실로 괘씸한 놈들이군. 도대체 어떤 자들인가?"

"흑마법사 길드와 몇몇 귀족이 앞장선 듯해요. 이곳엔 아무것도 없는 것 같은데, 이제 돌아가죠?"

"아냐, 저 암흑 기운이 아무래도 수상해. 저게 여기 있을 이유가 없어."

아리안은 지름 1m 크기의 암흑 기운을 유심히 살폈다. 그때 암흑 기운의 위험성을 살펴려고 알레그리아가 흑마법사의 시신 한 구를 암흑 원구로 던졌다. 시신은 그대로 빨려들 듯이 사라졌다.

"흠, 마정을 심었군. 무엇을 감추려고 그 귀한 마정을 사용하면서까지 이렇게 만들었지?"

아리안은 왼손을 들어 암흑 기운 속으로 천천히 집어넣었다.

"주인님! 위험해요."

"맞아. 그대로 두면 누군가가 희생될 거야. 무척 위험한 놈이지."

아리안의 손목까지 어둠 속으로 사라졌다. 그리고 잠시 후, 암흑 기운이 부글부글 끓는가 싶더니 차츰 줄어들었다. 빛마저 빨아들이는 어둠의 기운은 결국 주먹만 한 흑요석 하나를 남기고 사라졌다. 아리안은 그 보석을 꺼내지 않고 그대로 잡고 옆으로 돌렸다.

웅~!

갑자기 벽이 서서히 갈라지고 찬란한 빛이 반짝이는 거대한 석실이 나타났다.

"세상에, 저게 모두 보석들이야? 아무래도 자연으로 돌아갔거나 멍청한 동족의 레어를 발견한 것 같아요."

석실 안에는 어마어마한 양의 보석과 각종 무구, 희귀 약과 마법책, 고대 서적 등 말 그대로 기진이보의 산이었다.

"흠, 한동안은 쓸 만하겠군."

아리안은 석실 안을 향해 손을 저었다. 순간 빛이 번쩍이더니 모두 사라졌다.

"우와, 그게 아공간에 다 들어가요?"

"크크, 얼마든지 가능하지. 기다릴 텐데, 이젠 갈까?"

"예, 주인님!"

아리안이 마지막으로 흑요석을 던졌는데, 그것마저 공중에서 사라졌다. 알레그리아가 자신에게 던지는 줄 알고 받으려다가 그것이 사라지자, 들어 올렸던 손을 서로 어루만지며 입을 삐죽였다.

"홍, 심장도 보석으로 바꾸고 싶은 게 여인의 심정인데, 주인님은 몰라도 너무 몰라. 씨!"

토라진 알레그리아에게 아리안이 작은 음성으로 말했다.

"그리아! 바퀴벌레!"

"으앙! 무서워!"

아리안이 펄쩍 뛰어 안긴 알레그리아를 가만히 안고 등을 천천히 쓸어주자, 그의 어깨에 얼굴을 묻은 알레그리아의 눈에서 눈물 한 방울이 흘러내렸다.

'주인님~!'

아리안의 눈앞에 문득 마르티네스 공주의 해맑은 얼굴이 떠올랐다. 아리안은 그리아를 꼬옥 안았다가 내려줬다.

"자, 가자! 그리아!"

"예, 주인님!"

알레그리아는 아리안의 품에서 벗어나자, 웬일인지 허전하고 세상이 공허한 듯한 느낌마저 들었다.

*　　*　　*

다음 날 아침, 아리안은 상단주의 식사 초대를 받았다.

"아보가도님! 초대해 주셔서 감사합니다."

아리안 일행은 톨르카 상단 아보가도 상단주의 천막으로 갔다. 상단주가 천막 입구에서 기다리다가 아리안 일행을 반갑게 맞이했다.

"어서 오십시오. 태대공 저하!"

"아버지의 상단과 저와 내자의 목숨까지 구해주셔서 감사합니다. 태대공 저하!"

상단주의 아들이 부인과 함께 고개를 깊이 숙였다.

"두 분의 건강한 모습을 보니 기쁘군요."

아리안이 상단주 아들 내외와 인사를 나누고 안으로 들어가자, 용병단장이 의자에 앉지 않고 기다리다가 묵묵히 절했다. 모두 자리에 앉아 담소를 나누며 식사를 시작했다.

"태대공 저하! 혹시 왕도로 가시는 중입니까?"

식사가 어느 정도 끝나 찻잔을 드는 사람이 생기자, 상단주가 차를 한 모금 마시고 아리안에게 말했다.

"그렇습니다. 아보가도님! 혹시 문제가 있습니까?"

"예, 태대공 저하! 지금 베라쿠르소 성은 이미 인간이 살기 어려운 곳으로 변하고 말았습니다."

"예? 인간이 살기 어려운 곳이라니 그게 무슨 말씀이죠?"

아리안은 아보가도 단주의 말을 듣고 깜짝 놀라서 반문했다. 아보가도 단주 아들 내외의 얼굴도 침통하게 변했다.

"베라쿠르소 성 주위의 산은 이미 황폐해졌으며, 많은 몬스터와 마수들이 그 일대를 자유롭게 활보하면서 인간이 보이면 닥치는 대로 잡아먹습니다."

"그럼, 병사들은 어떻게 하고 있습니까?"

"그들을 지휘하는 귀족들에게 보고해도 들은 척도 하지 않으니 병사들도 어쩔 수가 없겠죠. 강력하게 출동을 요구하던 병사를 지휘관인 귀족이 한 손으로 잡아서 성 밖으로 던져 버린 후 다음에는 아무도 그런 요구를 하는 자가 없는 형편이랍니다."

그 말을 들은 일행은 침중한 표정이 됐으며, 특히 산테로 백작의 얼굴은 사색이 됐다.

"예, 아보가도 단주님! 아이레 공주와 약속을 했으니 지켜야 하지 않겠습니까?"

아리안의 말을 들은 산테로 백작의 얼굴은 펴졌지만, 아보가도 상단주는 크게 고개를 끄덕이면서도 표정만은 풀리지 않았다.

"태대공 저하! 말씀을 들으니 더는 드릴 말씀이 없습니다만, 한 가지는 꼭 말씀드려야겠습니다."

말을 끊고 아들 내외의 얼굴과 산테로 백작을 쳐다본 아보가도 단주의 음성은 침통하기만 했다.

"태대공 저하께서 공주님과 무슨 약속을 했는지 모르겠습니다만, 지금은 상황이 변했다고 말씀드리고 싶습니다. 첫째, 아이레 공주님이 왕성을 빠져나갔다고 알려진 때와는 상황이 너무 변했습니다. 당시에는 귀족 십여 명을 처단하면 됐습니다만, 지금은 정신이 변해 버린 국왕에서부터 대부분 귀족이 마족의 발아래 엎드린 상태입니다."

아보가도 상단주의 설명은 참으로 기가 막힐 지경이었다. 어찌된 영문인지 주위 산의 초목이 초토화되어 점점 숨쉬기도 어려워졌고, 날만 어두워지면 왕성 안에도 수많은 박쥐가 날면서 집 밖으로 나온 사람들의 피를 빨고, 피를 빨린 자가 사흘이 지나면 흡혈귀로 변하게 된다는 이야기였다. 흡혈귀가 된 자는 밤에만 활동하기에 왕성의 밤은 이미 지옥처럼 변하고 있다는 이야기에는 모두 할 말을 잃었다.

또한 마수마물만이 아니라, 그들을 지배하는 마족마저 소환됐다는 점과 위대한 존재와 그 능력이 비등하다는 마족이 존재하면서도 조용하다는 점을 강조했다. 그 말은 눈에 보이지는 않아도 그들 모두 통제하는 고위 마족이 이미 대륙에 존재한다고 단언하는 상단주의 말에 일행은 침통한 표정을 지었다.

"음~! 상황이 그렇게 변했다면 나 개인이 처리할 시기는 이미 지났다고 봐야겠군요."

"그렇습니다. 태대공 저하! 죄송한 말씀이오나, 만약 태대공 저하께서 일을 단순하게 여겼다가 무슨 불상사라도 발생한다면, 대륙의 희망은 끊기게 됩니다. 한두 사람 더 구하는 게 최선이 아니라, 그들을 확실하게 대륙에서 쫓아내야 할 것입니다."

"베렛 성으로 돌아가야겠군."

아리안은 상단주의 말을 듣고 묵묵히 생각에 잠겼다가 허공을 보면서 혼잣말처럼 중얼거렸다.

"잘됐습니다. 저도 마침 그 성으로 가는 중이었습니다. 베렛 성이 국경에서도 가깝고 성곽도 튼튼하니 그 성에서부터 반격의 실마리를 찾는다면 좋을 것 같습니다. 저희 상단이 성심껏

돕도록 하겠습니다."

"감사합니다. 아보가도 상단주님! 그렇게 해주신다면 그 도움을 결코 잊지 않을 것입니다."

일행은 베렛 성으로 다시 돌아갔다. 아이레 공주와 티토바코 성주가 반갑게 맞이했다.

"태대공 저하! 틀림없이 예상치 못한 일이 벌어진 듯합니다."

"그렇습니다. 티토바코 성주님! 귀족들이 문제가 아니라, 마족과 많은 마수마물이 문제랍니다."

"그럼, 키레로 왕국은 이제 희망이 없습니까?"

"일단 모여서 의논하는 게 좋을 듯싶은데, 잠시 후에 연락을 드리겠습니다."

"알겠습니다. 태대공 저하!"

아리안은 귀빈 숙소로 물러나서 알레그리아에게 말했다.

"그리아! 왕궁으로 가서 포르피리오 백작을 데려왔으면 좋겠다. 그렇게 해줄래?"

"예, 주인님! 텔레포트!"

번쩍!

알레그리아는 아리안을 한 번 더 쳐다보고 빛과 함께 사라졌다.

한편, 산테로 백작은 아보가도 상단주와 함께 아이레 공주를 찾아가서 경과보고를 했다.

"공주님! 평안하셨사옵니까?"

"산테로 백작! 수고 많았어."

"아보가도 상단주! 공주님께 인사드리게."

"아이레 공주님! 안녕하십니까? 아보가도 상단주입니다. 죄송합니다만, 공주님은 앞으로 어떻게 할 생각이십니까?"

"그게 무슨 말이지? 나는 경의 말을 전혀 이해할 수가 없군."

아이레 공주가 어리둥절한 표정을 지으며 산테로 백작을 쳐다보자, 백작도 의아한 얼굴로 상단주를 바라봤다.

"공주님! 내일 아침 회의는 키레로 왕국 모든 백성이 죽느냐 사느냐의 갈림길이 될 것입니다."

"그렇지 않아. 내일 회의는 어려운 지경에 빠진 왕국을 어떻게 구원하느냐의 회의가 될 거야."

"그렇게 해서 왕국이 위기에서 벗어나면 공주님이 왕국을 다스릴 것입니까? 죄송합니다만, 국왕 전하와 왕자님은 이미 오래전에 돌아가신 것으로 압니다."

아이레 공주는 인정하고 싶지 않았던 이야기를 꺼내며 자신을 압박하는 아보가도의 말에 화가 나서 몸이 부들부들 떨렸지만, 억지로 참고 조용한 음성으로 말했다.

"아보가도 상단주! 뭔가 하고 싶은 말이 있는 것 같은데, 얘기해 봐."

아보가도 상단주는 공주의 말을 듣고 그녀를 물끄러미 바라봤다.

'공주가 어린 나이인데도 의외로 침착하구나. 하지만 공주가 살아 있는 것은 전혀 도움이 되질 못해.'

"공주님! 공주님이 왕성을 떠날 때와 지금은 많이 변했습니다. 귀족 몇 사람을 죽이거나 가둬서 될 문제가 아니라는 것입니다. 몬스터와 마수마물은 물론이고 인간의 힘으로 상대하기 어려운 마족과 엄청난 능력을 소유한 마계 귀족까지 나타났습니다. 그들로부터 왕국을 해방하려면, 수많은 강병이 죽어갈 것이며 엄청난 경비가 필요하게 됩니다."

아보가도 상단주는 아이레 공주에게서 별다른 기색을 발견하지 못하자 문제의 심각성을 모른다고 판단했다. 그는 공주에게 직설적으로 표현했다.

"지금 왕국의 사태는 태대공 전하께 무조건 구원해 달라 한다고 해서 가능한 문제가 아니라는 뜻입니다. 그런 일은 동화책에서나 나오는 이야기죠."

상단주의 말이 이어질수록 아이레 공주의 얼굴은 점차 창백하게 변해갔다. 공주는 그가 무슨 말을 하려는 것인지 점차 깨달을 수 있었다.

"또한, 백성은 왕가의 소유물이 아니라는 뜻입니다. 이미 귀족과 왕실은 자신의 책임을 다하지 못하여 백성을 몬스터와 마물에게 넘겨주고 말았습니다. 누구도 내일 뜰 해를 볼 수 있다는 장담을 못 하게 된 실정입니다. 누군가를 구심점으로 모여서 반격을 가하고 싶어도, 그럴 만한 인물도 없고 당장 먹을 것도 없는 형편이랍니다. 더구나 전쟁은 수많은 돈을 쏟아 부어야만 합니다."

"잠깐, 경의 말은 지금 나에게 어떻게 하란 것인가? 한마디로 죽는 게 좋다는 뜻인가?"

"그렇습니다. 공주님! 왕국을 구해달라고 하지 말고 왕국 백성을 구해달라고 해야만 한다는 뜻입니다. 그가 돕는 데 어떤 제약도 두지 않는 게 좋다고 말씀드리는 것입니다. 태대공 저하도 부하에게 죽으러 가라고 명령할 때는, 죽을 고비를 넘기고 공을 세운 부하에게 줄 게 있어야 한다는 뜻이지요."

"아, 경의 말은 맞지만, 과연 정의란 존재하지 않나요?"

"공주님! 정의는 강한 자가 질서를 세우려고 만든 말이랍니다."

아이레 공주는 아보가도 상단주가 하는 말을 들어본 적이 없었다. 그러나 그것이 현실이라는 것을 깨달아 알게 됐다. 인정할 수밖에 없다는 사실이기에 더욱 슬펐다.

"모두 나가주세요. 혼자 있고 싶어요."

"공주님!"

"백작도 잠시 나가주세요."

산테로 백작도 아보가도 상단주의 말이 심하다고 여겼지만, 공주도 알 것은 알아야 하기에 아무런 말도 하지 않았다. 오늘따라 공주가 더욱 안쓰러워 보였다.

'아바마마!'

공주의 방 등불은 일찍 꺼졌지만, 그 방에서 흘러나오는 가녀린 흐느낌은 밤새도록 끊어질 듯하면서도 연방 이어져 나왔다.

'공주님!'

어떤 위로의 말이나 다짐도 공주에게 해가 된다는 것을 아는 산테로 백작의 눈시울도 붉어졌다.

다음 날 아침, 알레그리아가 돌아왔다. 그녀와 함께 포르피리오 백작, 하심 카타트 제1사령관, 발보아 제2사령관, 칼리파 병참사령관이 함께 왔다.

"주군! 부르심을 받고 왔습니다."

포르피리오는 허리를 굽혔고 다른 사람은 무릎을 꿇어 기사의 예를 취했다.

"어서들 와라! 모두 오랜만이로구나."

시로코와 파라미, 그리고 디오사도 참석했고 벽에는 키레로 왕국 지도가 걸려 있었다.

"아이레 공주와 산테로 백작, 아보가도 상단주에게 참석해 달라고 전해라."

아리안의 명을 받은 집사가 떠나고 잠시 후에 연락을 받은 사람들이 모두 모였다. 왕성으로 돌아갔던 성주의 처남 호아킨의 모습도 보였고, 공주의 눈은 약간 부은 듯했다.

시간은 계속 흘러갔다. 점심시간이 지나자 아이레 공주와 호아킨이 회의실에서 나와 방으로 돌아갔다. 호아킨은 다시 성을 떠났다. 대륙의 운명을 결정지을 회의는 그칠 줄을 몰랐다.

두 개의 달이 쌍둥이처럼 모이는 새벽이 되어서야 아리안 은 알레그리아와 함께 사령관들을 데리고 떠나갔다.

*   *   *

"국왕 전하! 출전을 하명하시옵소서!"

왕궁 대전에는 많은 신하와 장수들이 모였다. 아리안이 국왕 앞에 머리를 숙이고 출정을 청했다. 아리안이 출정을 요구하는 이유를 상세히 아는 대전에는 긴장감이 차고 넘쳤다.

"모든 제신은 명을 받으라!"

"국왕 전하! 하명하소서!"

제신들의 우렁찬 대답이 대전을 크게 떨어 울렸다.

"대륙은 마계의 침입으로 지금 그 예를 찾기 어려운 위난에 처했다. 제신들은 모름지기 혼신을 다하여 그들을 몰아내고 대륙을 지켜야 하리라."

국왕의 어음은 비장했다. 대전의 침묵은 오히려 꺼질 줄 모르는 열기로 뜨겁게 타올랐다.

"마물과의 싸움은 전방과 후방이 따로 없으니 모든 백성이 합심해야 할 것이며 제신들이 그 최선봉에 서야 할 것이다. 왕성을 하루바삐 완성하고 각 성의 성벽을 증축해야 한다. 모든 백성을 성안에 거하도록 이주시키고 성 밖으로 나갈 때는 병사들이 따라가서 보호해야만 한다. 어려울 때를 대비하여 식량을 비축하고 무기를 손질하며 마수마물을 상대할 신무기 개발에 모든 역량을 기울이라!"

"왕명을 받들겠사옵니다. 심려치 마시옵소서, 국왕 전하!"

신하들이 일제히 몸을 숙여 국왕의 명령에 화답했다.

"태대공 아리안은 명을 받들라."

"예, 국왕 전하!"

국왕의 명에 아리안은 고개를 숙여 명령을 들을 자세를 갖췄다.

"왕국이 전시상태임을 선포한다. 태대공 아리안을 노블리아 왕국 총사령관에 임명함과 아울러 키레로 왕국으로 가는 출정군의 총사령관으로 임명한다. 경은 키레로 왕국을 평정하여 대류의 위기를 극복해 만백성을 도탄에서 구하도록 하라!"

"신, 태대공 아리안, 국왕 전하의 지엄하신 명령을 받드옵니다."

아리안은 국왕 전하께 복명한 후에 돌아섰다.

"하심 카타트 제1사령관은 명을 받들라!"

"신, 하심 카타트 제1사령관, 총사령관 각하의 명령을 받을 준비가 됐습니다."

하심 카타트 제2사령관이 한 걸음 앞으로 나와서 무릎을 꿇었다.

"그대에게 선봉사령관의 직책을 내린다. 사흘 후 국경을 향해 출발하도록 하라!"

쿵!

"충! 명을 받들겠습니다."

하심 카타트 사령관이 가슴을 치는 소리가 대전을 울렸다.

"발보아 제2사령관은 명을 받들라."

"신, 발보아 제2사령관, 총사령관 각하의 명을 받들 준비가 됐습니다."

발보아 사령관이 한 발 앞으로 나서서 엄숙한 표정으로 아리안을 보고 무릎을 꿇은 채 고개를 숙였다.

"그대에게 중군 사령관의 직책을 내린다. 닷새 후에 왕성을 출발하도록 하라!"

쿵!

"충! 존명!"

"헤르메스 기사단장!"

"예, 총사령관 각하!"

아리안의 경호대장에서 왕국 기사단장이 된 헤르메스가 무릎을 꿇었다.

"기사단이 총 몇 명인가?"

"총 500명입니다. 총사령관 각하!"

"왕궁 경호는 부기사단장에게 맡기고, 지원하는 기사 중에서 200명을 인솔하여 출정 준비하라!"

"예, 총사령관 각하!"

아리안은 칼리파 병참사령관에게도 명령을 내린 후에 대전을 둘러봤다.

"카를리토스 백작!"

"예, 총사령관 각하!"

"오슬람 왕성의 완공은 언제인가?"

"아직 5년은 더 걸릴 것으로 생각되옵니다."

"드워프들이 도울 것이니 2년 안에 완성토록 하라!"

아리안의 명령은 엄숙했지만, 카를리토스 백작은 난색을 표명했다.

"총사령관 각하! 드워프들이 돕는다면 1년의 공기를 줄이는 것은 가능하지만, 2년까지는 어려운 줄 아옵니다."

"카를리토스 백작! 지금은 전시임을 유념하라. 백성을 동원하되 품삯을 지불하면 될 것이다."

"총사령관 각하의 명대로 하겠사옵니다."

아리안은 카를리토스 백작에게 명령을 내린 뒤 신하들을 둘러봤다.

"각 성주들은 국왕 전하의 명령대로 성벽을 증축, 보수하여 마수마물과 싸울 준비를 끝내도록 하라! 키레로 왕국 문제를 해결한 후에 각 성을 순방하여 준비 상태를 점검할 것이다."

"총사령관 각하의 명령대로 하겠습니다."

아리안은 왕궁을 나와 저택으로 돌아가면서도 안색이 풀리지 않았다.

"충성! 어서 오십시오. 태대공 저하!"

정문을 지키는 무사들의 군례가 저택을 뒤흔들었다.

"오빠!"

아리안은 아디아가 부르는 소리를 들으며 집에 왔다는 실감이 들었다. 아디아가 펄쩍 뛰어올라 아리안의 품에 안겼다. 아리안은 동생을 안고 등을 다독인 뒤 내려놨다.

"오셨습니까? 저하!"

마르티네스 공주가 쥬비스 제국의 제국검으로 불리던 이그나시오 후작, 지금은 총관인 헤레스와 함께 나와서 아리안을 맞이했다.

"그간 평안하셨습니까? 스승님!"

"공주님의 눈이 빠질 뻔했는데, 먼저 신경 써야지."

총관의 말을 들은 아리안은 웃으며 공주를 바라봤다. 어느덧 성숙해진 느낌이 드는 공주의 아름다움은 더욱 빛이 났다.

"마르티네스!"

아리안은 공주의 눈이 반짝인다는 느낌마저 들었다.

"들어갑시다."

"예, 저하! 할아버님께 인사드리고 오시지요. 아버님은 아직

퇴근하지 않으셨답니다."

"그래요? 아버님이 즐거우신 모양이군."

"피곤해하시지만 표정은 늘 밝으시죠."

"다녀오리다."

아리안은 공주와 헤어져서 할아버지께 가기 전에 수련장으로 들어갔다.

"충! 주군을 뵙습니다."

아리안이 일제히 한쪽 무릎을 꿇은 가신이자 제자들을 뿌듯한 심정으로 둘러봤다. 대륙의 마지막 방패이자 혼이 이곳에서 땀을 흘리는 모습은, 키레로 왕국의 참상을 본 아리안의 찢어지는 마음에 한 가닥 안도감을 심어줬다.

"수고들 한다."

아리안은 2기생 7명을 보고 놀랐다. 그들도 마스터의 벽을 넘어섰던 것이다.

"흠, 너희도 열심히 노력했구나."

"감사합니다, 주군! 주군의 은혜입니다."

아리안의 몸에 상처를 냈던 2기생들의 각오가 남다른 듯했다. 아리안은 고개를 끄덕이며 한 명씩 천천히 얼굴을 둘러봤다.

'믿음직한 얼굴! 이들의 피와 땀으로 인해서 대륙은 다시 생명의 기운을 뿌리리라!'

"자, 너희가 움직일 때가 됐다. 12명은 남아서 이곳을 지키고, 나머지 70명은 나와 함께 닷새 후에 출정한다. 준비들 해라!"

"충!"

아리안은 할아버지께 인사드리고 목욕한 후에 공주와 밤을 보냈다.

오랫동안 독수공방을 지켜야 했던 공주는 펄펄 끓는 용암이 었다. 공주는 꺼질 줄 모르는 불길이어서 연방 이어지는 신음에 알레그리아 역시 밤을 꼬박 샐 수밖에 없었다.

'세상에, 저렇게 어린 여자의 어디에 그런 열정이 숨어 있지? 그렇게 새침한 얼굴을 하고서 신음은 사양할 줄을 몰라요. 치! 나는 더 잘할 수 있는데…….'

다음 날 아침, 제1, 제2사령부가 출정 준비에 여념이 없을 때, 아리안은 알레그리아와 함께 드워프 동굴로 텔레포트했다.

"어서 오십시오. 주인님!"

아리안이 온 것을 알고 에스파토 드워프 장로와 람티무스 자 이언트 드워프 수좌가 달려와서 절했다.

"에스판토 장로! 일족이 이미 이주를 했나?"

"그렇습니다. 주인님! 생각보다 철이 풍부한 곳이라 모두 만 족한 표정이었습니다."

"오, 그래? 다행이군. 에스판토 장로, 왕성 짓는 것을 좀 도와 줬으면 좋겠네. 마수마물의 등장이 시작됐는데도 완성하려면 아직 멀었어."

"알겠습니다. 주인님!"

드워프 장로의 자신있는 대답을 듣고 고개를 끄덕인 아리안 은 람티무스를 쳐다봤다.

"람티무스! 이웃 왕국에 출동해야겠어. 전사 200명만 준비해

두게."

"염려 마십시오. 주인님! 주인님의 아공간에 숨었다가 나타 날까요, 아니면 처음부터 모습을 드러낼까요?"

"이제 모습을 숨길 필요 없다. 나와 함께 출정한다."

"충! 명령을 받습니다."

아리안의 말을 들은 람티무스의 표정은 그 어느 때보다 밝았 다.

"그리고 전사 300명은 에스판토 장로가 일하는 곳을 지켜줬 으면 좋겠다."

"예, 주인님!"

아리안은 제2사령부가 빠지는 오슬람 성에 자이언트 드워프 300명과 에스판토 장로가 이끄는 드워프 500명을 보냈다.

*   *   *

뺨빠라 뺨 뺨 빠~ 뺨빠라 뺨 뺨 빠~!

출정나팔이 불었다. 20만 대군이 창검을 높이 들고 질서정연 하게 왕성 앞에 그 위용을 드러냈다. 왕성 성민들이 그 광경을 지켜보려고 주위로 몰려들었으며 성벽 위에도 입추의 여지가 없었다.

20만 대군의 정면에는 어마어마한 장신 200명이 갑옷을 입고 정렬했으며, 그 좌우로 200명의 왕궁 기사단과 70명의 마스터 기사단이 붉은 망토를 휘날렸다. 국왕이 자이언트 드워프를 보 고 놀라서 아리안에게 물었다.

"세상에, 저들이 누군가? 총사령관!"

"국왕 전하! 저들은 자이언트 드워프입니다."

"허, 오거보다 더 체격이 좋군. 트롤과 비슷하겠어. 아마 무위도 뛰어나겠지?"

"그렇사옵니다. 국왕 전하! 힘은 오거보다 세고 끈질기는 트롤보다 나으며, 무위는 마스터보다 떨어지지 않사옵니다. 가장 놀라운 것은 일주일 동안 쉬지 않고 싸울 수 있는데다 마법 저항력까지 있다는 점이죠."

국왕은 아리안의 말을 듣고 든든한 생각이 들었다. 자신이 예측했던 대로 아리안의 옆에는 대륙의 숨은 힘이 모여 있었다.

"크, 인간은 말할 것도 없고 마수마물에게도 천적이겠군."

"그렇사옵니다. 국왕 전하! 저들이 있었기에, 천 년 전 마계 침공 때 그들을 물리칠 수 있었지요. 그럼 다녀오겠사옵니다. 국왕 전하!"

"아리안! 몸조심하게."

국왕의 걱정스런 음성을 뒤로하고 아리안이 성벽에서 내려오자 마차가 기다렸다. 아리안이 탄 마차가 성문을 벗어났다. 마스터 기사단이 붉은 망토를 휘날리며 말을 몰아 마차 앞으로 나섰다. 말을 타지 않았는데도 말을 탄 기사보다 더 큰 자이언트 드워프가 2m에 가까운 대도를 들고 마차 뒤를 따랐다.

국왕이 침중한 모습으로 대군의 행렬을 지켜봤다. 각 부대 기수단이 깃발을 휘날리며 그 뒤를 이었다. 제1사령부 소속 중장갑부대와 기마부대가 그 뒤를 따랐다.

마침내 마계 마수마물과의 전쟁 서막이 올랐다

빰빠라 빰 빰 빠~ 빰빠라 빰 빰 빠~!

"국경선입니다. 명령을 내려주십시오. 총사령관 각하!"

아리안이 탄 마차로 말을 타고 온 하심 카타트 제1사령관이 명령을 내려달라고 청했다.

"국경선을 넘어도 좋다. 선봉사령관! 다음에는 전령을 시키도록."

"명령을 받습니다. 총사령관 각하!"

하심 사령관은 오른손으로 왼쪽 가슴을 쳐서 아리안에게 군례를 올리고 말을 몰아 돌아갔다.

"국경선을 돌파하라!"

"국경선을 돌파하라는 명령이다."

"와, 국경선을 넘어라!"

잠시 명령을 전달하는 과정에서 명령을 복창하거나 병사들의 환호가 이어지고 행렬이 다시 앞으로 나아갔다. 국경선에 있던 키레로 왕국의 초소는 벌써 사라졌다. 20만 대군이 넘어가다 보니, 초소는 물론 숲마저 무너지고 대로가 새로 생겨났다.

아리안은 언덕에서 잠시 키레로 왕국을 쳐다봤다.

'음, 이번에 키레로 왕국에 자리 잡은 마물들은 마계 침입의 선봉대겠군. 정작 그들이 침입하면 전 대륙적인 국지전은 불가피하겠지만, 최후의 결전만은 인간이 별로 살지 않는 곳에서 했으면 좋겠는데 그렇게 될 성싶지가 않아. 어떤 희생이 따르더라도 그들을 몰아내야겠지.'

"총사령관 각하! 산 아래에 진용을 설치하겠다는 사령관님의 보고입니다."

"알았다고 전해라!"

"충!"

전령은 진용 설치를 보고하고 허락이 떨어지자 재빨리 돌아갔다.

20만 대군이 움직이는 것은 대단한 일이었다. 이른 아침부터 국경선을 넘기 시작했건만, 길을 만들어 국경을 넘다 보니 벌써 해가 넘어가고 있었다.

아리안의 마차가 언덕을 내려갔다. 마차 주위에는 마스터 기사단, 왕궁기사단, 자이언트 드워프 전사단이 따랐다.

진영을 이룬 곳을 마차가 지나가자, 병사들이 양쪽으로 늘어서서 아리안을 맞이했다.

"총사령관 각하께 경례!"

"충~ 성~!"

아리안이 지나가는 길 앞으로 마법등이 차례로 밝혀졌다.

"충~ 성~!"

마법등이 밝혀져서 모습이 드러나는 병사들이 군례를 올렸다. 군례는 끊임없이 이어졌다. 그 광경은 실로 장관이었다. 자이언트 드워프 람티무스가 격정을 참지 못해 가슴을 쳤다.

쿵쿵쿵!

람티무스의 부하들도 대장의 소리에 맞춰 함께 가슴을 쳤다.

쿵쿵쿵!

거구의 자이언트 드워프가 일제히 가슴을 치는 우렁찬 울림은 20만 대군의 가슴에 기묘한 떨림을 만들었다. 마스터 기사단도 같이 가슴을 쳤다. 그들의 굳건한 의지가 가슴을 치는 소리와 함께 사방으로 퍼졌다.

우리의 목숨을 바쳐 주군의 뜻을 대륙에 펼치리라!

그들의 뜨거운 의지가 하나 되어 평원을 울렸다.

쿵쿵쿵!

왕궁 기사단이 가슴을 치며 그 뒤를 이었다. 그들은 마차 사방을 따르며 가슴을 쳤다. 기사의 사명은 주군의 명예를 지키는 게 아니었던가.

쿵쿵쿵!

병사들이 하나둘 그들을 따라서 가슴을 쳤다. 격정이 연방 파도처럼 몰려들었다. 한 병사의 눈에서 눈물이 흘렀다. 사위는 어둠에 묻혀가고 마법등은 외로워 보였지만, 그런들 어떠하고 저런들 어떠하리.

쿵쿵쿵쿵쿵쿵!

"와~!"

한 병사가 북받친 격정을 이기지 못해 가슴을 마구 치다가 소리를 질렀다.

쿵쿵쿵쿵쿵쿵!

"와~!"

가슴을 치던 소리는 난타로 변했다가 환호성이 터져 나왔다. 병사들이 가슴을 마구 치는 난타와 함성은 연방 이어졌다. 그들의 가슴에는 뭔지 알 수 없는 감동으로 가득 차올랐다.

"하심 사령관! 오늘은 진군하지 말고 근처의 몬스터를 전멸시켜라. 혹여 마수마물이나 마족을 발견하면 공격하지 말고 그들을 상대할 자가 근처에 있을 테니 연락을 취해라!"

"예, 총사령관 각하!"

"만약 몬스터를 사냥하는 중에 일반 백성을 발견하면 모두 진영으로 데려와라! 베렛 성으로 이주시킨다."

하심 사령관이 아리안의 명령을 듣고 물러나자, 잠시 뒤에 병사들이 소부대 단위로 사방으로 퍼졌다.

"헤르메스와 람티무스는 부하들을 나눠서 요지에 주둔시켰다가, 마수마물이 나타났다는 신호를 받으면 돕게 해라!"

"예, 총사령관 각하!"

"예, 주인님!"

헤르메스는 부하들을 모두 데리고 떠났지만, 람티무스는 백 명은 마차 옆에 남기고 나머지 백 명만을 데리고 떠났다.

"안티야스! 조를 어떻게 나눴나?"

"여섯 개 팀으로 나눴습니다. 각 팀장은 세 명이 한 개조인 삼 개조를 거느리고 나머지 여덟 명은 주군 곁에서 명령을 전할 것입니다."

"잘했다. 여섯 명의 팀장을 모두 내보내고 수시로 정찰해서 마수마물에 신속히 대처하도록 해라!"

"충!"

아리안은 제자들이 떠나려 하자 다시 한 번 말했다.

"너희가 낀 반지는 통신마법 반지다. 마수마물은 간단한 존재가 아니다. 생명의 핵이라 불리는 영단이 파괴되거나 몸 밖으로 빠져나와야 소멸된다. 목이라도 잘린 경우에는 몸 어디선가 미약한 빛이 보일 테고, 그곳에 바로 생명석이 있음을 명심해라."

"충성! 명심하겠습니다. 주군!'

60명이 공중을 날아서 사방으로 퍼져 가는 모습은 가히 장관이었고, 바라보는 병사에게 자신감과 긍지를 심어줬다.

"와, 마스터 기사단이다, 마스터 기사단이야."

"야, 정말 하늘을 날잖아. 플라이 마법일까?"

"마법이 아니라, 마스터 기사단의 능력이라더군. 대단하지 않아?'

마스터 기사단이 허공을 밟고 가는 모습을 본 병사들은 마치 자신의 일인 양 가슴을 활짝 폈다.

병사들은 자신의 머리 위 높이 날아가는 기사들을 향해서 열심히 손을 흔들었다. 마스터 기사는 병사들의 긍지고 보람이었다.

어느 제국이 감히 마스터 기사단이 존재하는 노블리아 왕국을 가볍게 대하겠는가. 그들의 자존심은 마스터 기사단과 함께 하늘 높이 치솟았다.

Chapter 03
베라쿠르소 평원 전투

"와, 와, 죽여라, 죽여!"

"마수마물의 부하가 될 몬스터의 씨를 말려야 해."

병사들은 조금도 두려움을 느끼지 않았다. 그들의 함성이 산야에 널리 퍼졌다.

"오크 무리다."

"무리하게 나서지 말고 포위해서 섬멸한다."

"활을 쏴라!"

50여 마리에 가까운 오크 무리는 도끼와 대검을 들고 덤볐지만, 병사들은 활을 쏘고 창을 앞세웠다. 더구나 포위망 밖에서 안으로 겨눠 쏘는 화살은 한 발도 빗나가지 않으니, 아무리 상대하기 어려운 오크들이라도 견디기 어려웠다.

"치익, 인간 비겁하다. 치익!"

"치익, 한 명씩 싸우자. 치익!"

오크 무리는 비겁한 인간들을 원망하며 죽어갔다.

"아니, 오거와 트롤이 떼로 몰려오잖아."

"빨리 신호를 보내라! 마수도 보인다."

마법사에게 받은 신호용 화살이 하늘로 치솟았다. 화살이 공중에서 폭발하며 사방으로 빛을 뿌렸다. 화살 세 발이 연이어 공중으로 올라가 신호를 보냈다. 마스터 기사단이 먼저 그 신호를 확인했다.

"어? 신호 화살이 세 발이네."

"강력한 몬스터 무리와 마수마물도 있다는 신호야."

"맞아. 자이언트 드워프가 대기한 곳으로 연락해 주고 우리도 세 팀 정도 불러서 가보자."

자이언트 드워프, 왕국 기사 그리고 마스터 기사들이 신호가 올라온 곳을 향해서 모였다. 계곡의 넓은 공터에는 이미 상당수 병사도 모여들어 포위망을 구축했다. 여기저기 쓰러진 병사의 모습이 보였고, 포위망은 잘 유지됐으나 고전하는 기색이 역력했다.

"뭐야, 여기가 집결지인 모양이군."

"골렘과 버서커는 알겠는데, 저기 날개까지 달린 괴상한 놈은 뭐야?"

"몸체의 앞부분은 그리폰이고, 뒷부분은 말처럼 생긴데다 날개가 달렸으면, 히포그리프란 마물이지. 생명의 핵이 사라지지 않는 한 죽지 않는 놈이야."

"그럼 목을 잘라봐야지, 그 핵이란 게 어디 있는지 알겠군."

"잠깐, 자이언트 드워프가 도착했다. 그들이 싸우는 모습 좀 보자."

자이언트 드워프 50명이 전장에 도착했다.

"자, 돌격!"

"죽여라!"

자이언트 드워프가 2m가 넘는 대도를 휘두르며 전장으로 뛰어들었다. 갑옷을 입은 한 자이언트 드워프가 자신에게 달려드는 트윈 오거의 목을 치자, 괴수로 여긴 거체의 트윈 오거는 그대로 쓰러지고 말았다.

"세상에, 오거나 트롤은 아예 상대가 되지 않는군."

"저것 좀 봐! 버서커가 단칼에 두 동강이야."

"크크, 골렘마저 박살이 나서 사라지잖아."

병사들은 조금 전에 공포에 떨던 일은 벌써 잊은 채 신이 나서 환호했다.

"자이언트 드워프 전사의 화려한 등장 인사로군."

"앗! 저기 좀 봐! 히포그리프가 자이언트 드워프에게 흑마법을 걸었어."

"스톤 체인지!"

번쩍!

히포그리프가 자이언트 드워프에게 석화마법을 걸었다. 모두 놀라서 전장은 잠시 침묵에 휩싸였다. 하지만 고개를 한 번 흔든 자이언트 드워프는 히포그리프를 향해 달려들었다. 히포그리프는 자이언트 드워프를 상대할 자신이 없었는지 하늘로 날아올랐다.

"휴, 다행이다."

"정말 다행이었어. 항마력이 있다는 말을 들었는데, 바로 이런 것이었구나. 자, 공중으로 날아오른 놈은 우리가 재워야겠지."

번쩍!

"참아라! 벌써 끝났다."

마스터 기사들 중에서 땅으로 내려오지 않고 공중에서 대기하던 자들이 검을 휘둘러 히포그리프의 목을 잘랐고, 목이 다시 생겨나려는 순간, 옆의 동료가 다시 검을 휘둘러 가슴에 있는 생명의 핵을 갈라 버렸다.

그리폰의 몸체와 말의 엉덩이를 가지고 공중을 날아다니며 무수한 인간을 두려움의 도가니에 빠지게 했던 히포그리프는 한 가닥 빛만 남긴 채 소멸되고 말았다.

"와, 이겼다."

"마수마물을 모두 소탕했어."

"만세! 자이언트 드워프 전사 최고다."

"만세! 마스터 기사단, 최고다."

병사들의 환호는 그칠 줄을 몰랐다. 엄청난 체력으로 무기를 휘두르면 몇 명이든 간에 나가떨어지던 트윈 오거, 창과 칼이 들어가지도 않는 골렘, 수비는 전혀 생각하지도 않고 검을 휘둘러서 병사들을 마구 베던 버서커 등, 진정 두렵기만 했던 마수마물을 마구잡이로 해치우는 자이언트 드워프가 바로 그들 편이었다. 두려웠던 병사들의 자신감은 점점 차고 넘쳤다.

"노블리아 왕국 만세!"

"총사령관 각하! 천세!"

"마스터 기사단 만세!"

"자이언트 전사단 만세!"

누가 그들을 가장 키가 작은 드워프 종족이라 부를 것인가. 병사들은 드워프라는 말을 빼고 환호했다. 마수마물과 싸우러 간다기에 일말의 두려움이 사라지지 않았건만, 인제 살아서 돌아갈 확률이 커졌다.

그들에겐 자이언트 전사단이 있고, 마스터 기사단이 하늘에서 내려다보며, 총사령관 각하가 계시지 않은가. 그들의 환호는 자신을 감동시키면서 멀리멀리 퍼져 나갔다.

마수마물과 싸운 첫째 날이었다. 그리고 살아남았다. 안타깝게도 그렇지 못한 동료가 23명이나 됐다. 물론 그래서 오늘 살아남은 게 더 값진 것일 수도 있었다.

'부디 내일도 살아남을 수 있기를……!'

빰~ 빰~ 빰빠라빰빰빰~!

기상나팔 소리를 듣고도 분위기 파악 못 하는 놈은 세상천지에 없을 듯했다.

'1분만……!'

병사들은 모포를 머리 위로 올리다가 화들짝 놀라서 일어나 번개같이 모포를 개기 시작했다.

"이 새끼들이 빠져 가지고… 아침부터 한 따까리 해볼까?"

막사 출입구 휘장을 걷고 고함치는 백인장의 부관은 잠도 안 자고 기상나팔이 불기를 기다렸을 게 틀림없었다.

"10분 안에 천막까지 정리하고 식사집합 못 하면 식사시간은 아침 구보로 대치하겠다. 9분 55초, 54초, 53……."

잔머리 대가들까지 머리는 사라지고 오직 본능만이 움직일 때다. 병사들이 움직였다.

휘~ 익!

병사들의 모습은 보이지 않고 한 가닥 회오리바람이 막사 안을 휘젓고 사라지자, 어느새 천막은 곱게 개어져서 한쪽에 놓이고, 막사를 지탱하던 기둥들은 천막 위에 놓였다. 병사들 막사가 세워졌던 곳에 어느새 백인장이 나타났다. 그들은 이미 바람이었다.

부관은 백인장의 한걸음 뒤에서 시계를 쳐다봤다. 병사들은 무기를 들고 모여들어 백인장 앞에 줄을 섰다.

"뒤로 번호! 하나!"

병사들은 연방 줄을 서면서 번호를 외쳤다.

"둘!"

"……."

"아흔여덟! 번호 끝!"

병사들은 숨을 헐떡거리면서 자신의 복장을 확인했다. 선임 팀장이 앞으로 나서서 백인장에게 집합 인원 보고를 했다. 백인장 뒤에 섰던 부관이 고개를 끄덕이며 시계를 보던 팔로 뒷짐을 졌다.

"대장님께 부대 식사 집합 인원 보고! 총원 100. 사고 2, 현재 98. 사고 내용, 사망 둘. 이상입니다."

"수고했다. 배식 당번을 식당으로 보내라! 다음부터 총원은

98명이다. 이상!"

백인대장의 말이 끝나자 선임 팀장이 차려 자세를 취했다가 돌아서서 부대원을 보고 호령했다.

"부대, 차려!"

척!

"대장님께 경례!"

"충성!"

휴~!

백인장과 부관이 발걸음을 돌리자 안도의 한숨 소리가 여기 저기서 들렸다. 먹기 전에 기운이 왕성해지는 식사시간이었다.

"무슨 고긴지 몰라도 맛있군. 어젯밤에 밤새도록 끓이더니, 역시 진국이야."

"야, 저기 봐라!"

"어디, 어디?"

병사들은 동료가 가리키는 공중을 봤다. 마스터 기사단이 붉은 망토를 휘날리며 공중에서 나는 모습이 보였다.

"그래, 내년에 문을 여는 오슬람 아카데미 검술반. 총사령관 각하께서 객원교수로 출강하시는 게 확정적이라더군."

병사의 말을 들은 동료가 궁금하다는 듯이 물었다.

"객원교수가 뭐야?"

"정교수가 아니라, 초빙을 받아서 시간 날 때마다 한 번씩 강의하는 교수지. 지금 마스터 기사단이 모두 총사령관 각하의 제자들이잖아."

"그래? 그럼 내 자식도 준비하게 해야겠군."

옆에서 진지한 표정으로 고개를 끄덕이는 동료의 말을 들은 친구가 어이없다는 듯이 말했다.

"야, 임마. 넌 아직 장가도 안 갔잖아."

"후후, 그거야 지금 이야기고. 이번 휴가 가서 '긴 밤 지새우고~!'를 열창하면 15년 후에는 가능하잖아. 십 년 계획이란 것을 알지 모르겠다."

"크크, 맞다, 맞아. 그것이 바로 가문 일으키기 십 년 계획이지."

"하하하! 크크크!"

병사들의 밝은 웃음은 푸르른 창공으로 멀리멀리 날아갔다.

그들은 거침없는 발걸음으로 베렛 성을 향했다. 자신감 넘친 병사들의 발걸음 소리는 마치 진각인 듯했다. 그들이 행군하는 발걸음에 대지가 진동했다. 각종 몬스터가 숨을 죽였고, 오거나 트롤이 가슴을 치며 내달았다가 그들을 보고 슬며시 돌아섰다.

다음날 저녁나절, 베렛 성의 정찰병이 그들을 보고 놀라서 다가왔다가 재빨리 사라졌다.

"성주님! 성주님! 큰일 났습니다."

"무슨 일이냐?"

티토바코 성주가 의아한 표정으로 정찰대장에게 물었다.

"성주님! 노블리아 왕국 대군이 국경을 넘어 벌써 하루거리까지 진격했습니다."

그 말을 들은 티토바코 성주의 얼굴은 오히려 밝아졌다. 그는 급히 기사단을 소집했다.

"기사단을 소집하라!"

30명의 기사대가 정렬하자 그는 그들을 이끌고 성문을 벗어났다. 그들은 전속력으로 달렸다. 산 두 개를 넘어가자 산야를 울리는 병사들의 발걸음 소리가 들렸다.

"성주님, 정말 대단하군요. 병사들이 발맞춰서 걷는 소리만 듣고도 기가 죽겠습니다."

"흠, 아리안 태대공의 병사는 정병 중의 정병이로군. 빨리 가자."

그들이 언덕 위로 올라서자, 노블리아 왕국군이 진용을 갖추는 광경을 볼 수 있었다. 모든 병사가 꼼지락거리며 움직였다. 잠시 후, 진영이 완성됐고 각 부대마다 점호하는 광경을 보고 티토바코 성주는 그만 감탄하고 말았다.

"참으로 잘 훈련된 일당백의 병사들이구나. 가자!"

티토바코 성주 일행이 먼지를 일으키며 언덕에서 내려가자, 헤르메스가 열 명의 왕궁 기사를 이끌고 마주 달려왔다.

"티토바코 성주님이시지요? 나는 왕궁 기사단장 헤르메스입니다. 아리안 총사령관 각하의 명령을 받고 모시러 왔습니다."

"감사합니다. 헤르메스 기사단장님! 저는 티토바코 베렛 성성주입니다. 총사령관 각하께 안내를 부탁드립니다."

"예, 이리 오십시오."

성주는 아리안의 마차로 안내됐다. 아리안의 마차는 최고 지휘부 회의까지 할 수 있으며 침실마저 편했기에, 따로 막사를 지을 필요가 없었다.

"어서 오시오. 티토바코 성주!"

"태대공 저하! 이토록 빨리 오실 줄은 몰랐습니다. 정말 감사합니다."

베렛 성주는 아리안에게 허리를 깊이 숙여 감사했다.

"당하는 사람은 일각이 여삼추일 텐데, 어찌 시간을 끌겠소. 다행히 국왕 전하께서 일찍 용단을 내려주신 덕분이라오."

"태대공 저하! 한데, 어찌 하루속히 베라쿠르소 성으로 진격하지 않으시고 여기다 군영을 설치하셨습니까?"

의아한 표정의 베렛 성주 말에 아리안은 고개를 끄덕이며 말했다.

"그렇지요. 베라쿠르소 성을 함락하는 것은 무엇보다 중요합니다. 하지만 뒤에 몬스터와 마수마물을 남긴 채 진격만을 계속한다면, 우리가 베라쿠르소 성을 점령한다고 해도 완전히 물러가지 않고 왕국 이곳저곳에 전초기지를 세우고 백성을 먹이로 삼으려 할 것이니, 어찌 이를 두고 볼 수 있겠소."

"아, 예. 잘 알겠습니다. 태대공 저하! 그렇다면, 저도 성주 직인을 바쳐야 하겠습니까?"

아리안은 걱정스러운 표정으로 자신을 쳐다보는 베렛 성주의 얼굴을 가만히 바라봤다.

"그렇소. 그 점은 이미 의논이 끝난 것으로 알고 있소. 더구나 키레로 왕국은 귀족 몇 사람이 바로 잡기에는 이미 그 시기가 지나고 말았소. 성주가 알아야 할 것은, 내게 성주 직인을 주는 것은 배신이나 반역이 아니라, 진실로 용기 있는 행동임을 알아야만 하오. 사람은 누구나 자기가 가진 것을 포기하거나, 자신이 이룬 것을 부정하는 일은 죽기보다 어렵다오."

아리안은 성주가 솔선수범하고 마물 퇴치에 앞장선다면, 우리는 더 많은 백성을 구할 수 있고, 더 빨리 전 국토를 안정시킬 수 있다는 점을 강조했다. 그는 이 지경에 이르도록 만든 키레로 귀족을 용서할 마음이 추호도 없다는 점을 분명히 밝혔다. 그 누가 반대하든지, 어떤 욕을 먹든지 간에 마물과 함께 모두 쓸어버릴 계획이라고 천명하는 아리안의 표정은 단호했다.

베렛 성주는 아리안의 결심이 굳은 것을 알고 고개를 끄덕였다.

"알겠습니다. 태대공 저하! 그럼 저는 물러가서 출정 준비를 서두르겠습니다."

"그렇게 하시오, 성주! 내일은 이 근처의 마물을 정리하고 모래 출발할 예정이오."

아리안의 말을 들은 성주는 입술을 깨물며 대답하고 공손히 예를 취하고 물러났다.

"예, 그럼 물러가겠습니다."

"살펴가시오. 티토바코 성주! 배웅하지 않겠소."

"예, 태대공 저하!"

티토바코 성주는 노블리아 왕국 진영을 나오면서 생각에 잠겼다.

'태대공이 비록 어리다고 하지만 실로 놀랍구나. 끊고 맺는 것이 분명해. 그의 말이 분명 귀에 거슬리기는 하지만, 옳다고 인정하는 수밖에 없어. 키레로 왕국은 이미 지는 해야. 붙잡고 발버둥 쳐 봐야 백성만 괴로울 뿐이지. 지금은 충성을 바칠 사람도 없지 않은가. 그래, 성주 직인을 바치고 백의종군한다는

기분으로 새로 시작하자. 백성을 위해서 욕먹는 것쯤은 감수할 수 있어.'

베렛 성주는 마음을 굳히고 편안한 심정으로 성을 향해 말을 달렸다.

다음날 아침, 다시 몬스터 사냥이 시작됐다. 온 산에 고함과 비명, 그리고 함성이 그치질 않았다. 화살 신호가 올라오면 마스터 기사와 자이언트 전사가 출동하여 문제를 해결했다. 각 부대는 차츰 몬스터 사냥에 틀이 잡혀갔다.

그날 저녁, 아리안은 지휘관을 소집했다.

"내일부터 진격 방향을 세 군데로 나눈다. 하심 사령관!"

"예, 총사령관 각하!"

"사령관은 7만 병사를 이끌고 남쪽 노선을 따라 진군하면서 마물 사냥을 하고, 성에는 최소한의 병사만 남겨 질서를 유지하되 성을 공격하는 몬스터를 죽여라!"

"예, 총사령관 각하!"

아리안의 명령에 하심 사령관은 절도 있게 대답했다. 총사령관은 거기서 그치지 않고 연방 명령을 내렸다.

"마스터 기사 20명과 자이언트 전사 70명이 동행한다."

"예, 주군!"

"예, 주인님!"

아리안은 다시 발보아 사령관을 쳐다봤다.

"발보아 사령관!"

"예, 총사령관 각하!"

"사령관 역시 병사 7만을 인솔하여 북쪽 노선을 따라 진군하라! 마스터 기사 20명과 자이언트 전사 70명이 함께할 것이며 요령은 같다."

아리안은 명령을 내린 뒤 헤르메스를 쳐다봤다.

"나머지 병사는 중군이 되고 헤르메스 기사단장이 지휘한다. 중군은 베라쿠르소 왕성을 공략하라!"

"예, 총령관 각하!"

"남군과 북군은 일을 빨리 끝마치고 중군을 도와라!"

"예, 총사령관 각하!"

아리안은 다시 한 번 중군 헤르메스 사령관을 쳐다봤다.

"중군은 내일 베렛 성에 들러 성주 직인을 받은 뒤 출발한다. 이번 전쟁이 끝나면 어차피 더는 왕국의 이름을 쓰지 못할 것이다."

"총사령관 각하! 드디어 제국이 되는 겁니까?"

발보아 사령관이 들뜬 표정으로 말했다.

"제국이 되면 견제가 심할 것이다. 마물들이 이처럼 대륙을 활보한다면, 이왕 제국이 되어 다른 왕국이나 제국에 두려움을 심어주는 수밖에 없다. 그러면 증강된 병력으로 마물을 상대하겠지. 그래도 정신을 차리지 못한다면, 대부분 마물의 희생이 되고 말 거야. 그런 일이 일어나면 안 될 텐데……."

그날 밤, 발보아 사령관은 제국 꿈에 부풀어 쉽게 잠을 이루지 못했다.

'흐흐, 용병이 되어 하루의 삶을 장담하지 못하던 때가 엊그제 같은데, 제국의 사령관이 된다? 크크, 정말 사람 팔자 알 수

가 없잖아. 갑자기 마누라가 보고 싶군.'

발보아 사령관은 달덩이처럼 허연 얼굴의 마누라가 달님과 겹쳐서 보였다.

노블리아 왕국이 제국으로 가는 길목의 어느 날이었다.

베렛 성의 성민들은 노블리아 왕국 병사들을 구경하려고 성벽 위로 까맣게 몰려들었다.

"와, 저게 모두 노블리아 병사들이야? 어마어마하군. 혹시 전쟁이 일어나는 것은 아닐까?"

"저 정도가 아니라, 세 배가 더 된다더군. 아마도 갈라져서 가는 중인가 봐."

"가다니? 어디로?"

백성들은 모여서 너도나도 한마디씩 하며 놀라는 한편 궁금한 점을 물었다.

"다른 성엔 몬스터가 판친다는 이야기는 들었지?"

"그래."

"그 몬스터와 마물들을 잡으려는 모양이야."

한 사람이 마치 모두 안다는 듯이 말하자, 그의 주위로 몰린 자들이 물었다.

"우리 병사들은 어떻게 됐는데?"

"왕성에는 벌써 몬스터와 괴물들이 상당한가 봐. 국왕이나 귀족도 보이지 않는데."

"젠장, 노블리아 아니면 큰일 날 뻔했잖아."

성벽 위에서 백성들이 웅성거릴 때, 아리안은 영주관에서 티토바코 성주를 만나는 중이었다.

"여기 성주 직인이 있습니다."

베렛 성주는 무릎을 꿇고 성주 직인을 아리안에게 공손히 내밀었다.

아이레 공주는 돌아서서 눈물을 흘렸고, 산테로 백작은 침통한 표정이었다.

헤르메스 기사단장과 파라미, 디오사, 시로코는 묵묵히 지켜봤고, 톨르카 상단의 아보가도 상단주는 무표정한 모습이었다.

"어려운 결심을 했습니다. 티토바코 백작님! 백작의 결단을 결코 헛되이 하지 않겠습니다. 부디 많이 도와주기 바랍니다."

아리안은 성주를 일으키며 엄숙한 표정으로 말했다. 아리안은 베렛 성주에게 받은 직인을 헤르메스에게 전하고 손을 내밀었다.

헤르메스는 품에서 새로운 직인을 꺼내어 두 손으로 공손히 아리안에게 전했다. 아리안은 받은 직인을 한 번 쳐다보고 다시 티토바코 성주에게 전했다.

성주는 직인을 쳐다봤다. 직인에는 노블리아 제국 티토바코 후작이라는 글자와 베렛 성과 두 개의 성 이름이 더 적혀 있었다. 성주는 묵묵히 새로 받은 직인을 품에 넣고 아리안에게 다시 절을 했다.

"황태공 전하! 열과 성을 다 받치겠습니다."

그 광경을 지켜본 아이레 공주는 더는 참지 못하고 방을 뛰쳐나갔다. 산테로 백작이 그 뒤를 따라갔다. 자신의 방으로 들어간 공주는 침대에 엎드려 흐느껴 울었다.

"흑흑! 고블린을 쫓아내려다 오거를 끌어들인 격이 되고 말았어요. 흑흑! 아바마마! 불쌍한 우리 왕자! 흑흑! 산테로 백작님! 난 이제 어떡하면 좋아요. 흑흑!"

"……"

흐느껴 우는 공주를 말없이 지켜보던 백작은 잠자코 공주의 방을 나섰다. 그는 아리안에게 다가가서 침중한 어조로 말했다.

"아이레 공주님과 처음 약속한 부분이 틀립니다. 이를 바로 잡아주십시오. 그렇지 않으면 저를 죽여주기 바랍니다."

"자격 없는 왕가가 이제 무너졌고, 마계의 위협은 계속 커져만 가는데, 무엇을 믿고 어린 여자에게 왕통을 잇게 하라는 것이냐? 그런 억지가 통하지 않으니까, 이젠 죽고 싶다고? 더는 너의 투정을 들어 주고 싶은 마음이 없다. 그리아! 저 녀석과 소녀를 내가 보거나 듣지 못하는 곳으로 보내 버려라!"

"예, 주인님! 홀드!"

"태대공 저하! 이럴 수는 없습니다. 이럴 수는 없습니다!"

"사일런스!"

알레그리아는 산테로 백작에게 마법을 걸었다가 침묵마법마저 걸어서 그를 끌고 나갔다. 그리고 그날부터 공주와 산테로 백작의 모습은 누구의 눈에도 띄지 않았다.

티토바코 성주는 기사 30명과 병사 3,000명을 이끌고 성을 나섰다. 베렛 성에는 노블리아 왕국 병사 2,000명이 마스터 기사와 자이언트 전사 소수와 함께 남았다.

노블리아 왕국군의 진격은 거침이 없었다. 이틀이나 사흘 정도 진격하면 몬스터 사냥을 펼쳤고, 성을 장악한 몬스터나 마물은 씨도 남기지 않았다.

"치익! 인간 병사다."

"치익! 인간 병사 너무 많다. 성으로 피해라."

아리안의 마차가 성 앞에 도착했다. 병사들은 어느새 성을 완전히 포위했지만, 명령이 없어서 바라보기만 했다.

"티토바코 백작!"

"예, 총사령관 각하!"

"이번 공성전에는 그대가 베렛 성 병사를 이끌고 선봉이 되지 않겠나?"

'젠장, 성벽 위에 오거와 트롤, 그리고 마물들까지 보이는데, 3,000명으로 선봉을 맡으라고? 성문 가까이 가기도 전에 모두 죽겠구나. 이제 보니 나와 병사들을 제물로 삼을 작정이었군. 하지만, 인제 와서 별 도리가 있나. 나와 병사들이 이곳에서 죽으면 내 가족과 성민들은 살려주겠지. 쓰벌!'

"예, 총사령관 각하! 명령을 받들겠습니다."

아리안은 굳은 표정의 성주 얼굴을 힐끗 쳐다보고 연방 명령을 내리기 시작했다.

"자이언트 전사단은 성벽 위를 쓸어버려라!"

"존명!"

"마스터 기사단은 공중을 장악한 후 성문을 열어라!"

"충성!"

"티토바코 백작은 영주관을 평정시켜라!"

"예, 총사령관 각하!"

"제1, 제2, 제3만인대장은 성안으로 진입해서 몬스터를 섬멸하고 마수를 발견하면 자이언트 전사단과 마스터 기사단에 신호를 보내라!"

"존명!"

"제4, 제5만인대는 성벽을 포위하여 몬스터를 한 마리도 놓치지 마라."

"존명!"

"제6만인부대는 이곳에서 대기한다."

"존명!"

아리안은 지휘관의 얼굴들을 둘러보고 명령을 내렸다.

"공격!"

"공격 나팔을 불어라!"

빰빰빠라빰빠라! 빰빰빠라빰빠라!

헤르메스가 명령을 내리자 병사들이 질서정연하게 움직였다. 티토바코 성주는 부하들과 함께 검을 뽑아 들고 성문이 열릴 때까지 비교적 안전한 곳에서 기다렸다.

공성병기 중 사다리차 10대가 성벽을 향해 사방에서 굴러갔다.

꽝, 꽈꽝!

사다리차가 성벽에 닿기 무섭게 오거와 트롤들이 어마어마한 바위를 들어서 던졌다. 사다리차가 모두 성벽 아래에서 볼품없이 부서져 사다리는 사라지고 본체만 남았다. 사다리차 본체가 거의 성벽 중간에 닿을 듯싶었다.

"마스터 기사단 제1팀은 공중을 장악하고 제2팀과 제3팀은 성벽을 공격해라!"

안티야스가 마스터 기사에게 명령했다. 20명 마스터 기사의 검에서 번개가 뻗어 나와 성벽 위에 있던 마물들에게 내려쳤다.

꽈꽝! 꽝! 꽝!

크윽! 꾸엑!

"자이언트 전사단 공격!"

자이언트 전사 10명은 아리안 곁에 남고, 50명이 성벽 사방에서 달려들었다. 그들은 부서진 사다리차 본체나 오거가 던진 바위를 밟고 성벽 위로 뛰어올랐다.

"세상에, 처음부터 사다리로 오르는 게 목적이 아니라, 사다리차 본체를 밟고 오를 예정이었어."

"저것 좀 보십시오. 백작님! 오거나 트롤은 자이언트 전사의 상대가 아예 되질 않습니다."

"앗! 성문이 열렸습니다. 백작님!"

"돌격!"

티토바코 성주는 문이 열렸다는 소리를 듣자마자 고함을 지르며 앞장서서 뛰어나갔다. 마치 동네 아이들이 달리기하면서 먼저 출발하고 난 후 '시작'을 외치고 뛰어나가는 소년 같았다.

부하들은 벌써 저 앞에서 달리는 백작을 보고 황당한 표정을 짓다가 허겁지겁 그 뒤를 따랐다.

"세상에, 이렇게 쉽게 성문이 열리다니……."

백작은 검을 들고 성문을 들어섰다. 성문 안에는 몬스터는 고사하고 아무도 보이지 않았다.

'응? 마스터 기사가 문을 연 모양이군. 가만, 30명이 되는 저 인원이 모두 마스터 기사단? 젠장, 하늘을 날고 벼락을 치잖아. 모두 마검사란 건가?'

티토바코 백작은 아직 젊다기보다는 오히려 어린 청년들의 놀라운 능력을 보고 20년 동안 불철주야 수련만 해서 마스터가 된 자신을 돌아보니, 어이없는 것은 물론이고 안 됐다는 생각마저 들었다.

"백작님! 병사들이 몰려들어옵니다. 어떡할까요?"

"그래? 우리 임무는 영주관을 장악하는 거다. 어서 가자!"

"영주관으로 간다!"

부관이 소리치자 모두 성주의 뒤를 따라 달렸다. 티토바코 성주는 영주관에 가본 적이 있었기에 앞장서서 달렸다.

"성주님! 조심하십시오."

영주관 앞 광장에는 이미 전투가 벌어졌다. 사방에 오크, 오거, 트롤 등의 사체가 널려 있었다. 자이언트 전사들이 싸우는 상대는 아무래도 버서커인 듯싶었다.

"저거, 버서커 맞지?"

"눈알이 붉고 자신의 상처를 개의치 않는 걸 보니 버서커가 분명하군."

"광전사가 자이언트 전사에 비하니까 오히려 불쌍하게 보이는구만."

광전사 버서커는 자신의 몸을 돌보지 않고 덤볐지만, 자이언트 전사에게는 역부족이었다. 그때, 영주관 정문으로 거대한 뱀이 나왔다. 굵기가 한 아름이나 됐고, 길이는 20m가 넘을 듯했으며, 머리가 아홉 개나 달렸다.

"세상에, 저 뱀은 히드라야, 히드라!"

"히드라?"

"그래, 히드라! 입으로 독을 뿜고 마법과 저주를 뿌리는데, 목이 잘려도 다시 생겨나."

병사들은 히드라를 설명하는 말을 듣고 공황에 빠졌다.

"젠장, 그러면 뱀이 아니라 마수잖아, 마수!"

"병사들은 모두 뒤로 물러나라!"

만인대장의 명령이 떨어지고 병사들은 전부 사라졌다. 아직 살아남은 버서커 4명이 히드라의 양쪽에 섰다.

히드라의 아홉 개 머리는 머리(?) 부분에 여섯 개 얼굴이 있었고 꼬리에 세 개의 혀를 날름거렸다. 여섯 개 머리 중 단 하나는 뿔까지 달려 있었다. 진정 괴이하게 생긴 히드라가 스르륵 앞으로 나섰다.

화악!

히드라 입에서 연기가 뿜어져 나왔다. 역겨운 비린내가 연기와 함께 광장에 퍼져 나갔다. 가장 가까운 곳에 있던 자이언트 전사가 갑자기 비틀거렸다.

"독이다. 모두 숨을 멈추고 중독된 동료를 부축해서 안전한 곳으로 옮겨라!"

"예, 대장님!"

자이언트 전사 대장 람티무스의 명령을 들은 전사들이 동료를 옮겼다. 람티무스가 대도를 들고 달려들어 히드라의 머리를 쳤다.

깡!

"하찮은 벌레가……."

마치 철판을 두드린 듯한 소리만 울리고 머리는 잘리지 않았다. 하지만 히드라는 몹시 아픈 듯이 얼굴을 찡그리며 불을 토했다.

화악!

검은 불길이 5m 가량 앞으로 쭉 뻗었지만, 람티무스는 옆으로 빙글 돌면서 불길을 피하며 다시 뿔이 달린 머리를 대도로 쳤다. 연속 동작이 무척이나 매끄러웠다.

깡!

다시 철판 두드리는 소리가 났지만 이번에는 히드라도 온전하지는 못했다. 목에 상처가 나고 푸른 피가 쏟아지다가 점차 아물었다. 히드라가 몹시 화를 내며 버서커를 향해 명령했다.

"죽여라!"

버서커 네 명이 일제히 람티무스에게 달려들었다. 버서커 두 명의 칼이 동시에 람티무스에게 내리꽂혔다. 람티무스는 버서커 한 명을 발로 참과 동시에 다른 놈의 목을 갈랐다. 그것이 끝이 아니었다. 발로 차서 뒤로 물러나는 버서커의 뒤를 쫓으면서 다시 한 번 대도로 내려쳤다. 버서커는 그의 도를 막을 생각조차 하지 않고 오직 람티무스의 가슴을 찌르려고 검을 앞으로 쭉 뻗었다.

"아니, 같이 죽겠다는 거잖아?"

"저런, 꼼짝없이 당하겠는걸!"

멀리서 구경하던 병사들이 모두 놀라서 입을 벌리는 순간, 신기하게도 버서커 허리가 양단됐다.

"저럴 수가! 분명 버서커와 자이언트 대장의 도는 동시에 서로 공격했는데……."

"우리가 본 검에 찔린 자이언트 전사 대장님의 몸은 잔상이었어."

2m밖에 되지 않는 다른 두 버서커는 람티무스 대장에게 비하면 어린아이처럼 보였다. 람티무스는 자신에게 검을 들고 달려드는 다른 두 버서커마저 가볍게 처리하고 부하들에게 명령했다.

"여덟 명만 앞으로 나서라! 나와 함께 머리 하나씩을 맡아서 공격한다. 다른 자들은 히드라의 약점을 살펴라!"

자이언트 전사들이 히드라를 가운데 두고 사방에서 공격 준비를 할 때, 티토바코 성주는 부하들에게 신호를 보내고 영주관으로 들어갔다.

성안 다른 곳에서 싸우는 소리는 거의 들리지 않았다. 몬스터의 소리가 그치자, 어디 숨었던지 산 사람들이 여기저기서 고개를 내밀고 싸움을 구경했다.

람티무스와 부하들이 히드라를 둘러쌌을 때, 람티무스의 부관은 대도를 허리에 차고 대검을 꺼내 들었다. 한데 대검의 모습이 조금은 특이했다. 길이는 50㎝ 정도고 손잡이 부분에 악마의 상이 조각돼 있었다.

람티무스와 부하들이 히드라 주위를 빙글빙글 돌았다.

화악!

히드라가 독을 내뿜었다.

휘익!

바로 그때, 독연기가 히드라의 시야를 가렸다. 그 순간 부관이 대검을 던졌다. 대검은 히드라 입안으로 들어가서 목구멍에 박혔다.

끼악!

히드라가 비명을 지르며 대검을 꺼내고자 했지만, 히드라에게는 손이 없었다. 히드라가 괴성을 지르며 다른 머리 두 개가 동시에 불을 내뿜었다.

부관은 이번에도 놓치지 않고 대검 두 개를 던졌다. 처음 대검에 맞은 머리가 조금씩 줄어들었다. 결국 머리 하나가 사라지면서 목구멍에 꽂혔던 대검이 땅에 떨어졌다. 히드라가 땅에 떨어진 대검을 입으로 물어 부러뜨렸지만, 머리는 다시 생겨나지 않았다. 다시 두 번째 대검에 꽂힌 머리 두 개가 서서히 줄어들었다가 사라졌다. 히드라는 머리 세 개가 사라지면서 20m에 달하던 몸길이도 15m 정도로 줄었다.

끼악!

히드라가 분노에 찬 괴성을 질렀다. 하지만 람티무스의 부관은 냉정했다. 괴성을 지르는 히드라 입에 다시 대검을 꽂았다. 대검은 날아가는 것도 보이지 않을 정도로 빨랐다.

끼악!

히드라는 고통에 찬 비명을 질렀지만, 그때 역시 비명을 지르느라 벌린 목구멍에 대검이 박혔다.

'고블린 같은 새끼, 아프게 해놓고 비명도 지르지 못하게 해. 큭큭!'

히드라가 다시 비명을 지르면서, 이번에는 얼굴을 꽈리 튼 몸통 안으로 숨겼다. 나머지 머리를 모두 감춘 히드라에게 달려든 자이언트 전사들이 마치 도끼로 장작 패듯이 대도를 내리치고 친 곳을 또 쳤다. 화가 난 히드라가 머리를 들어 불을 뿜었지만 돌아온 것은 대검뿐이었다.

크악!

강력한 힘과 끝없이 재생되는 몸으로 괴수 중의 괴수로 소문났던 히드라는 영단 세 개와 하늘에 닿는 한만을 남기고 죽었다.

"수고들 했다."

람티무스가 부하들을 둘러봤다. 대검을 회수하여 다시 몸에 지닌 부관이 묵묵히 대장 옆에 섰다. 자이언트 전사들이 대장을 따라서 거리를 걸어갔다. 오거와 비슷한 자이언트 전사들이 갑옷을 입고 투구로 얼굴마저 가렸기에, 신비하고 두려운 존재였지만, 그들은 적이 아니라 아군이었다.

"와, 히드라를 죽였다!"

"자이언트 전사 최고다!"

병사들이 환호했다. 목숨을 부지하려고 숨도 제대로 쉬지 못하고 숨었던 백성들이 거리로 뛰쳐나왔다.

"엄마, 이제 우리 살았어."

"그래, 아가야. 어서 아빠를 찾아보자."

"응, 엄마. 아빠는 분명 어딘가에서 살아 있다가 달려올 거야."

"그래, 그래."

백성들은 눈물을 흘리며 기뻐하다가 그동안 보이지 않았던 가족을 찾느라 이리저리 돌아다녔다.

"엄마, 배고파."

"그렇지? 아가야. 아빠만 찾으면 먹을 것을 가져올 거야. 그때까지 참을 수 있지?"

"응, 엄마."

몬스터에게 지배당했던 성에는 사람이 많지 않았고 먹을 것도 별로 없었다.

아리안은 성내로 들어와 보고 그 참상에 가슴이 아팠다.

"성에 식량이 남았는지 살펴봐라!"

"예, 총사령관 각하!"

티토바코 성주가 아리안에게 보고했다.

"총사령관 각하! 다행히 영주관 창고는 손대지 않았습니다."

"성주가 이번 전투에서 제일 공을 세웠군. 수고했다."

티토바코 성주는 그제야 아리안이 자신에게 공을 세우도록 공격 명령을 내렸다는 것을 깨달았다.

'아, 황태공 전하는 나를 버릴 사람이 아니라 공을 세워 옆에 두려고 하셨구나. 전하! 저는 그것도 모르고 전하를 곡해했었답니다. 전하! 앞으로는 온 마음을 다해 전하를 모시겠사옵니다.'

"감사합니다. 총사령관 각하! 백성들에게 식량을 나눠 줄까요?"

"그렇게 하게. 이 성도 그대가 다스려야 할 세 개 성 중 하나가 아니던가."

"황태공 전하~!"

티토바코 성주의 고지식한 무릎이 꺾였다. 그는 아리안의 깊은 마음에 진실로 감복했기에, 더는 어떤 말도 나오지 않았다.

"일어나라! 지금은 할 일이 많지 않으냐."

"예, 황태공 전하!"

일어나는 성주 눈에는 물기가 어렸다. 그는 손바닥으로 눈가를 훔친 후 힘차게 걸어나갔다. 티토바코 성주는 굶주린 백성에게 식량을 나눠줬다. 배급을 받으려는 백성들로 잠시 혼란을 야기했지만, 성의 질서는 빠르게 안정을 찾았다.

아리안은 바로 다음날 성을 나서서 베라쿠르소 성을 향했다. 이제 사흘만 달려가면 문제의 성이 나올 것이다. 베라쿠르소 성이 가까울수록 산과 들은 더욱 황폐했다. 하늘의 먹구름도 점차 짙어졌다. 들에는 을씨년스러운 바람이 회오리가 되어 모든 것을 날려 버릴 듯했다.

마침내 베라쿠르소 성이 눈앞에 보였다. 몬스터와 마수마물 무리가 평원을 뒤덮은 채 그들을 기다렸다. 어마어마한 몸체의 각종 괴수가 이곳저곳에 마치 언덕처럼 솟은 모습을 바라보는 병사들의 가슴은 철렁 내려앉았다. 두려움이 스멀스멀 아침안개처럼 피어올랐다.

"진영을 설치해라!"

헤르메스의 음성이 마치 음성 확대마법이라도 사용한 듯이 널리 퍼졌다. 병사들은 자신의 두려움을 떨쳐 버리려는 듯이 고함을 치고 악을 썼다.

"진영을 설치하자!"

서로 바라볼 수 있는 곳에 양쪽 진영이 설치됐다. 6만의 노블리아 병사보다 마계진영은 배가 넘는 듯했다.

　날은 조금씩 어두워졌다. 먹구름이 평원 하늘에 가득 덮였으며 점점 짙어졌다. 마치 지면까지 닿으려는 듯한 짙은 먹구름은 병사들에게 두려움이자 또 하나의 공포였다.

　"젠장, 좀 더 시간이 지나면 먹구름에 갇히겠군."

　"쓰벌, 이걸 바라만 보고 있어야 하는 거야?"

　꾸르릉! 꾸악! 까르릉!

　마수마물들이 자신의 존재를 드러내는 괴성은 그렇지 않아도 두려운 병사들의 전신에 바늘처럼 파고들었다. 누군가가 바지를 적셨는지 냄새가 고요히 퍼져 나갔지만 아무도 말하지 않았다. 그의 두려움이 바로 자신의 공포였다.

　"총사령관 각하! 병사들의 두려움이 극에 이른 듯합니다."

　병사들의 두려움을 없애고 임전태세를 갖추게 하는 것은 분명 사령관의 역할이었지만, 헤르메스는 어떤 방법도 떠오르지 않았다.

　이때, 그랜드 마스터 파라미가 앞으로 나섰다.

　"마스터 기사단! 광섬일검 준비!"

　파라미의 호령이 진영을 울리자, 마스터 기사들이 있던 자리에서 공중으로 솟구쳐 진영 앞으로 나서며 화답했다.

　"광성일검! 야!"

　마스터 기사들이 검을 뽑아 들고 마차 앞에서 기수식을 펼쳤다. 그들의 검에서 뿜어 나온 오라블레이드가 어두운 먹구름 속에서도 그 모습을 찬연히 빛냈다.

"와, 오라블레이드다!"

"역시 마스터 기사들은 모두 마스터였어."

병사들은 환호하며 자신들의 두려움을 억눌렀다. 파라미의 음성이 평원을 갈랐다.

"기사의 검은 회오리바람을 일으키며 대륙을 달린다."

기사들이 화답하며 빛이 번쩍이는 검으로 허공에 수놓았다.

"광섬일검! 야!"

찌르고, 베고, 원을 그리고, 긋고…….

한 치 어긋남도 없이 30명이 똑같은 모습으로 어두운 허공에 광검(光劍)을 휘두르는 광경은 가히 장관이었다. 병사들은 두려움을 잊고 마스터 기사의 모습에 도취했다. 손으로 기사의 검을 흉내 내는 병사도 간혹 눈에 보였다.

그들의 검은 점점 빨라지면서 빛을 사방으로 뿌렸고, 그들의 몸은 점차 공중으로 솟았다. 바라보는 병사들은 점점 목이 아파서 손으로 머리를 받쳐야 할 정도였지만, 그것은 그런대로 좋았다. 걸리는 것이 없게 된 마스터 기사들의 간격이 조금씩 넓어졌지만, 그들이 만들어낸 빛무리는 더욱 커져만 갔다.

"와, 실로 장관이다. 어떻게 저럴 수가 있지?"

"맞아, 우리에겐 저들이 있었어."

"젠장, 눈물은 왜 나오고 지랄이야. 자식에게 전해주려면, 우리 수호신들의 모습을 자세히 봐야 하는데……."

병사들은 그제야 마스터 기사단이 그들과 함께한다는 사실을 인식한 듯싶었다.

"일 검으로 허공을 가르니 빛마저 가른다. 야!"

갑자기 터진 기사들의 함성과 더불어 그들의 검이 허공을 가리키자, 검에서 나온 번개가 어두운 먹구름을 뚫고 하늘로 치솟았다. 땅에 닿을 듯했던 먹구름이 상당히 위로 밀려 올라갔다.

"와, 정말 대단하다, 대단해."

"오~ 세상에! 이런 검법도 존재했다니……."

챙챙챙! 닥닥닥!

이 광경을 함께 지켜본 몬스터 진영은 조용해졌지만, 병사들은 자신의 무기를 치며 환호했다. 그들의 미칠 것 같은 환호 속에는 이번 전쟁에서 살아남게 해달라는 간절한 염원이 담겨 있었다.

"창천무한! 준비!"

그것으로 끝이 아니었다. 안티야스의 고함이 다시 한 번 평원을 떨어 울렸다.

"창천무한, 야!"

마스터 기사들이 허공에서 검을 새롭게 공중으로 뻗으며 고함을 질렀다. 마법사들이 사위가 어두워졌건만 기사들의 놀라운 검술에 마법등 밝히는 것마저 잊은 어두운 밤하늘에, 그들의 검에서 뿜어나온 선명한 오라블레이드가 밝게 빛났다.

"인간의 희로애락과 생로병사는 덧없건만, 천 년 전의 하늘은 오늘도 여여하다."

"창~!"

마스터 기사들의 검이 허공에 크게 원을 그린 후 빠르게 동서남북을 가르면서 빛을 사방에 뿌렸다. 마치 서른 개 태양이 떠오른 듯한 장엄한 광경을 연출했다.

"세상에, 이런 놀라운 광경을 구경할 수 있다니……."

"아, 저건 검술이 아니라 말 그대로 자연의 신비야."

병사들이 너도나도 놀라서 탄성을 터뜨렸다. 그들은 목이 아픈지 바닥에 드러누워 구경하는 자도 있었다.

"천~!"

다시 기사들의 고함이 터져 나왔다. 그들의 검이 하늘에 검벽을 이뤘다. 그것은 빛의 장막이었다. 아니, 그것은 병사들의 희망이고 보람이며 수호신이 밝히는 생명의 보장이었다.

"아~!"

"오~ 수호신이여!"

기사들이 이룬 빛의 하늘은 병사들의 두려움을 멀리멀리 날려 버렸다. 이길 수 있다는 자신감을 불러 일으켰으며, 아리안 황태공 전하와 함께한다는 긍지를 일깨웠다. 검을 휘두르는 마스터 기사단의 강한 의지가 검을 타고 흘렀다.

'대륙에서 마물을 몰아내고 황태공 전하께서 꿈꾸는 아름다운 대륙을 만드는 데 앞장서리라!'

"무한~!"

기사들의 고함과 함께 그들의 검이 눈에 보이지 않을 정도로 움직이자, 허공에는 거대한 빛의 공이 30개 생겨났다. 광구(빛의 공)는 평원의 하늘을 감쌀 듯이 점점 커져만 갔다.

저 광구에 싸인다면 어떤 괴수인들 온전할까. 광구는 병사들에게 용기를, 몬스터 마수마물에게 두려움을 안겨줬다.

"창천무한!"

돌연 서른 개 태양에서 빛기둥이 솟구쳤다. 먹구름을 헤치고 하늘 높이 치솟았다.

쾅쾅! 꽝꽝!

갑자기 서른 개 빛기둥이 폭발했다. 잘게 쪼개진 빛무리는 흑천을 밝히며 몬스터 진영으로 흩어졌다.

크악, 꽥!

몬스터 진영에서 일어난 갑작스런 비명과 함께 먹구름이 물러났다. 원초적인 두려움처럼 가슴을 짓누르던 어둠의 장막이 사라졌다. 어둡기는 했지만, 별이 총총히 박힌 하늘이 나타났다.

"아~! 별이 이렇게 반갑고 아름다웠구나."

그것은 실로 자연의 기경이며 기적이었다. 병사들은 가슴에 차오르는 북받치는 격정에 입만 벌렸다. 누워서 이 광경을 지켜보던 병사들도 자리에서 벌떡 일어나 탄성을 내뱉었다. 눈에서 이유 모를 눈물이 흘러내렸다. 별이 뜬 하늘을 바라보는 것이 이렇게 감격일 줄이야.

일상사가 그리움이라는 것을 아는 사람은, 삶을 진정으로 사랑한 자라고 누가 그랬던가?

오늘밤은 어쩐지 별을 헤는 병사가 많을 듯싶었다.

마계 진영에서도 마스터 기사의 신위에 놀랐거나 대책을 세우는지 야간 기습은 이루어지지 않았다.

새벽안개가 평원 가득히 깔렸다. 병사들은 몇 미터 앞이 보이지 않는 상황에서도 식사를 마치고 전투준비를 서둘렀다. 지척을 분간하기 어려웠던 안개가 사라졌고, 마치 막이 오른 무대처럼 양 진영의 모습이 선명하게 드러났다.

병사들은 공격 준비 나팔이나 수비 나팔을 불지 않았지만, 어떤 명령에도 즉각 반응할 수 있게 준비했다. 그들은 어제처럼 두려움에 떨지 않았으며 그렇다고 해서 상대를 무시하지도 않았다.

묵묵히 지휘관 명령을 기다리며 자신의 몸을 풀면서도 적당한 긴장 상태를 유지하려고 노력하는 모습이 역력했다.

아리안은 마차에 앉아서 천천히 마계 진영을 바라봤다.

이때, 베라쿠르소 성벽에서 마조가 날아오는 모습이 보였다.

"어? 저기 날아오는 게 뭐지?"

"날개가 달린 것은 분명하고. 가만있자… 독수리 머리에 사자 몸통이잖아."

"그리폰이다. 그리폰이 날아온다!"

병사들의 고함에는 은근한 두려움이 깔려 있었다. 시급히 명령을 내리는 만인 부대장의 음성이 들렸다.

"방패로 머리 위를 방어하고 노궁을 준비해라! 화살은 튕겨 나갈 뿐이니 쏘지 마라."

헤르메스 사령관도 급히 명령을 내렸다.

"마법병단은 공격 준비하고 기사단은 마법병단을 보호해라!"

마스터 기사 안티야스가 아리안을 쳐다봤지만, 아무런 신호나 언질을 주지 않았다. 20여 마리의 그리폰이 날아왔다가 가장 앞장섰던 놈이 갑자기 땅으로 내리꽂혔다.

화악!

불을 내뿜으면서 내려왔던 그리폰은 병사 한 명을 발로 낚아채서 공중으로 올라가더니 그 병사를 다시 땅으로 떨어뜨렸다.

"으악!"

불길은 방패로 막았지만, 그리폰의 발에 채여서 공중으로 올라갔던 병사는 형체도 알아보지 못할 정도로 피와 살의 범벅이됐다. 동료 병사들이 재빨리 시신을 처리했다.

그리폰의 공격이 본격적으로 시작됐다. 노궁 조장의 외침도 급박해졌다.

"그리폰이 내려온다. 잘 겨눠라! 발사! 재장전!"

휙!

그리폰은 인간이 활을 쏘는 것을 보고 무시했다. 화살은 피부를 뚫지 못했다.

'크크, 장난감으로 뭘 할 거지? 앗! 화살에 강화마법이 입혀졌었어. 끄윽!'

피부를 뚫을 수 없는 장난감으로 여겼던 화살은 화살에 인첸트된 강화마법의 효능으로 그리폰의 그 단단한 피부를 그대로 꿰뚫고 말았다.

푹!

"와, 잡았다."

"이 새끼들아, 빨리 재장전해!"

그리폰을 잡기는 했어도 쉬운 일은 아니었다. 열 발에 한 발정도가 그리폰을 잡았고, 그리폰을 잡지 못한 노궁은 오히려 아군에게 피해를 입히기도 했다.

꽝!

"큭, 아군이 쏜 화살에 마차 하나가 박살 났군. 저걸 발견하면 노궁 사수대에 전하라고 했었지. 빨리 가져다줘야겠군."

강화마법이 걸린 노궁보다 마법사들의 공격이 좀 더 유효했다.

"파이어 스피어!"

"그레이트 파이어!"

여기저기서 6클래스 마법사가 쏜 회심에 찬 2m 이상의 긴 마나창이 그리폰을 쫓는가 하면, 도저히 4클래스 마법이라 여기기 어려운 거대한 폭염이 그리폰을 감싸기도 했다.

아리안은 그리폰을 맞이하여 피해를 보기는 하지만 잘 싸우는 병사들을 보고 고개를 끄덕이며 정면을 바라봤다. 노블리아군과 마계군 사이에 50m 폭의 검은 띠가 마치 양 진영을 가르듯이 그려져 있었다.

뿌우~ 뿌우~!

노블리아군이 그리폰의 공격에 어수선한 틈을 타서 몬스터군의 뿔나팔 소리가 길게 울렸다.

와~! 컹! 꾸륵! 치익!

각종 괴성이 터지면서 마계군의 공격이 시작됐다. 월등한 병력을 활용한 밀어붙이기 공격이었다. 제일 앞에는 유사인종인 울프족이 번개 같은 속도로 달려들었다.

"선봉대 전투준비, 전투준비!"

가장 앞선 부대 병사들이 방책을 앞에 두고 창을 들었다.

"거창!"

병사들은 지휘관의 명령에 따라 창을 방책에 비스듬히 댔고 창대를 땅에 댄 후 굳게 잡았다. 다음 열의 병사는 창을 좀 더 올려서 꽂았다. 울프족이 검은 띠를 순식간에 지나서 방책 앞까지 달려왔다.

커엉!

울프족은 포효하며 방책으로 달려들다가 창에 찔리기도 하고 방책을 넘기도 했다. 백부장이 명령하는 소리가 광장을 뒤흔들었다.

"창수는 앞만 바라봐! 방책을 넘은 놈은 동료에게 맡겨라!"

"정신 차려! 집중해서 달려드는 한 놈을 잡아!"

"넘어간 놈은 잊어라!"

"야, 이 새끼야. 오줌은 싸더라도 창을 들고 앞만 봐!"

"물러나지 마라! 똑바로 쳐다보고 훈련 때처럼 찔러."

끝없이 밀려드는 울프족과의 싸움이 급박할 때, 고블린과 오크 무리가 울프족 뒤를 이어 검은 띠를 넘어섰다. 검은 띠 속에는 오거와 트롤, 트윈 오거 등이 달리고 있었다.

"마법병단!"

"파이어 볼!"

사령관 헤르메스의 명을 받은 마법사들이 일제히 검은 띠를 향해서 파이어 볼을 날렸다. 달려드는 마계군에 비해서 3클래스 파이어 볼은 너무나 미약해 보였다. 수십 발의 파이어 볼이 검은 띠에 떨어졌다.

확!

갑자기 검은 띠가 거대한 화염 벽으로 바뀌었다. 몇만에 이르는 마계군이 비명을 지르면서 불에 탔다.

"야, 바비큐 파티다!"

"크크, 오늘 저녁에는 포식하겠군."

"킥킥! 노린내가 이렇게 정겨울 수가……."

병사들이 그 불을 환호했지만 마계군도 그대로 보고 있지만 은 않았다.

"샌드 레인!"

어디선가 수십 명이 외치는 마법 시동어가 울렸고, 갑자기 검은 띠 위에 모래비가 내리쏟아졌다. 얼마나 모래가 쏟아졌는지 마치 작은 언덕이 새로 생긴 듯했다. 꺼질 것 같지 않던 화염이 모래비에 의해서 서서히 사라졌다.

뿌우~ 뿌우~

꾸악! 꾸륵!

각종 괴성이 울리며 다시 마계지상군의 공격이 시작됐다.

"쏴라!"

쿵, 쿵!

노블리아군 진영에서 투석기 15대가 위용을 발휘했다. 거대한 암석이 공중으로 날았다가 마수에게 떨어졌다.

"계속 쏴라!"

투석기의 위용은 대단했지만, 적은 너무나 많았다. 마계군이 검은 띠를 덮은 모래언덕을 넘었다. 마법병단 지휘관이 소리쳤다.

"지금이다, 공격해라!"

마법사들이 지팡이를 들고 마법 시동어를 연창했다.

"플레임 버스트!"

꽈광! 꽝꽝!

검은 띠를 덮은 모래언덕을 넘은 50여 미터의 긴 띠를 이룬 지대가 광범위하게 터졌다.

"와, 플레임 버스트를 저렇게 응용할 수도 있구나. 정말 대단하다."

"플레임 버스트가 어떤 마법이야?"

"플레임 버스트는, 일정한 범위에 제어 가능한 중량의 마나를 미리 퍼뜨렸다가 시동어와 함께 터지게 하는 마법이지. 플레임 버스트는 응용마법, 즉 합성마법과 조합마법의 교과서 같은 거야. 비록 5클래스 마법이지만, 6서클 마스터는 돼야 펼칠 수 있어."

'플레임 버스트' 마법을 자세히 설명하는 병사의 말에 동료들은 고개를 끄덕이며 환호했다.

"음, 어쨌든 간에 우리 마법병단의 실력이 상당하단 소리군."

"한 번 대규모 공격 때마다 최소 2~3만은 죽었을 거야."

어느 틈에 방책을 넘어온 울프족과 기타 몬스터들을 전멸시킨 병사들은 마법사들의 작품을 구경했다.

마법사들은 자신의 한계 이상으로 열심히 싸웠고, 기대 이상의 결과를 만들었다. 마법사들도 이제는 쉬어야 했다.

그때, 진영이 술렁거렸다. 자이언트 전사 60명이 모두 방책 쪽으로 다가와서 길게 늘어섰다.

"어? 저들이 앞으로 나오다니 웬일이지?"

"단단히 준비들 해라! 곧 백병전이 시작된다는 신호다."

"마법사들의 기운이 다 된 모양이야."

"어? 저기 봐라! 우리의 수호신 마스터 기사단이다."

"와! 마스터 기사단 만세!"

"만세, 만세! 마스터 기사단!"

병사들은 마계군이 달려드는 것도 잊고 공중을 날아서 방책 쪽으로 오는 마스터 기사단을 보고 환성을 질렀다.

번쩍, 번쩍! 꽈꽝 꽝꽝!

마스터 기사들이 공중에 뜬 상태에서 검을 휘젓자, 그들의 검에서 번개가 줄기줄기 뻗어나갔다. 번개가 한 번 칠 때마다 적게는 이십여 마리, 많을 때는 오십여 마리가 쓰러졌지만, 그들은 시간이 지나도 전혀 지칠 줄을 몰랐다.

마계군은 급격히 무너졌다. 마스터 기사단의 위용은 평원을 지배했다. 파라미의 검강이 한 번 휩쓸고 나면 공터가 생길 지경이었다. 주춤거리는 몬스터와 마물이 많이 생겨났다.

뺨빠라빰빰빠~ 뺨빠라빰빰빠~!

승기를 잡았다고 여긴 아리안군이 공격나팔을 불었다.

"길을 비켜라! 방책을 치워라!"

기마부대와 중장갑부대의 말이 방책을 향해 달려나왔다. 병사들이 급히 방책을 치웠다.

"공격해라!"

만인부대 대장의 고함이 천지를 갈랐다.

"와! 죽여라!"

마스터 기사들은 후퇴하는 마계군을 향해 번개를 난사했다.

각종 몬스터의 비명이 끊이질 않았다. 자이언트 전사의 대도도 사정을 남기지 않았다. 온갖 고함과 함성이 점점 커져만 갔다.

마계군도 돌아서서 반격을 시도했지만, 자이언트 전사와 마스터 기사가 고개를 돌리는 순간 소멸했다. 그 모습을 본 마계군은 안간힘을 쓰며 달아났다. 그야말로 일패도지라 전투가 금방 끝날 듯했다.

쿵!

갑자기 지축을 흔드는 소리가 들렸다. 노블리아군과 싸우던 마계군이 그대로 그 자리에 부복했다.

노블리아군이 무릎 꿇고 엎드린 마계군을 죽였지만, 그들은 전혀 개의치 않았고 그 누구도 꼼짝하지 않았다.

노블리아 왕국군이 그 옆에 엎드린 놈의 목을 자르려고 검을 높이 들었다가 뭐가 이상한지 주위를 두리번거렸다. 자신만이 아니었다. 모든 왕국군이 서로 돌아보며 어리둥절한 표정이었다.

쿵!

다시 어마어마한 굉음이 들렸다.

빠라뺨뺨 빠라뺨뺨 빠-빠-뺨~!

그리고 갑자기 들린 나팔 소리는 후퇴하라는 소리가 아니라, 뒤도 돌아보지 말고 무조건 피하라는 신호였다. 모든 병사가 사방으로 흩어졌다.

쿵쿵!

적은 보이지 않았지만, 기마부대, 중장갑부대, 각 부대 병사, 자이언트 전사, 마스터 기사까지 급히 자리를 피했다. 평원이 순식간에 텅 비었다.

회오리바람마저 외로운 평원에 짙은 먹구름이 빠른 속도로 다가왔다. 기온이 점차 내려갔다.

평원에는 바닥에 넙죽 엎드린 채 꼼짝도 하지 않는 마수들과 아리안의 마차 한 대만 남았다. 그 마차마저도 서서히 그리고 조금씩 빠르게 뒤로 물러났다.

마차가 있던 장소에는 홀로 선 아리안의 모습이 외롭게 보였다. 물러나는 마차 위에서 알레그리아가 안타까운 모습으로 그를 바라봤다.

을씨년스러운 회오리바람이 다시 한 번 평원을 휩쓸고 지나갔다.

휘~ 잉!

베라쿠르소 왕성 앞 평원을 바라볼 수 있는 숲의 사방팔방에는 대륙 모든 왕국과 제국의 눈들이 평원 대전투를 눈여겨보는 중이었다.

"팀장님! 노블리아가 말했던 일이 사실임을 알았으니, 돌아가는 게 어떻겠습니까?"

"이 고블린 새끼보다 못한 자식아. 고블린은 영악한 면이라도 있지, 이 새끼는 영……. 노블리아 놈들이 말한 대로 몬스터와 일반 병사는 도저히 상대하기 어려운 마수마물이 있는 것은 확실하지만, 이놈들이 언젠가 우리 국경을 넘지 않는다고 어떻게 장담하겠냐?"

"그럼, 뒷날을 생각해서 알아야 할 정보는 모두 기회가 닿는

대로 모조리 끌어모으라는 뜻입니까?'

각국 정보원들은 목숨을 걸고 노블리아군의 약점을 잡는 데 총력을 기울였다.

"짜식! 완전히 맹탕은 아니군. 잘 봐라! 여기는 대륙의 모든 첩자들이 모인 곳이다. 대륙의 내일은 노블리아 행보에 따라서 변한다고 해도 과언이 아니지. 하나도 놓치지 말고 잘 봐 둬."

"예, 팀장님! 역시 존경스럽습니다."

"조용히 해라!"

팀장 얼굴이 새파랗게 질려가는 모습을 본 팀원은 급히 팀장의 눈길을 따라서 쳐다봤다.

7m에 이르는 어마어마한 키, 머리에는 두 개의 산양 뿔이 달렸고, 털과 비슷한 색의 전신 갑주가 갑옷인지 비늘인지 잘 구분이 되지 않았다. 그가 든 삼지창은 자신의 키만큼 컸고, 세 개의 창극에선 번개가 번쩍거렸다.

"세상에, 전쟁의 마신 '할파스' 다."

할파스를 바라보는 마법사의 음성에는 놀란 기색이 역력했다. 마법사 가까이 숨은 만인대장이 조심스럽게 물었다.

"마법사님! 할파스라뇨?"

"전쟁의 마신, 할파스! 그는 마왕들도 존경한다는 인물이지. 마계의 모든 인물들은 그를 목표로 수련한다고 해도 과언이 아니야. 마인 중의 마인이며 오로지 싸우기 위해 태어난 자라고 전해지지. 저 잘난 맛에 사는 마계 귀족들도 저자에게만은 적이 되지 않으려고 애쓴다는 소문이야. 할파스에게 잔꾀는 통하지 않아. 천 년 전, 천마대전 이후 상처를 입고 사라진 뒤 보이지 않아서 여러 가지 설이 돌았었는데, 이제야 완치된 모양이군. 정말 무서운 그자가 이번에도 선봉장인가?"

"할파스를 드래곤 로드와 비교하면 어떻습니까?"

"드래곤 로드는 천장이나 마장 정도니, 상대가 안 되지."

"피해라! 도망가라!"

여기저기서 지휘관의 외침이 평원의 결투를 보려고 멀리 도망가지 않은 병사들에게 끊임없이 들렸다.

쿵!

쩌억!

할파스가 평원에 들어서며 발을 굴렀다. 굉음이 울리면서 평원 바닥이 쩍 갈라졌다.

"꺼져라!"

"전신 할파스님께 영광을!"

할파스의 괴이한 음성이 평원 갈라진 바닥 지저에서 울리는 듯했다. 도망가지 않고 평원에 엎드렸던 마수마물들이 일제히 복명한 후 산지사방으로 도망갔다.

꽝!

할파스가 잡은 창대로 바위를 내려치자 거대한 바위는 산산조각이 났다. 그가 창을 공중으로 휘저었다.

우르릉! 꽝!

할파스의 창이 공중에 휘둘러지자 바람 가르는 소리가 들리지 않고, 천둥치는 소리가 들린 후에 번개가 아리안을 향해 내려쳤다.

"앗! 총사령관님이 번개에 맞았다."

"재수없는 소리 하지 말고 조용히 해!"

"아니, 총사령관 각하께서……."

번개에 맞은 아리안의 몸은 쓰러지는 게 아니라, 오히려 키가 점점 자랐다.

3m, 5m, 7m. 키만 자라는 게 아니라 입은 갑옷도 같이 커졌다. 어느새 그의 왼손에는 방패가 보였고 오른손에는 검이 들렸다. 마침내 할파스의 키와 비슷해지자, 아리안의 키가 더는 자라지 않았다.

"크크! 좋아, 준비가 끝난 듯하군. 어디 한번 몸을 풀어 볼까?"

쌩!

할파스가 창을 휘두르자 공기가 찢어지는 듯한 소리가 들렸다.

지지직! 번쩍! 꽝!

그것으로 끝이 아니었다. 그의 창에서 스파크가 일어나는 소리가 들렸고, 창과 검이 부딪치는 순간 번개가 번쩍이며 아리안을 가격했다.

아리안은 검으로 번개를 막으며 돌아가는 창날을 쫓아 할파스에게 달려들었다. 할파스는 몸 가까이 다가온 아리안에게 창날이 아닌 창대로 올려쳤다. 할파스의 창은 창대마저 나무가 아닌 특수금속으로 만들어졌다. 할파스의 창대와 아리안의 검이 부딪쳐 불꽃이 튕겼다.

쫘꽝! 번쩍번쩍!

사방으로 벼락이 난무하여 벌판 곳곳에 구덩이를 만들었다. 병사들은 할마스와 아리안의 무기가 부딪친 스파크만으로 만든 결과에 혀를 내둘렀다.

아리안과 할파스는 서로 비등한 힘과 빠르기로 연방 부딪쳤다. 할파스는 창과 창대로 공격과 방어를 하면서 신이 난 듯했다.

둘의 움직임은 점차 빨라졌다. 그들이 격돌하면서 평원은 그 야말로 초토화가 됐다. 굵은 나무들이 통째로 잘리거나 뿌리째 뽑혀서 날아갔다.

꽈꽝! 우지끈 뚝딱!

어이없이 죽는 인간과 마수들이 늘어났다. 구경하던 자들은 더욱 안전한 곳으로 물러나야만 했다.

할파스의 몸이 공중으로 서서히 떠올랐다. 아리안의 몸도 땅만 고집하지 않았다. 그들이 공중에서 싸우는 모습은 실로 장관이었다.

이제 평원이 몸살하는 대신 기상이변이 일어났다. 어느새 할파스와 함께 몰려들었던 먹구름은 그들이 휘두르는 검과 창의 기파에 날려 사라졌다. 평원 위의 마나가 이리저리 크게 휘몰아치는 모습이 마치 태풍처럼 엄청난 위세를 보였다.

"끌끌끌! 이렇게 신나게 싸워본 게 천 년 만이군. 자, 이제 몸도 풀었으니 본격적으로 싸워볼까?"

할파스는 말을 끝내고 목을 좌우로 돌렸다.

으드득!

뼈가 부딪치는 소리가 굉음처럼 울렸다. 아리안도 어깨를 원을 그리며 풀었다. 할파스가 손에 낀 반지 하나를 뺐다. 반지는 점점 늘어났다. 팔찌처럼 늘어난 반지를 창대에 끼웠다. 갑자기 창극에서 검은 기운이 물씬 뿜어져 사방으로 퍼졌다.

"원마정이구나."

알레그리아의 근심스러운 말에 파라미가 조심스럽게 물었다.

"누님, 원마정이 뭐죠?"

"마왕이 사용하는 일반적인 마구는 평상시에 마기를 주입한 것이기에 그 마기를 모두 사용하면 무용지물이 돼. 그러나 원마정은 마계를 만든 근원의 일부라 끊임없이 마기가 흘러나오지."

어느덧 해는 점차 그 모습을 감추기 시작했다. 하늘이 붉게 물들었다가 점점 어두워졌다. 구경하는 사람들은 7m에 이르는 거인의 모습마저 점점 희미해지는데도 누구 하나 숨은 곳에서 벗어날 생각을 하지 않았다.

천장과 마장 같은 둘의 승패가 대륙의 앞날을 결정지으리라. 이제 최후의 격돌을 준비하는 것을 보면서 밥과 국 대신에 침을 삼켰다.

"라이트!"

알레그리아가 평원을 감싼 산등성이 곳곳에 마법등을 만들었다. 평원에서 제법 먼 거리였지만 그래도 일반 병사들에게는 상당한 도움이 됐다.

마침내 무대는 갖춰졌고 전투의 대단원을 알리는 막이 올랐다. 할파스의 창에 달린 마원정에서 엄청난 마기가 뭉클뭉클 쏟아져서 아리안의 주변을 감싸기 시작했다.

"메이크 어비스!"

할파스가 마법 주문도 없이 시동어를 외치자, 주위 공기가 더욱 무거워지면서 몰려든 마기는 아리안의 주위를 감싸며 흡사 살아 있는 생물처럼 꿈틀거렸다.

마치 분위기를 연출하듯이 먹구름마저 몰려들어 번개가 번쩍였고 천둥소리마저 요란했다.

번쩍번쩍, 우르릉 꽝꽝!

"세상에, 할파스 뿔과 창에서 번개가 번쩍거리는 것 좀 봐! 정말 겁나는군."

"마왕들도 무시하지 못하는 전신이야. 마계 선봉대장, 혹은 돌격대장이지. 전하는 말로는, 천마대전 때도 수많은 천장들이 그에게 졌다더군."

"그런데도 우리 총사령관님은 두려워하는 기색이 전혀 없잖아요."

아리안은 묵묵히 할파스를 바라봤다. 그는 검을 고쳐 잡고 그의 공격을 기다렸다.

"쉐도우 애로우!"

할파스는 마법을 영창하고 아리안에게 달려들었다. 어둠의 기운으로 만들어진 화살들이 사방에서 몰려들어 아리안이 피할 방위를 없앴다. 그리고 그는 잔상을 남기며 미끄러지듯이 아리안에게 다가서면서 회심의 일격을 휘둘렀다.

"구유음명검법!"

아리안이 화살을 거들떠보지도 않고 큰소리로 검법명을 외치며 검을 휘둘렀다.

아리안을 향하던 화살들이 돌연 그가 휘두르는 검의 기운으로 바뀌어 오히려 할파스에게 쏘아져 갔다. 검과 창이 심하게 부딪쳤다. 아리안의 검이 할파스의 창에 조금은 밀리는 듯했다.

"추혼마창!"

할파스의 창에서 검강이 형성된 것처럼 다크 블레이드가 5m나 길게 뻗어나왔다. 지지직거리는 창의 주위로 스파크하며 튕긴 검은 불꽃이 밤하늘을 화려하게 수놓는 모습은 참으로 놀라운 광경이었다. 그가 뿌린 어둠의 불꽃은 어둠이 그림자가 아니라 밝음에 비견되는 독자적인 세계임을 증명했다. 밤하늘을 밝혔던 라이트 불빛을 가르며 퍼지는 어둠의 부챗살은 실로 경이로운 모습이었다. 구경하던 자들이 절로 탄성을 뱉었다.

"아~!"

"비천탄강!"

아리안이 고함치며 검을 휘두르자 용암과 같은 검강이 길게 뻗어 허공을 갈랐다. 검이 지나간 자리에는 어둠의 조각들이 여지없이 파괴되어 사라졌고 안개만이 흔적인 양 꼬리를 물고 이어졌다.

"천지멸광!"

할파스의 창에서 나온 다크 블레이드는 거대한 원 모습을 만들어 마치 그물처럼 아리안을 조였으며, 아리안이 뿌린 탄강은 동심원을 그리며 할파스를 덮쳤다.

"블링크! 쉐도우 홀드!"

할파스가 재빨리 다른 곳에서 몸을 나타내며 다시 마법을 걸었다. 아리안 주위에 다크 블레이드가 조이는 형국에서 다시 그림자들이 모여들어 그를 한층 더 조였다.

아리안은 할파스를 공격하는 데 집중했던지 얼른 그곳에서 빠져나오지 못했다. 그는 비록 호신강기가 보호했지만 강기막은 조금씩 좁혀졌다. 그는 힘든 모습이 역력했는데 이윽고 할파스를 향한 검을 들기에도 벅찬 듯했다.

"앗! 총사령관님이 위험하다."

"역시 인간에게 할파스는 무리한 상대였나?"

구경하던 병사들은 놀라서 발을 동동 굴렀지만 할 수 있는 것은 아무것도 없었다.

"주군을 돕자!"

마스터 기사단은 주군의 검이 떨린다고 여긴 순간 더는 참을 수 없어서 공중으로 날아올랐다. 그들에게 할파스를 상대할 수 있느냐 없느냐는 차후의 문제였다. 주군의 위기 앞에 그들은 머리가 아닌 몸이 이끄는 대로 무작정 검을 뽑아 들고 몸을 날렸다.

"만상일변!"

마스터 기사 30명이 일제히 검에 오라블레이드를 형성하여 사방에서 할파스를 향해 검도 비기를 펼쳤다. 파라미의 검에는 검강이 맺혔다.

"세상은 하나에서 시작했으나, 그 하나는 간 곳이 없구나……."

"너희도 간 곳 없이 사라져라!"

할파스가 쳐다보지도 않고 귀찮다는 듯이 창을 크게 휘둘렀다. 창에서 뻗친 어둠의 기운이 사방팔방으로 뻗어나갔다.

마스터 기사들은 검을 온전히 휘두르기도 전에 엄청난 마기에 휩쓸려 마치 가랑잎처럼 날려갔다. 그들은 마기에 당하자 마나가 억제당하며 공중에 떠 있지도 못하고 멀리 날려가서 산 속에 처박혔다. 가장 심하게 다친 것은 오히려 파라미였다.

퍽!

할파스의 시선은 시종 아리안에게서 벗어나지 않고 마나를 집중했지만, 그의 절대공간은 사소한 것 하나도 놓치지 않는 듯싶었다. 그는 마계 제일 마장이었다.

"끄윽!"

할파스의 기운은 마스터 기사단이 상대할 수 있는 차원을 넘어섰다. 그들은 할파스의 기운이 분산되는 바람에 죽지는 않았지만, 다시 공격할 엄두도 내지 못했다.

시간이 흐를수록 점점 마기에 압박을 받던 아리안은 공중에서 결국 한쪽 무릎을 꿇고 말았다.

"크윽!"

억지로 저항하는 아리안의 이마에서 땀이 비 오듯 했으며, 입에서는 피가 주르륵 흘러서 앞섶을 적셨다.

"수좌님! 주인님의 생명이 백척간두에 놓였는데, 이렇게 구경만 하고 있어야 합니까?"

자이언트 전사가 어찌할 바를 모르고 람티무스에게 항의하듯이 말했다.

"네놈들은 주인님을 믿지 못한단 말이냐? 주인님은 우리의 모든 것이다. 우리는 오직 주인님의 명령만 따르면 된다. 만약 우리의 희생으로 역전의 기회가 만들어진다면, 이미 그것을 명령하셨을 것이다. 주인님께 대륙은 그분의 명예나 우리 생명보다 소중하기 때문이야."

람티무스의 믿음은 아리안에게 힘이 됐다. 그는 이마를 찌푸리며 할파스를 바라봤다.

'역시 할파스의 힘은 대단하구나. 내 절대공간이 침범당해 자제력을 잃기는 처음이로군. 자연력을 사용하는 내 선천지력을 능가하는 할파스의 어둠의 힘은 도대체 얼마나 강하단 말인가. 가만있자, 어둠의 힘? 밝음의 힘? 어둠과 밝음은 한줄기에서 나온 두 개의 역할일 뿐이잖아. 아홉 개가 어둠의 힘이고 한 개가 밝음의 힘이라고 해도, 아홉 속에는 한 개가 감춰졌고, 오히려 그 한 개에는 그 아홉 개가 깃들어져 있거늘, 스스로 힘이 부족하다고 단정한 것은 누구란 말인가. 맞아, 대항할 게 아니라 받아들이자.'

순간 아리안은 저항하던 힘을 풀어버렸다. 선천지력이면 어떻고 암흑지력이면 어떠하리. 서로 배척하고 또한 품는 듯하지만, 곧 그 상황은 바뀌는 것이었다. 차면 기울고 비우면 채워지는 게 우주의 이치가 아니던가.

그러나 아는 것과 현실은 달랐다. 어둠의 기운은 아리안의 저항이 없어지자, 그를 온전히 감쌌다. 어둠은 무엇인가 파괴하려고 했지만, 막는 벽이 사라지자 마구 휘돌았다가 차츰 아리안을 감쌌다. 어둠과 마기가 아리안을 마치 누에고치처럼 빈틈없이 둘러쌌다.

"크크크! 그럼 그렇지. 감히 할파스에게 대항할 자가 과연 누구란 말인가?"

할파스의 괴소가 천지에 울려 퍼졌다. 이를 가는 듯한 괴소에 병사들이 하나같이 덜덜 떨었고 자이언트 전사단도 이마를 찌푸렸다.

아리안은 어둠에 둘러싸인 것도 잊었고 싸워야 할 이유도 버렸다. 하지만 어둠이 둘러싼 속에는 밝음의 씨앗이 있었고, 마기가 둘러싼 그 속에는 정기가 생성됐다. 그리고 그 씨앗은 점점 자랐다. 빛이 없는 곳에 어둠이 어찌 존재하며, 어둠이 없는데 빛이 어찌 숙성할 수 있으랴.

마침내 빛과 어둠이 함께 아리안을 감고 휘돌았다. 그의 몸에서 빛과 어둠이 마치 부챗살처럼 사방팔방으로 퍼졌다. 허공에서 가부좌 자세를 취한 채 어둠과 광명의 빛을 뿌리는 아리안의 모습은 성스럽기 그지없었다. 그 광경을 보고 할파스가 비명을 질렀다.

"저, 저럴 수가! 아냐, 저것은 아니야!"

빛과 어둠이 사방팔방으로 찬연히 뻗어나갔다. 태양보다 더 밝은 빛이, 할파스가 뿌린 어둠보다 더 짙은 진정한 어둠이 서로 휘돌아 감도는 주위에는 마기는 물론이고 흑암의 기운이나 정기마저 휘감으며 몸속으로 빨려들었다가 점점 강하게 뻗어나갔다.

빛과 어둠이 서로 감싸듯이 사방팔방으로 퍼져 나가는 모습이라니… 지금까지 들어본 적도 없었고 상상조차 못했던 참으로 장엄한 광경이었다.

어둠의 장막이 걷히고 두 개의 달이 떠오르는가 싶더니, 어느새 여명이 다가왔다.

"안 돼! 으윽! 이, 이럴 수가……."

이윽고 어둠이 신속히 물러가면서 동쪽 하늘에 미명이 살포시 얼굴을 내밀었다. 다가오는 여명 속에서 할파스는 자신의 뜻과 달리 솟아오르는 태양 속에 자신의 권능을 잃지 않으려고 몸부림치다가 오히려 어둠의 기운을 빼앗긴 후 결국 역소환되고 말았다.

"크악~!"

그의 비명과 함께 병사들은 숨었던 곳에서 나와 평원으로 몰려들었다.

"와아, 이겼다, 이겼어."

"우리 총사령관님이 할파스를 물리쳤어."

"살았다. 엉엉!"

아리안은 빛과 어둠에 싸인 채 공중에 머물러 있었다.

자이언트 전사들이 바닥에 무릎을 꿇었다. 천년을 기다린 그들의 주인은 기대를 결코 저버리지 않았다.

"주인님!"

마스터 기사들이 다친 몸을 추스르며 한쪽 무릎을 꿇어 기사의 예를 취했다. 스승이자 주군인 아리안은 그들에게 검의 지표와 나아갈 길을 분명히 보여주었다.

"주군!"

터질 듯한 감격에 겨운 6만 병사가 땅바닥에 부복하여 울먹이는 목소리로 부르짖었다.

"총사령관 각하~!"

처음부터 끝까지 그 모든 광경을 지켜봤던 첩자들은 벅찬 감동으로 고개를 떨어뜨렸다.

"아, 그는 진정한 신인(神人)이었어."

그 모든 이의 머리 위로 태양이 불끈 솟아올랐다. 후일 사가들은 베라쿠르소 전투가 대륙인의 힘을 하나로 모은 계기가 됐으며, 그가 신인임을 드러내는 작은 징표였다고 이구동성으로 말했다.

Chapter **04**
그림자 여황

LEGEND OF
SWORD
EMPEROR

전투가 끝난 후 며칠간 휴식을 취하던 아리안이 알레그리아
와 함께 천천히 걸어서 가신들이 기다리는 베라쿠르소 왕궁 정
전으로 들어갔다.

　"아리안 황태공 전하께서 입장하십니다."

　키레로 왕국 고위 귀족들이 국왕을 모시고 회의했을 정전에
는 새로 임명받은 각 성의 성주들과 가신들이 모두 자리에서 일
어나 허리를 깊이 숙였다.

　"황태공 전하를 뵙습니다."

　"모두 자리에 앉아라!"

　그들이 아리안 앞에 양쪽으로 앉았다. 마스터 기사단 70명과
자이언트 전사 200명은 수가 많아서 자리에 앉지 못하고 벽에
붙어 섰다. 하지만 자리에 앉은 누구도 그들을 무시하지 않았

다. 아니, 오히려 그들 대신 자신이 앉은 것을 미안하게 생각했다.

"이번 전쟁은 너희가 열심히 따라주었기에 생각보다 피해를 덜 낼 수 있었다. 하지만 전쟁이 끝났다고 여기지 마라. 이번 베라쿠르소 평원 전투는 가벼운 전초전이었을 뿐이다. 앞으로 더욱 수련하고 훈련해서 그들을 물리쳐야만 한다. 지금 성주로 임명된 자들은 그 능력을 봐서 계속 성주의 직위를 이어가든지 바꿀 것이다. 최선을 다해서 백성을 위하고 마물의 침입에 대비하길 바란다."

아리안은 가신들에게 마계와의 전쟁이 끝날 때까지 특별한 직위나 직책을 부여하지 않을 방침임을 분명하게 언급했다. 그때까지는 계속 자신 옆에서 수련한다고 여기는 게 좋을 거라고 알렸다.

"이번 전투에서 봤다시피 너희가 몬스터는 충분히 상대할 수 있었지만, 마수마물은 쉽지 않았고 예상외의 피해도 발생했다. 그리고 이건 명령이다. 게으르지 말고 수련해서 절대 죽지 마라, 알겠나?"

"예, 황태공 전하!"

"예, 주군!"

"예, 주인님!"

아리안의 물음에 성주와 가신들은 힘껏 함성을 질렀다.

아리안은 성주들과 개인면담 한 후 출정했던 병사들을 그대로 주둔시키고, 헤르메스의 기사단, 자이언트 전사단, 마스터 기사단, 왕성 기사단의 경호를 받으며 돌아갔다.

*   *   *

빠라빠라빰 빰 빰~!

"와, 황태공 전하다."

"마스터 기사단 정말 멋지다."

"후후, 우리 딸내미 정말 미인이야. 우리 집에 놀러 와."

"야, 저들이 자이언트 전사단인가? 엄청 크구나. 마물들도 질리겠다."

사방에서 몰려든 백성들은 환호성을 터뜨리며 개선군을 맞이했다. 아리안이 마차에서 내려 국왕에게 다가가 크게 허리를 굽혔다.

"국왕 전하의 어명을 이루고 돌아왔사옵니다."

"어서 오게, 황태공! 정말 수고 많았네."

"황공하옵니다. 국왕 전하!"

국왕과 아리안의 인사가 끝나자 포르피리오가 귀족들과 함께 승전을 축하했다.

"황태공 전하! 개선을 축하드리옵니다."

"귀족들도 국왕 전하를 모시고 심혈을 기울인 것으로 알고 있네. 서로 역할을 열심히 했을 뿐이지."

"그렇게 말씀해 주시니 감개무량이옵니다. 황태공 전하!"

국왕이 주위를 둘러보며 선포했다.

"흉악범을 제외한 죄인을 풀어주고 잔치를 베풀도록 하라!"

"와, 국왕 전하! 만세!"

"야, 축제다, 축제야."

왕성 거리에는 사람들로 가득 찼다. 여기저기서 술과 고기를 나눠줬으며, 어린아이들은 장난감 악기를 들고 계속 불었다. 젊은 남녀들이 모처럼 거리로 쏟아져 나왔고, 그들을 상대로 각종 상인이 목청을 높였다.

"사랑의 여신이 행운을 가져다주는 장신구를 구경하고 가!"

"따끈따끈한 빵이요. 금방 나온 따끈따끈한 빵이요!"

"황태공 전하께서 어릴 적에 드셨다는 솜사탕! 혀끝에서 살살 녹는 솜사탕이 왔어요."

날이 어둑해지자 왕성 마법사들이 실행하는 국왕 전하의 만세와 황태공 전하의 천세를 기원하는 불꽃놀이가 시작됐다.

아리안은 자신의 방에서 불도 켜지 않고 불꽃놀이를 구경하며, 조용히 생각에 잠겼다.

'일단 급한 불은 껐으니, 다음은 쥬비스 제국에 대한 책임을 물을 차례로군. 이번에는 쥬비스 제국을 좀 더 확인한 후에 조용히 처리하는 게 좋겠다.'

그리고 다음날 아침 아리안의 모습은 사라졌다.

*　　　*　　　*

아리안 일행은 쥬비스 국경을 넘기 위해 디베르소 산맥으로 들어갔다. 인간의 발길을 허용하지 않았던 울창한 삼림은 길이란 게 존재하지 않았다.

늦여름의 맹위를 떨치는 더위도 디베르소 산맥은 피해서 지나간 듯했다. 아리안이 오직 육체의 힘만으로 넘어가고 있었기에, 일행인 알레그리아와 파라미, 그리고 마하비라도 부지런히 몸을 놀려 그 뒤를 따르는 수밖에 없었다. 세 남자에게는 단순한 수련일 수 있었지만 알레그리아에게는 과도한 노동이었다.

"주인님! 국경 병사들을 피하려면 여러 가지 방법이 많은데, 왜 제일 어려운 방법을 택했지요? 벌써 사흘째 고생만 하고 얼마 가지는 못하고 있잖아요?"

"그런가? 그래, 어떤 방법이 있는데, 그리아?"

"첫째, 국경 수비대를 마법 한 방으로 날려 버리는 방법. 둘째, 몸을 감춰서 그대로 넘는 방법. 셋째, 상인이나 용병으로 가장하는 방법. 넷째, 공중으로 날아서 넘어가는 방법……."

알레그리아의 이야기가 끝이 없을 듯하자, 아리안이 웃으면서 말을 받았다.

"다섯째, 작은 동물로 폴리모프해서 넘어가는 방법. 여섯째, 경비가 없는 곳으로 자연스럽게 넘는 방법… 이렇게 수십 가지 방법을 알려주려는 거지?"

"칫, 알면서 왜 그래요? 알면서 묻는 사람은 선생이라고 그러더라, 씨이!"

알레그리아의 말에 자신이 아직 교수인 게 생각난 아리안이 눈을 껌벅이며 대답했다.

"나, 선생 맞는데."

"주인님! 미워, 씨~ 그리아는 힘드는데 주인님은 놀리기만 하고……. 씨!"

토라진 알레그리아가 아름답다고 여긴 아리안이 그녀에게 미소를 보내며, 걸음을 멈추고 주위 잔디밭을 둘러보다가 바위 위에 앉았다.

파라미는 마하비라와 서로 눈짓을 교환하고 자신의 물통을 그에게 건넨 후 사냥하러 떠났다. 마하비라는 모닥불을 준비했다.

부러진 나뭇가지와 땅에 떨어진 마른 가지를 모아서 준비하는 마하비라의 손길은 마치 용병처럼 어색함이 없었다.

모닥불이 타닥타닥 타올랐다. 모닥불이 굵은 가지에 옮겨 붙자, 마하비라는 자신의 물통까지 두 개를 들고 일어섰다. 바로 그때였다. 파라미가 과일을 한 아름 안고 돌아왔다.

"주군! 아무래도 이상한 곳이 있습니다. 주군께서 살펴봐 주시면 좋겠습니다."

그랜드 마스터인 파라미의 보고에 알레그리아가 콧노래를 불렀다. 아리안은 그녀가 드래곤 피어를 발하여 모든 동물을 쫓은 것을 알고 말했다.

"그대로 두어라. 여신님이 우리에게 조용한 여행을 즐기라고 은혜를 베푸신 듯하다."

"어? 우리 주인님은 그걸 어떻게 아셨을까? 정말 신기하네."

알레그리아의 말을 들은 파라미와 안티야스는 그제야 상황을 깨닫고 미소를 지었다. 잠시 후 일행은 수련을 시작했다.

디베르소 산맥의 공기는 맑고 마나는 그 어느 곳보다 풍부했다. 천천히 들이마시는 숨은 끝날 것 같지 않았다. 입은 닫혀졌고 코에는 전혀 힘이 가해지지 않았다. 오직 습관적으로 아랫배를 천천히 크게 불릴 뿐이었다. 그리고 서서히 배가 줄어들었다. 눈으로 봐서는 도저히 알 수 없을 정도였다.

어느 정도 시간이 지나자 아리안의 몸에서 선향이 풍겼다. 잠시 후 파라미의 몸에서도 미약하나마 선향이 흘러나왔다.

그때 숲에서 토끼가 조심스럽게 다가와서 코를 벌름거리더니 그 자리에 엎드렸다. 다람쥐가 가까이 와서 입을 오물거린 후 역시 엎드렸다. 각종 작은 짐승이 점점 모여들었다.

짐승들은 다른 짐승을 의식하지 않고 수련하는 세 사람 둘레에 엎드리거나 눕기도 했다. 참으로 신기한 광경이었다.

그때였다. 소녀라고 하기에는 조금 크고 여인이라고 부르기에는 아직 어색한 귀여운 처녀가 다가왔다. 한데 그녀의 차림새가 매우 수상했다.

유행의 최첨단이랄 수 있는 무릎 위 30㎝를 고수하는 대담한 치마(?)와 가슴을 한껏 드러낸 아찔한 가슴가리개(?)를 하고 있었다. 그녀도 짐승 옆에 앉아서 꾸벅꾸벅 졸다가 그만 누워서 잠이 들었다.

아리안이 수련하는 허공에 알레그리아가 슬며시 나타났다.

전체적인 상황을 살핀 그녀는 아리안의 뒤쪽에 자리 잡고 자신도 눈을 감았다.

그렇게 시간은 흘러갔다. 두 개의 달은 그리움에 사무쳐 서로를 향해 점점 다가갔다. 차츰 여명이 살포시 그 모습을 드러냈다. 산마루에서 턱걸이 하던 태양이 불끈 솟아올랐다. 햇살이 나뭇가지 사이로 보석처럼 빛내며 일제히 쏘아졌다.

햇살에 맞은 다람쥐가 눈을 비비다가 주위를 둘러보고 놀라서 재빨리 달아났다. 그 소리에 잠이 깬 각종 짐승들이 모두 달아났지만, 소녀만은 잠에서 깰 줄 모르고 가벼운 소동에 잠시 몸을 뒤척였을 뿐이었다.

아리안과 두 일행이 수련을 끝내고 눈을 떴다.

알레그리아는 일어나서 소녀에게 다가갔다.

"일어나, 이것아! 다 큰 처녀가 멀건 허벅지를 모두 드러내 놓고 주인님을 유혹하자는 거야, 뭐야? 그리고 넌 인간이 아닌데 어떻게 여기에 있지?"

의상계의 파이오니아인 소녀도 알레그리아의 음성에 드래곤 피어가 가미되자, 부들부들 떨면서 말을 못 했다.

"넌 유사인종이구나."

끄덕끄덕!

"여우 종족인가?"

끄덕끄덕!

"흠, 이 정도로 인간과 닮았다면, 단순한 여우가 아니라 수련한다는 호령 종족인 게로군."

끄덕끄덕!

"그리아! 호령 종족이 뭔가?"

아리안의 음성이 들리자, 알레그리아는 처녀를 데리고 갔다. 파라미와 마하비라가 그녀를 훔쳐봤다가 얼굴을 벌겋게 붉히면서 급히 고개를 돌렸다.

"인사드려라! 내 주인님이시다."

처녀는 드래곤의 변신이 확실한 알레그리아의 주인이라는 소리에 놀란 얼굴로 아리안을 주시했다. 상대는 분명 인간이었다.

딱!

"이 자식이 건방지게 내 주인님의 얼굴을 뚫어지게 쳐다보면서 눈을 맞추려고 야단 지랄 발광을 다 떨고 있어. 눈깔 깔아! 확 빼내서 구슬치기하기 전에."

알레그리아에게 머리를 맞은 처녀는 재빨리 땅에 엎드려 절했다.

"호령 종족 '아마르'가 위대한 종족의 주인님께 인사드립니다."

아리안은 여전히 알레그리아를 쳐다봤다. 그녀가 설명을 시작했다.

"주인님! 유사인종은 대체로 엘프와 드워프 또는 호비트를 말합니다. 하지만 천 년 전 마계가 침입하기 전에는 많은 유사인종이 살고 있었지요. 늑대와 늑대 유사인종, 여우와 여우 유사인종, 그 밖에도 많은 유사인종이 있었답니다. 늑대나 여우 등은 마계 편을 들었고, 유사인종은 인간들 편을 들었습니다. 전쟁이 끝난 후, 유사인종은 오히려 인간들의 학대를 받고 죽거나 팔려 나가면서 차츰 그 씨가 마르게 된 것입니다."

호령족은 여우 유사인종의 상위에 있는 존재들이었다. 기운이 다른 것을 제외하면, 생김새만으로는 인간과 별로 다를 바가 없었다. 호령족은 인간의 불확실성과 변화무쌍함을 너무 잘 알았다. 인간과 어울리기보다는 동굴에 숨어서 수련하는 쪽을 택했기에 지금까지 그 명맥을 보존할 수 있었다.

"저 아이의 기운이 맑고 수염이 없는 것을 보면 상당한 수련을 쌓은 게 분명하거늘, 어떻게 지상으로 나오게 됐는지 소녀도 몹시 궁금한 일입니다."

아리안은 알레그리아의 설명을 듣고 엎드린 처녀를 물끄러미
내려다봤다.

"고개를 들어라!"

머리를 들어 아리안을 쳐다보는 처녀의 눈망울엔 눈물이 그
렁그렁했다.

"있던 곳으로 돌아가라! 그리고 다시는 땅 위로 올라오지 마
라!"

"위대한 종족의 주인님! 소녀를 데려가 주시면 안 되겠습니
까?"

"인간은 약하기에 두려움 때문에 잔인하게 변했단다. 너 같
은 아이가 있기에는 부적합한 곳이지."

"위대한 종족의 주인님! 소녀는 나아갈 길을 잃고 허송세월
을 보내며 방황하는 중이었습니다. 엊저녁에 하나의 길을 발견
하고 앞으로 나아가려던 중, 그만 조는 바람에 기회를 잃고 말
았습니다. 혼자 수련해도 진척이 전혀 없고 오히려 한계를 맞이
했는지 스스로 조금씩 파괴되는 것을 느끼는 중이랍니다. 부디
소녀에게 기회를 허락해 주옵소서! 위대한 종족의 주인님!"

아리안은 처녀를 묵묵히 바라봤다. 그녀의 진정이 가슴에 와
닿았다. 그녀는 자신의 조상이 이루었고 자신이 원하는 바를 이
룰 수 있으리라. 아리안은 고개를 끄덕이며 알레그리아를 바라
봤다.

"앞으로 아마르는 그리아의 말을 잘 듣도록 해라!"

"예, 주인님!"

호령족 처녀는 무릎을 꿇고 절을 한 뒤에 공손히 대답했다. 아리안은 아마르의 복장과 일행 중에 여자 수련원이 없는 것을 깨닫고 알레그리아에게 말했다.

"그리고 그리아! 집에 가서 아마르가 입을 만한 옷과 디오사를 데려왔으면 좋겠다."

"예, 주인님!"

번쩍!

알레그리아는 순식간에 아리안의 명령을 이행했다.

그렇게 해서 아리안 일행은 갑자기 남자 셋, 여자 세 사람으로 늘어났다. 호령족 아마르는 정말 여우처럼 아리안의 수발을 잘 들었다. 눈썹이 움직이는 것만을 보고도 아리안의 심중을 알아냈다. 디오사는 파라미, 마하비라와 함께 시간 날 때마다 수련밖에 몰랐고, 알레그리아 역시 아리안만을 쳐다봤다.

그리고 며칠 후, 마침내 아리안 일행은 디베르소 산맥을 벗어나서 풍운이 기다리는 쥬비스 제국에 발을 디디게 됐다.

"주인님! 이쪽 길로 가시면 대륙의 끝 바다가 나옵니다. 바다를 구경하시겠습니까?"

"바다?"

"예, 주인님! 끝이 보이지 않아 수평선이 숨 쉬는 곳. 태양이 기지개를 켜며 떠오르고 달님이 은밀히 목욕하는 곳이죠. 기러기도 날아서 넘기를 포기한 미지의 세계와 연결된 곳이랍니다. 인간들의 수많은 하소연에 가슴이 멍들어 시퍼렇게 변한 바다는 그래도 인간에게 언제나 희망을 주려고 잘게 부서지며 은빛으로 반짝인답니다. 주인님! 바다 구경해요, 예?"

"그렇게 하자, 그리아! 그러나 그때는 마계 침공을 막아낸 후가 될 것이다."

몽롱한 표정의 알레그리아가 꿈꾸듯이 이야기하자, 그녀의 새로운 면을 발견한 아리안은 놀랐다는 듯이 고개를 끄덕이며 훗날을 약속했다.

"주군! 해가 저물어 가는데 이곳이 야숙하기에 좋을 듯싶습니다."

"그렇게 하자."

"자, 마하비라! 야숙 준비하자. 디오사, 부탁해!"

"응, 알았어."

파라미와 마하비라는 나뭇가지를 주워서 모닥불을 피웠다. 디오사가 숲으로 들어가자 검은 그림자가 어디선가 나타나서 주머니 하나를 건넨 후 손을 흔든 후 사라졌다. 얼핏 보인 그는 분명히 마스터 기사였다. 주머니 안에는 빵과 과일, 물과 짐승의 뒷다리 두 개가 들어 있었다. 디오사는 당연하다는 듯이 주머니를 들고 돌아갔다.

파라미는 그 뒷다리를 모닥불에 구웠다. 냄새가 구수하게 사방으로 퍼졌다.

꾸왁!

몬스터의 괴성이 들렸다. 오거인 듯했다. 일행 중 다른 사람들은 괴성을 들은 척도 하지 않지만, 아마르는 안절부절 못했다.

끄윽!

잠시 후, 오거의 신음이 들리고 사위는 다시 조용해졌다.

아마르는 견디기 힘든 기색을 여실히 드러냈다. 머리를 손으로 감싸고 괴로워하다가 그 자리에서 빙글빙글 돌기도 하는데 이마에 땀이 가득했다.

파라미와 마하비라는 그 광경을 보고 돕고 싶은 마음이 간절했지만, 방법도 모르고 아리안이 가만히 있으니 별다른 도리가 없었다.

아마르는 다른 사람의 눈에서 벗어난 큰 나무 뒤로 돌아가서 뭔가를 꺼내 먹었다. 그리고 물구나무를 선 후 눈을 감았다. 그녀는 디오사가 입는 수련복을 입었기에 모양이 흉하지는 않았지만, 여자가 물구나무 자세로 수련한다는 것은 어쨌든 간에 신기한 모습이었다.

아리안은 아마르를 한 번 힐끗 쳐다보고 고개를 돌렸다.

"주인님! 아마르가 먹은 게 뭐죠?"

모닥불 주위에서 잘 구운 고기를 먹으며 알레그리아가 아직 돌아오지 않은 아마르를 얼핏 쳐다보고 나서 물었다.

"그녀가 먹은 것은 수련할 때 먹는 특별 음식인 듯하다. 마늘과 쑥, 그리고 카리뇨 열매지. 보통 사람이 그대로 먹기에는 상당히 위험한 부분이 있지만, 숙달되면 인체에 놀라운 결과를 가져온단다."

"마늘과 쑥, 그리고 카리뇨 열매라고요?"

"그렇지. 마늘은 생으로 먹을 때 가장 효력이 좋은 식품이고, 쑥은 6월경에 채취해서 3년 정도 묵힌 게 가장 좋은 쑥이야. 카리뇨 열매는 보통 사람이 그대로 먹을 수는 없어. 주로 얇게 저며서 꿀에 재었다가 조금씩 차에 타서 마시는 것을 많이 봤지.

향이 무척 좋지. 모과라고도 부르더군."

식사가 거의 끝날 무렵 아마르가 조용히 다가왔다. 그녀는 한결 편안한 표정이었다.

"아마르! 네가 주문처럼 암송하던 것은 잘못되거나 빠진 부분이 몇 군데 있더구나. 너는 그것을 어떻게 배운 거냐?"

"어머니께 배웠습니다. 구전으로 전하는 최고의 주문이라고 하셨지요. 저희 집안 선조들 중에서 여러 분이 도를 이루신 것으로 알고 있습니다."

"그 주문 81자는 인세에 전하는 천고의 비밀이 맞다. 한데, 네가 암송하는 것은 77자로 네 자가 부족하더구나. 그런데도 이룬 자가 나왔다는 것은 그들이 얼마나 수련삼매에 빠졌는지 짐작하게 하는군."

아마르는 아리안의 말을 듣고 그 자리에 무릎을 꿇고 엎드렸다.

"주인님! 제게 온전한 법문을 가르쳐 주셔서 제 한을 이루게 해주시겠습니까?"

"그렇게 하지. 그렇지 않았다면 왜 이야기를 꺼냈겠느냐."

아리안이 천고의 비밀, 천상의 신비한 주문의 온전한 형태를 알려준다고 하자, 모두 놀라서 귀를 기울였다. 그곳에는 인간과 드래곤의 구분조차 없었다.

"이 경문을 어떤 인간은 대오각성의 길잡이로 삼았다. 그가 삼매에 빠지니 원하는 바를 이루더라. 어떤 자는 이 법문을 자신이 나아갈 바를 밝히는 지표로 삼았다. 그는 희로애락을 벗어나 여여한 삶을 살다가 자신이 원하는 세상으로 갔더라. 어떤 짐승은 우연히 이 주문을 얻어 세 가지 음식만을 평생 먹으면서 암송하더니 인간으로 환생하고 한 걸음 더 나아가 천상에서 태어났더라."

아리안이 잠시 말을 중단하자 아마르만이 아니고 모두 옷깃을 여몄다. 천상의 주문임이 틀림없었다.

"일시무시일 석삼극무진본 천일일 지일이 인일삼
일적십거무궤화삼 천이삼지이삼인이삼 대삼합 육생칠팔구
운삼사 성환오칠 일묘연 만왕만래 용변부동본
본심본 태양앙 명인중 천지일 일종무종일."

아리안이 81자를 모두 말하자 일행은 혹시라도 잊을까 두려워 몇 번이고 암송했다. 아리안이 알려준 법문은 대륙공용어로 번역하여 들려준 게 아니라 언문의 음율 그대로 전했기에 그들은 뜻도 모르면서 무작정 암기했다.

디오사와 마하비라는 이 법문이 상단전을 깨우는 데 긴요한 열쇠가 될 것을 의심하지 않았으며, 파라미도 상단전을 확장하는 데 큰 도움이 되리라 여겼다.

"일시무시일!"

아마르는 감격했다. 그녀는 눈을 감은 채 완성된 법문을 일심으로 암송하고 또 암송했다. 그녀의 눈에서 의미를 알 수 없는 눈물이 하염없이 흘렀다.

그녀의 눈앞이 갑자기 대낮처럼 밝아지며 수만 송이 꽃잎이 휘날렸다. 호령 종족의 천년 업이 눈앞에서 스쳐 지나갔다. 선조들의 한이 가슴에 스며들어 눈물이 마르지를 않았다.

아마르의 뼈와 살이 바뀌기 시작했다.

으드득, 으드득!

그녀의 골격과 피와 살이 바뀌었다.

"일종무종일!"

바뀐 그녀의 피부는 옥을 빚은 듯했고 그녀의 몸에서는 향기가 퍼졌다. 그녀는 자리에서 일어나 눈물이 그렁그렁한 눈으로 아리안을 바라보며 절했다.

"주인님은 제게 감히 갚을 수 없는 은혜를 베푸셨습니다."

"아마르야, 네가 초각을 이룰 수 있었던 것은 법문의 능력보다 그동안 꾸준히 일심으로 수련했던 덕분이니라. 앞으로 열심히 법문을 암송하며 수련하면 중각까지 이를 것이다."

"명심, 또 명심하겠습니다, 주인님!"

아마르가 엎드려 절하는데, 하늘에선 꽃비가 그치질 않았다. 다른 사람들은 신비스런 광경에 넋을 잃는데, 알레그리아는 주인이 아마르에게 집중하자 갑자기 외로움을 느끼고 하늘을 쳐다보며 조용히 중얼거렸다.

"아, 오늘은 불현듯 바다가 보고 싶어."

*   *   *

아리안 일행이 들어선 성은 비아르 성이었다. 인구가 2만 명이 조금 넘는 성으로, 디베르소 산맥이 근접했고 바다도 멀지 않아서 성곽은 높고 튼튼했다.

"공자님! '바다의 향기'라는 여관으로 정했습니다."

파라미가 아리안에게 말하자, 고개를 끄덕이며 앞서가는 아리안을 모두 따라갔다.

"식사부터 하실 겁니까, 목욕 준비부터 해드릴까요?"

여관에 들어서자 나이 어린 점원이 애써서 어른스러운 어조로 물었다. 아리안이 뭐라고 하기 전에 알레그리아가 앞으로 나서며 은전 한 닢을 손에 쥐어 주었다.

"상당히 똑똑한 청년이구나. 목욕 준비부터 해주겠니?"

"알았어요, 예쁜 누님! 제가 금방 뜨거운 물로 준비해 놓을게요."

청년이라고 부르며 은전까지 주자, 점원은 금방 천진한 얼굴로 신이 나서 대답하며 사라졌다.

"아~ 따뜻해! 세상에, 목욕이란 게 이런 것이었어."

태어나서 수련만 하다가 처음으로 목욕해 보는 아마르는 신기한 체험이었다. 체험은 더할 나위 없는 감동이었다.

"본체 환원!"

아마르는 혹시나 싶어서 종족 법술을 사용했다. 아마르의 몸은 법술을 사용했지만 여전히 옥처럼 반짝거렸다.

"혹시 법술이 사라진 건가? 주인님, 투시!"

아마르는 벽을 격한 아리안이 파라미와 마하비라가 수련하는 걸 보다가 힐끗 자신을 돌아보는 모습을 봤다. 순간 두 사람의 눈이 마주쳤다.

"해제!"

아마르는 급히 법술을 해제하고 얼굴을 붉혔다. 자신의 벗은 몸을 모두 보인 것 같았다. 어제까지만 해도 몸을 거의 드러내다시피 했지만, 전신에는 작은 털이 덮고 있었기에 부끄러운 줄을 몰랐다. 그러나 지금은 그 털을 모두 밀어버린 듯이 옥처럼 반짝였다. 자신이 봐도 아름다운 몸이었다.

"아, 법술은 더욱 강화됐고, 신체는 온전히 인간으로 변했어. 모든 게 주인님의 은혜야. 아, 어쩜 좋아. 내 몸을 보이고 말았어. 아냐, 주인님이 원하시면 구석구석 다 보여 드리고 싶어. 이젠 그 흉한 털도 없잖아."

아마르는 그 뒤에도 한동안 새로운 몸의 이곳저곳을 유심히 살피면서 닦고 또 닦았다.

아리안 일행은 방 두 개를 예약했기에, 목욕이 먼저 끝난 사람은 방에서 기다렸다. 일행은 모처럼 목욕하고 나서 산뜻한 기분으로 아래층 식당으로 내려갔다. 아마르는 도저히 아리안을 쳐다볼 수 없어서 시종 고개를 숙인 채 바닥만 보고 움직였다.

"아마르는 이젠 수련식을 먹지 않고 밥을 먹어도 될 게다."

"예, 주인님!"

"사람들이 있는 곳에서는 공자님이라고 부르도록 해라!"

"예, 공자님!"

바닥만 쳐다보는 아마르의 대답은 자신도 잘 듣지 못할 정도로 작았지만, 아리안은 알아들었는지 더는 아무런 말없이 고개를 돌렸다.

"이쪽으로 오십시오. 자리를 잡아놨습니다."

점원이 안내하는 곳은 탁자 두 개를 붙여놓은 곳이었다. 아직 이른 저녁이라 빈 탁자가 많이 보여서 일행은 점원의 너스레에 미소를 머금었다.

"모두 오셨군요. 곧 음식을 올리겠습니다."

"고마워요, 청년! 부탁할게요."

"예, 누나! 특식 여섯 상이오."

점원은 알레그리아의 말을 듣고 얼굴을 활짝 펴고 소리치며 주방으로 뛰어갔다. 파라미는 그 모습을 보고 미소를 지었다.

'어렸을 때는 한 살이라도 더 먹은 것처럼 보이려고 애를 썼는데……'

아리안 일행은 식사를 끝낸 후 말없이 2층으로 올라갔다. 방으로 들어가자 아리안은 파라미에게 말했다.

"내일 용병 등록할 테니, 모두 용병 길드로 정오까지 모이라고 해라!"

"예, 주군!"

"다녀오는 길에 검 한 자루 구해오고."

"예, 주군!"

아리안이 자신의 아공간에도 평범한 검이 없었기에 파라미에게 시키자, 그는 조용히 밖으로 나갔다가 다시 돌아왔다.

"여기 있습니다. 주군!"

파라미가 급히 대장간에서 구해온 검은 자신의 검보다 못한 정말 평범한 검이었다. 아리안은 검을 검집에서 뽑아봤다. 황토색 녹이 슬어 있었다. 아리안이 검에 기운을 주입했다.

웅~!

검이 검명을 터뜨리며 녹을 떨어뜨렸다. 아리안이 좀 더 기운을 검에 삽입했다. 검이 벌겋게 달아올랐다가 급격히 식었다. 검에서 살기가 사라지고 고고한 빛이 드러났다.

"아~!"

파라미와 마하비라는 놀람을 감추지 못하고 절로 신음을 토했다. 파라미는 녹슨 철검에서 신검으로 변신한 검을 보며 갑자기 눈물을 흘리면서 아리안에게 절했다.

"주군! 저는 그 녹슨 철검처럼 보잘것없는 자였는데, 철검이 신검이 되듯이 저를 변화시켜 주셨습니다. 이 은혜를 어떻게 갚아야 할지 모르겠사옵니다."

마하비라와 디오사도 파라미의 말을 듣고 감격하여 머리를 바닥에 조아렸다. 아마르도 그제야 깨닫고 같이 엎드렸다.

"아름다움을 볼 수 있는 것은 보는 자의 복이란다."

알레그리아는 아리안의 말을 듣고 생각에 잠겼다.

'주군의 말씀은 생각할수록 깊이가 있고 씹을수록 새로운 맛이 새록새록 우러나는구나. 주군께선 책에 쓰인 죽은 언어를 가르치시는 게 아니라, 살아서 생동하는 체험을 전해주고 계셔.'

아름다움을 볼 수 있는 것은 보는 자의 복이다.

파라미, 마하비라, 디오사, 아마르는 진정한 스승의 소중함을 뼛속 깊이 아로새기며 아리안 곁에 머물고 싶어했다. 그들은 그 밤에 참스승은 말로 가르치기보다는 함께 있는 것만으로 이미 가르침을 내린다는 신비한 체험을 했다.

　　　　*　　　*　　　*

　용병 길드.

　점심때가 가까워지자 길드 앞에 사람들이 모여들었다.

　"아니, 우리 길드 앞에 웬 사람이 저렇게 많아?"

　길드 건물 3층에서 내려다보는 사내의 얼굴에는 의아한 빛이 가득했다.

　"용병 신청하려는 자들이 아닐까요?"

　"신청하려면 재빨리 들어올 것이지, 왜 문 앞을 가로막은 채 들어오지도 않고 가지도 않는 거야? 그냥, 확!"

　"길드 지회장님! 웬만하면 참는 게 나을 겁니다. 모인 자들이 나이는 어려 보여도 모두 한가락 하게 생겼으니까요."

　"그런데 왜 안 들어오는 거야? 들어와야 돈을 받을 것 아닌 가?"

　길드 지회장은 창밖을 내려다보며 연방 입맛을 다셨다.

　"지회장님! 아마 새로운 용병단을 만들 모양입니다. 그리고 저들은 지금 단장을 기다리는 중인 듯합니다."

　"지랄 같은 소리하고 자빠졌네. 무슨 놈의 용병단이 저렇게 질서정연하단 말인가?"

　"자세히 보면 더욱 놀라실 것입니다. 저들은 지금 조금도 움직이지 않고 있잖습니까?"

　"젠장, 용병단이 아니라, 마치 잘 훈련된 기사단 같군."

　"앗! 지금 나타난 자가 용병단장인 모양입니다."

　거리 한쪽에서 아리안 일행이 나타났다. 아리안만 흰옷을 입었고, 알레그리아, 아마르, 파라미, 디오사, 마하비라가 수련복을 입고 뒤를 따랐다.

안티야스가 고개를 숙여 절한 뒤 그 뒤를 따랐다. 아리안이 길드 문을 들어섰다. 길드 안에 있던 용병들도 문 밖의 상황을 알고 있는지 순식간에 조용해졌다.

"어서 오십시오. 무슨 일이죠?"

작은 책상 앞에 있던 사내가 놀라서 벌떡 일어섰다.

"용병단 신청을 하려고 한다."

"먼저 등급심사를 해야 합니다. 등급에 따라서 의뢰비가 달라지기 때문이죠. 등급심사비는 A, B, C급은 은전 한 닢, 그 이상은 은전 두 닢입니다."

접수받는 자는, 의뢰하는 자의 기세가 심상치 않고 일행의 분위기 또한 엄숙해서 말을 놓을 수가 없었다.

"A급 이상은 뭐가 있나?"

"특급과 용병왕급이 있습니다."

"소드 익스퍼트는 어디에 속하나?"

"A급입니다."

"6클래스 마법사 1명, 상급 법술사 1명, 소드 마스터 중급 1명, 초급 4명, 익스퍼트 29명이다."

"크, 6클래스 마법사에다 마스터만 5명이요? 세상에, 대륙 최정에 용병단이 되겠군요. 용병단 이름은 뭡니까?"

"음, 디베르소 산맥에서 수련했으니, 디베르소 용병단이라고 부르면 되겠군."

"디베르소 용병단, 초특급 2명, 특급 5명, A급 29명, 은전

39닢입니다. 초특급은 심사비가 없습니다. 후~!"

안티야스가 주머니에서 금전 한 닢을 꺼냈다. 이때, 3층에서 지회장이 아래로 내려왔다.

"제가 이곳 지회장입니다. 뒤뜰로 오시죠. 심사를 하겠습니다."

아리안 일행은 지회장을 따라 뒤뜰로 나갔다. 뒤뜰에는 여러 가지 수련장비가 보였다. 평상시에는 수련용으로 쓰다가 심사를 원하는 용병이 있으면 사용하는 듯했다.

"마스터 초급과 중급은 저희가 심사할 수 없습니다. 오라블레이드만 보여주기 바랍니다."

아리안이 검을 뽑았다. 검에 기운을 보내자 선명한 오라블레이드가 검의 길이 두 배쯤 늘어났다. 늘어난 오라블레이드가 어느새 지회장의 목젖에 닿아 있었다.

"앗! 통과, 통과!"

지회장은 식은땀을 흘리며 통과를 외쳤다. 파라미, 안티야스, 디오사, 마하비라가 오라블레이드를 검의 길이만큼 만들었다. 지회장은 그들의 오라블레이드가 마법으로 만든 건지, 실제 오라블레이드인지를 확인하려고 눈을 크게 뜨는 순간, 그들의 몸이 눈앞에서 사라졌다. 지회장이 깜짝 놀라서 고개를 돌리려는 순간, 네 명의 오라블레이드가 자신의 목을 노렸다. 지회장은 재빨리 외쳤다.

"통과, 통과. 휴~! 모두 통과했습니다. 마법사님은 6클래스 마법 하나만 보여주기 바랍니다."

"파이어 스피어!"

6클래스 대표적 마법인 화염창이 2m 이상의 길이로 생성되어 지회장의 둘레를 맴돌았다. 금방이라도 지회장을 관통할 듯이 위협적이었다. 지회장은 화염창의 열기에 땀을 흘리며 급히 선언했다.

"통과, 통과! 휴~! 법술을 보여주기 바랍니다."

지회장은 예쁜 처녀의 마법에 놀라서 땀을 닦으며 아마르를 쳐다봤다. 아마르가 손을 들어 지회장을 가리켰다.

"누가 감히 나를 시험한단 말인가? 홀드!"

아마르의 예쁜 얼굴을 감상하던 지회장은 깜짝 놀랐다. 자신이 입은 바지가 비비꼬이면서 자신을 조여 왔다. 나무줄기나 뿌리를 이용하는 '바인딩 마법' 과는 또 다른 법술이었다.

쫘당!

지회장은 그만 꼼짝도 하지 못하고 땅바닥에 넘어졌다. 그는 더는 흉한 꼴을 당하고 싶지 않아 급히 소리쳤다.

"통과, 통과!"

지회장은 몸이 풀린 것을 알고 일어나서 아마르를 다시 쳐다봤다. 그녀는 이미 그에게 관심을 끊고 아리안을 바라보는 중이었다. 뭔가 허전함을 느낀 지회장은 아리안을 보고 퉁명스럽게 말했다.

"용병단 지휘부가 이처럼 놀라운 실력자들이시니, 익스퍼트 29명은 심사한 걸로 치겠습니다. 저녁식사 후에 오시면 용병패를 드리겠습니다. 아니면 숙소를 알려주십시오. 제가 갖다드리지요. 누군가는 남아서 용병신청서를 작성해 주기 바랍니다. 그래야 개인 명의의 용병패를 발급할 수 있으니까요."

"고맙소. 파라미가 처리하고 오너라! 디베르소 용병단은 '바다의 향기'에 머무르고 있으니 부탁합니다."

"아~ 예, 잘 압니다. 나중에 들리겠습니다."

지회장은 아리안에게 허리를 깊숙이 숙였다.

'세상에, 새로 생긴 용병단 단장이 마스터 중급이라니 상상이 안 가는군. 당장 제국 황실에 가도 후작은 될 수 있잖아. 저런 자에게 작은 편리를 봐주면, 인생 살아가는 데 큰 도움이 되지, 암, 암!'

지회장은 용병패 36개를 들고 숙소로 찾아왔다.

"이곳에 디베르소 용병단 단장이신 리안님이 머무시는 곳이 어디냐?"

"아니, 용병 길드 지회장이시군요. 제가 안내해 드릴게요."

점원은 지회장을 2층으로 안내했다.

"이 방이에요."

점원은 방을 가리킨 후 돌아가지 않고 기다렸다. 하지만 지회장은 아무런 내색도 하지 않고 말로만 고맙다고 한 후 방문을 두드렸다.

똑똑!

'흥, 고블린 같으니… 어디 두고 보자.'

점원은 방문 앞에 선 지회장을 한 번 흘겨본 후에 몸을 돌렸다. 그리고 계단을 내려가기 전에 다시 한 번 흘겨보는 것을 결코 잊지 않았다.

"용병 길드에서 왔습니다. 리안 단장님!"

"들어오시라고 해라!"

안에서 용병단장의 목소리가 들렸다.

"예, 단장님!"

방문이 열리고 방문 곁에 앉았던 마하비라가 문을 열었다. 방 안에는 용병단 지휘부인 단장과 초특급, 특급 용병만 앉아 있었다.

"들어오시죠."

"고맙습니다. 단장님! 용병패를 가지고 왔습니다."

"직원을 보내시지 직접 오시다니, 할 말씀이 있는가 보군요."

"그렇습니다. 헤헤. 하나 여쭤볼 게 있어섭니다. 괜찮을까 요?"

지회장은 문을 열어준 마하비라에게 용병패를 모두 전한 후, 슬그머니 아리안 앞에 앉았다.

"말씀해 보시죠."

"단장님! 용병단을 창설하셨으면 의뢰를 받아야 하지 않겠습 니까?"

"그렇지요. 어디 좋은 의뢰가 들어온 게 있습니까?"

지회장은 아리안의 말을 듣고 조금 앞으로 다가앉았다.

"단장님! 경호 의뢰가 들어온 게 있는데, 들어보시겠습니까?"

"그러죠. 말씀하세요."

"예, 예. 단장님! 먼저 가장 의뢰비가 높은 것은 영지전입니다. 소드 익스퍼트 상급은 매달 5골드, 마스터 초급은 20골드입니다. 승리하면 승리 수당으로 일당의 열 배를 추가 지급하는 조건이지요."

지회장은 품에서 종이를 꺼내 읽은 후 다시 신나게 설명했다.

"다음은 황도까지 가는 상단 경호입니다. 선금 50골드에 비아르 황성에 도착해서 50골드입니다. 다음은 황성으로 가는 귀족 경호……."

"됐습니다. 지회장님! 상단 경호를 맡지요. 길드비는 선금을 받으면 드리겠습니다."

"예, 예. 그럼 상단 책임자를 만나러 가지 않겠습니까?"

"좋습니다. 그렇게 하죠."

상단 책임자는 먼 곳에 있지 않았다. 지회장은 1층으로 내려와서 밖으로 나가지 않고 오히려 뒷문을 통해 숙소 뒤채로 향했다.

'바다의 향기' 별채.

꾸며진 정원은 전문가의 손길이 닿아서 괴석과 기화가 어울려 세월의 흔적을 느끼게 했다.

'참으로 아름답군. 인간이 자기만의 아름다움을 소유하고자 하는 것은 본능인가?'

아리안은 눈을 감고 숨을 깊이 들이마셨다.

마치 세월을 마신 듯한 느낌이 들었다. 그는 갑자기 흥에 겨워 정원 전체에 기감을 퍼뜨렸다.

지회장이 이상해서 돌아보니 용병단장이 따라오지 않아 그를 부르려고 한걸음 가볍게 앞으로 내딛었다. 누군가가 지회장의 팔을 잡고 만류했다.

지회장이 고개를 돌렸다가 급히 고개를 숙였다. 바로 상단주였다. 지회장에게 상단주가 작은 소리로 속삭였다.

"기다리시게. 정원이 변하고 있어."

아리안 주위에는 수목 정령이 나타나 아리안에게서 풍기는 향기를 마시며 너울너울 춤을 췄다. 자연의 환희를 춤으로 표현하는 정령의 움직임에 따라 정원이 화답하는 듯했다. 꽃들이 활짝 피어났고, 정원 전체가 희미한 일렁임 속에 살아 움직였다.

"아~! 이럴 수가~!"

지회장이 격정을 참지 못하고 감동을 탄식처럼 내뱉자, 상단주가 급히 그의 손을 잡아서 만류했다.

아리안의 양손이 쓰다듬듯이 정원을 어루만졌다. 그의 손에서 금가루와 같은 기운이 쏟아져 나와 정원에 골고루 뿌려졌다. 나무와 꽃, 바위와 풀까지 일제히 기운을 향했다가 환희에 젖어 꿈틀거렸다. 그 광경은 실로 쉽게 접할 수 없는 신비요, 기경이었다.

"많이 기다렸죠? 가시죠."

"……"

아리안이 지회장에게 말했지만, 그는 듣지 못한 듯했다.

"단장님 덕분에 신비로운 체험을 했습니다. 제가 의뢰를 한 아구아 상단 코미고 단주입니다."

"반갑습니다. 저는 디베르소 용병단 단장 리안입니다."

낯선 자와 아리안이 인사를 하자 용병 길드 지회장은 그제야 깜짝 놀라서 고개를 돌렸다.

"좋습니다. 단장님! 저는 리안 단장님만 괜찮다면 언제까지라도 계약하고 싶습니다."

"하하! 감사하신 말씀이군요. 코미고 단주님! 하지만, 황성에

갈 때까지만 경호하기로 하겠습니다. 얽매이고 싶지 않아서 용병이 된 것이니 양해해 주시리라 믿습니다."

"좋습니다. 그렇게 하지요. 여기 선금 50골드가 있습니다. 출발은 내일 아침에 하겠습니다. 문제가 있습니까? 단장님!"

"아닙니다. 내일 출발하도록 하지요."

다음날 아침. 아구아 상단 마차 200여 대가 성을 나섰다. 상인 50여 명, 인부 400여 명, 경호무사 50여 명의 대상단 경호에 상단무사의 수보다 적은 디베르소 용병단 36명은 적어도 무척 적은 편이었다.

상단은 순식간에 성문을 빠져나와 행렬을 갖췄다.

"출발!"

상단 무사대장의 지휘에 마차들은 차례로 출발했다. 한데, 그 모습을 성벽 위에서 심상치 않은 눈으로 지켜보는 자가 있었다.

'아무래도 수상하군. 초특급 2명에 특급 5명의 용병단이고 그 밑의 용병들은 하나같이 익스퍼트 상급이라니, 냄새가 너무 지독해.'

그 사내는 급히 비둘기를 날려 보냈다.

상단은 순조롭게 여행을 계속하면서 각 성에 들렀다. 마차 수와 인부는 점점 늘었지만, 경호무사와 용병의 수는 변함없었다. 그리고 쥬비스 제국 황도에 점차 가까워졌다.

*   *   *

무장한 채 달리는 백여 명의 기사와 병사가 숲의 고요를 깼다. 그들은 화려한 복장의 청년을 중심으로 사방을 살폈다.

"주군! 이곳에서 잠시 주변 상황을 파악하는 게 좋을 듯싶사옵니다."

"그렇게 해라!"

단순한 체인메일을 입은 귀족이 젊은 청년에게 말하자, 청년이 가볍게 고개를 끄덕였다.

"정지! 그 자리에서 잠시 휴식을 취한다. 경계를 단단히 하고 척후를 내보내 상황을 판단하여 보고해라!"

"충!"

기사와 병사들이 그 자리에 주저앉아 가쁜 숨을 내쉬며 주위를 살피는데, 몇몇 병사가 사방으로 흩어졌다.

"외가에선 아직 소식이 없나?"

"테오르 공작 각하께서 급히 기사단과 병사들을 파견한 것으로 알고 있사옵니다. 아마 그들도 사방으로 황자 전하를 찾고 있을 것이옵니다."

"흠, 우리가 누구와 먼저 만나는지의 시간 싸움인가?"

그르릉, 꾸웩꾸웩!

"히엘로 백작님! 몬스터들이 사방에서 몰려들고 있습니다. 명령을 내려주십시오."

척후조가 돌아오고 쉬던 자들도 모두 자리에서 일어나 긴장한 빛으로 명령을 기다렸다.

"수가 얼마나 되나?"

"오크가 이백 마리도 넘는 듯합니다. 백작님!"

"그놈들의 공격 방향은?"

다급한 병사의 보고에도 체인메일을 입은 귀족은 상황을 정확히 파악하려고 침착하게 물었다.

"사방에서 몰려오는 중이라 정확하게 판단하기가 어렵습니다. 한데 눈알이 붉은 것을 보면 흑마법에 걸린 듯합니다."

"흠, 붉은 눈의 오크라? 그림자 군단이 관여를 했군. 그림자 여황이 직접 온 것은 아니어야 할 텐데……."

황자의 입에서 그림자 군단이란 말이 떨어지자, 기사는 물론이고 히엘로 백작도 몸을 부르르 떨었다. 그는 어금니를 악물고 헤르츠 삼황자에게 말했다.

"황자 전하! 일단 흑마법에 걸린 오크는 두려움을 전혀 모르고 덤비니 피하는 게 좋겠습니다."

"알았다. 가자!"

"예, 황자 전하! 기사들은 길을 타라! 포위되면 안 된다. 신속히 움직여라!"

히엘로 백작의 지휘 아래 삼황자 일행은 급히 서둘렀다.

"으악! 벌써 나타났어."

번쩍! 퍽!

오크가 몸을 날리며 달려들어 병사의 머리를 도끼로 내리치자, 그의 머리는 투구와 함께 터져나갔다. 한쪽에선 정신없이 싸우고 히엘로 백작은 헤르츠 황자와 함께 급히 달아났다. 간혹 기사들의 경호를 뚫고 달려드는 오크는 히엘로 백작의 검이 용서치 않았다.

에잇! 휘익!

그의 검에서 나온 선명한 오라블레이드는 단번에 오크의 목이나 허리를 갈랐다. 그들은 자연스럽게 오크 무리가 모는 대로 달릴 수밖에 없었다.

그들은 아무것도 의식하지 못하고 싸우고 피하는 데만 열중했다. 그리고 점차 밀리면서 조금씩 산 아래로 내려갔다. 그때 아구아 상단 행렬도 차츰 가까워졌다.

새로운 인연의 시작이거나 거쳐야 할 악연의 결과겠지만, 태양은 인간사가 안타까워 스스로 속을 태우며 묵묵히 지켜봤다.

*　　　*　　　*

"주인님! 오크들이 인간들을 습격하는 중입니다."

알레그리아가 급히 아리안에게 말했다. 아리안은 시선을 돌려 숲을 바라봤다.

"이쪽으로 오고 있군. 오크들의 수가 많아. 어쩔 수 없다. 경호대장을 불러와라!"

파라미는 아리안의 명령을 듣고 속히 경호무사 대장에게 갔다.

"경호무사 대장님! 단장님께서 속히 오시랍니다."

"알겠습니다."

경호무사 대장의 말이 급히 달려왔다.

"부르셨습니까? 용병단장님!"

"마차를 동그랗게 세우고 상인과 인부들을 그 안으로 들어가게 하세요. 조금 있으면 오크들이 몰려들 겁니다."

"예, 단장님!"

그는 아리안 앞에서 물러나자 재빨리 명령하고 수비태세를 갖췄다.

"상단 정지, 상단 정지! 즉시 마차로 원을 그리고 상인과 인부는 안으로 들어간다. 말도 풀어서 원 안으로 집어넣고 눈을 가려라. 인부들은 마차로 만든 방어막을 뚫고 들어오는 몬스터를 상대해라! 빨리 움직여."

대장의 말이 떨어지는 순간 상단행렬은 바삐 움직였다. 마차로 방어막을 만들고 경호무사들이 주변을 살폈다.

"경호무사 1, 2, 3조는 마차 세 면을 경계하고, 4조와 5조는 다가오는 몬스터를 막는다. 실시!"

"실시!"

"워, 워!"

상단 인원들은 각자 맡은 일에 몰두했다. 마차는 재빨리 원을 그렸고, 말은 떼어내서 눈을 가렸다. 경호무사 2개조 20명이 말을 탄 채 마차 앞에 늘어섰고, 3개조 30명은 세 방면을 둘러쌌다. 디베르소 용병 단원 33명이 말을 타고 경호무사보다 십여 보 앞에 늘어섰다. 아리안은 마차 위에 섰으며, 양쪽 옆에는 알레그리아와 아마르가 서서 앞을 바라봤다.

"단주님! 아무것도 보이지 않습니다."

아리안과 조금 떨어진 마부석에 서서 아리안이 바라보는 숲으로 시선을 돌린 채 꼼짝도 하지 않는 코미고 상단주에게 옆에 선 총관이 이상하다는 듯이 말했다.

"그들을 의심하지 마라! 젊은 단장은 누구도 도달할 수 없는 곳에 계신 분이다.”

단주 음성에는 한 치의 흔들림도 없었다. 그때였다. 숲 입구
가 소란해지고 일단의 병사들이 쫓기듯이 나타났다. 바로 뒤에
오크들이 몰려나왔다. 상단 총관은 슬그머니 고개를 돌려 몬스
터들을 바라봤다.

“도와라!”

“예, 단장님! 가자!”

용병들이 말을 달려 앞으로 갔다. 그들은 몰려나오는 오크 무
리에게 달려들려고 했지만, 말이 앞발을 들고 거부했다.

“저, 저럴 수가!”

“…….”

아구아 상단 총관이 놀라서 소리쳤지만 곧 입을 닫았다. 용병
들은 말 위에서 떨어지는 게 아니라, 오히려 공중으로 날아서
오크 무리에게 달려들었다.

휘익! 서걱서걱!

용병들의 검에 부딪치는 것은 무엇이든지 간에 잘려 나갔다.
더구나 그들의 몸은 어찌나 빠른지 제대로 보이지도 않았다.

오크에게 쫓기던 삼황자 일행은 뒤도 돌아보지 않고 마차를
향해 달렸다. 그곳에는 말을 탄 무사들이 지키는 모습이 보였
다.

‘저곳까지만 가면 황자님은 무사하실 거야.’

“으악! 도와줘!”

병사 한 명이 발을 삐었는지 넘어지면서 소리쳤다.

“도와줘라!”

히엘로 백작이 소리치면서 돌아봤다가 멍한 표정으로 그 자리에 멈췄다. 뒤를 쫓아오는 오크가 보이지 않았다. 삼황자도 이상한 기분을 느끼고 그 자리에 멈춰서 뒤를 봤다. 모든 기사와 병사가 뒤로 돌아보고 놀라서 벌린 입을 다물지 못했다.

"세상에, 어떻게 저럴 수가……."

"몸은 보이지도 않고 잔상만이 남았어."

황자 일행이 돌아본 곳에 제대로 서 있는 오크는 어느새 단 한 마리도 보이지 않았다. 숲에서 뛰쳐나오는 순간 몸이 갈라져서 숲 밖으로 떨어졌다.

"검에 오라블레이드는 보이지 않지만, 마스터 이상의 실력자들이야. 그것도 한두 명이 아니라, 30명이 넘는데도 모두 한결같아."

"아무래도 용병들인 듯한데, 정말 놀라운 자들이군."

"황자님! 저쪽에 있는 상단에서 고용한 용병들로 보입니다. 우선 그쪽으로 가시죠."

황자 일행은 말 탄 무사들이 있는 곳까지 가서야 안심이 되는지 뒤를 쳐다봤다. 그리고 할 말을 잊은 듯했다. 용병들은 검을 검집에 넣은 채 주먹이나 발로 오크를 상대했으며, 어깨치기도 하고 이마로 박기도 했지만, 두 번 손을 쓰는 경우는 없었다.

"세상에, 파이터 마스터들이야."

용병들의 전신은 어느 부위나 최강의 무기였다. 더욱 기가 막힌 것은, 동료가 싸우는 모습은 보지도 않고 흩어진 말을 잡으러 다니는 자도 있었고, 산에서 어슬렁거리며 내려오는 자도 눈에 띄었다.

그들은 싸우면서 오크들을 한 번씩 쳐서 절묘하게 한 곳으로 모으는 중이었다. 오크들의 사체는 산을 이룰 정도였다. 그게 단지 30여 명의 용병이 만든 작품이었다.

"단주님! 저들은 전신, 투신들이군요."

"……."

단주도 그러리라고 여겼지만, 생각보다 뛰어난 능력을 보고 놀라서 종신계약을 하려던 마음을 접었다. 그들은 누구 밑에 들어가서 경호할 인물들이 아니었다.

"앞으로 대륙은 무슨 일을 하려면 저들에게 먼저 물어봐야 할 거야."

단주가 혼잣말처럼 중얼거리는 소리를 들은 총관은 고개를 끄덕이며 다시 한 번 그들을 쳐다보고 마차에서 내렸다.

그때 마차 위의 여인이 지옥의 불길 같은 화염덩어리를 오크 사체 언덕에 날려 보냈다.

"세상에, 7서클 마법 헬 플레임이야."

"뭐라고? 7서클 마법?"

히엘로 백작이 놀라서 소리치자, 삼황자도 7서클이라는 말에 황당한 표정을 감추지 못했다.

'세상에, 용병 마법사가 7서클이라니… 황궁 대마법사가 7서클이고 대륙에 단지 세 명뿐이라고 했는데, 대체 저들은 어떤 자들이란 말인가? 내가 저들을 거둘 수만 있다면, 황태자가 무슨 수를 쓰더라도 감당할 수 있을 텐데…….'

용병들이 말을 타고 돌아왔다. 그들은 마치 잠시 산책이라도 하고 온 듯이 얼굴색 하나 변한 사람이 없었고, 숨소리조차 차분하기 그지없어 결코 자랑스러운 모습들이 아니었다. 그들은 마치 이제 막 싸우러 나가려는 사람들 같았다.

"와~! 디베르소 용병단 최고다."

"오크 전사 이백여 마리가 해장거리도 안 되다니, 정말 전신들이야."

"최고다, 최고야."

아구아 상단 상인이나 인부, 무사들은 용병들이 돌아오자 악을 쓰고 환호성을 울리며 그들을 맞이했다.

'오늘도 살아남았어.'

"명을 이행하고 왔습니다. 단장님!"

"그래, 수고들 했다. 좀 쉬어라!"

"예, 단장님!"

용병들이 말에서 내려 끌고 가자, 경호무사 대장이 말을 타고 아리안에게 다가갔다.

"용병단장님! 오늘은 이미 늦었는데, 이곳에서 야숙할까요?"

"그것도 좋겠지만, 단주님과 의논해서 하는 게 어떻겠습니까?"

"예, 알겠습니다. 단장님!"

잠시 후, 경호무사 대장은 단주와 의논을 마쳤는지 크게 소리쳤다.

"모두 이곳에 야숙 준비를 해라."

모든 상단 인부들이 야숙 준비에 한창일 때, 용병들에게 구함 받은 일행 중에서 기사 한 명이 용병단장을 찾아왔다.

"누가 용병단장인가? 삼황자 전하께서 찾으신다."

기사의 말에 천여 마리 오크 앞에서도 태연자약하던 용병들의 안색이 변했다. 갑자기 용병들이 살기를 내뿜었다.

으윽!

기사는 말도 제대로 잇지 못한 채 신음을 흘리며 그 자리에 주저앉았다.

"내가 용병단장이다. 안내해라!"

아리안은 용병들이 사고를 칠 듯해서 재빨리 앞으로 나섰다. 그제야 살기가 순식간에 사라졌다. 기사는 겨우 자리에서 일어나 더는 말하지 않고 앞장서서 아리안을 안내했다. 물론 그 옆에는 알레그리아와 아마르, 그리고 파라미가 따랐다.

"멈춰라! 이곳은 삼황자 전하께서 계시는 막사다. 모두 무기를 풀어놓고 들어가야 한다."

파라미는 어이가 없어서 한마디 하고 싶었지만, 주군 앞이라 참고 아리안의 얼굴을 쳐다봤다. 아리안이 고개를 끄덕여서 허락했다.

"기사는 잘 때도 무기를 풀어놓지 말라고 배웠다. 그리고 우리 단장님께서 만나자고 하신 것도 아니다. 만약 우리 단장님과 만나서 이야기하기를 원하는 자가 있다면, 디베르소 용병단의 대화 방법을 알고 와야 할 것이다."

'디베르소 용병단의 대화 방법' 이란 파라미의 말이 끝나자, 아리안은 벌써 돌아가는 중이었다.

"멈춰라! 감히 삼황자 전하의 명령을 거역할 셈이냐?"

삼황자의 막사를 지키던 기사 중 한 명이 소리치면서 검에 손을 가져갔다. 파라미가 돌아서서 그 기사를 쳐다봤다.

"검을 뽑아봐라! 그 검을 뽑는 순간 네놈의 목을 베어버릴 것이다."

"이, 이런 발칙한 놈을 봤나. 당장 죽여 버리고 말겠다."

슥!

기사가 검을 뽑으려는 순간, 어느 틈에 파라미의 검이 기사 목젖에 닿아 있었다. 기사의 목에서 피 한 방울이 떨어졌다. 그 기사는 얼굴이 새파랗게 질리면서도 결코 기가 죽지는 않았다.

"찔러라! 기사는 죽어도 명예를 더럽힐 수는 없다."

퍽퍽!

"미친 자식! 명예를 아는 기사가 검을 풀라고 명령해?"

파라미는 기사의 양쪽 뺨을 발로 가격하고 이어서 두 번 더 때렸다.

"그리고 이번 것은 사람을 제대로 보지 못한 죄다."

퍽!

파라미는 뒤도 돌아보지 않고 그 자리를 떠났다. 옆에 있던 기사들은 그의 살기에 묶여서 질린 표정으로 꼼짝하지 못했다.

막사 안의 히엘로 백작도 파라미가 의도적으로 살기를 보냈기에 전혀 움직일 수가 없었다. 파라미가 살기를 풀고 물러가자 백작은 피를 한 모금 토했다.

컥!

"히엘로 백작! 갑자기 무슨 일인가?"

"용병이 보낸 살기에 당했습니다. 삼황자 전하!"

"막사 밖에서 보낸 살기에 당했다고? 나는 전혀 모르겠는데?"

"그의 마나 관리와 제어 능력이 탁월하기 때문입니다. 그는 단지 용병인데도 제가 도저히 상대할 수 없는 상위 능력자입니다. 건드려서는 안 될 자의 비위를 건드린 듯합니다. 아, 그를 부를 게 아니라, 내가 주군을 모시고 갔어야 했는데……."

히엘로 백작은 자신이 주군의 일을 망쳤다는 자책감에 빠졌다.

삼황자는 상황을 이해하지 못해 어리둥절한 표정이었다. 막사 밖의 기사들은 자신들의 능력이 부족해서 기사단장인 히엘로 백작님을 실망시켰다는 자괴심이 들어, 그들을 모두 죽여 버리고 싶다는 생각에 몸을 부르르 떨며 어금니를 악물었다.

삼황자는 히엘로 백작의 말을 도저히 용납할 수 없었다.

"히엘로 백작! 내가 용병단장인 그를 부른 게 잘못됐다는 말인가?"

"주군! 그는 평범한 용병단장이 아닙니다. 그의 밑에 있는 용병단원마저 마스터인 저를 능가하는 실력자고, 그런 자를 수하로 거느린 자가 어찌 일반 용병과 같은 생각을 품고 있겠습니까? 이제 잠시 쉬다가 떠나든지, 내일 새벽에 그대로 출발할 수밖에 없을 듯합니다."

"흠, 내가 태자 형님에게 패하자, 일개 용병마저 내 말을 거역하는 거로군."

삼황자가 탄식을 내뱉자, 백작은 실로 가슴이 아팠지만 상황을 정확히 설명했다.

"주군! 자책하지 마십시오. 이번 패배는 불의의 일격을 받아서 어쩔 수 없이 다음 기회를 노린다고 하지만, 그런 자는 황제 폐하의 명령일지라도 마음에 들지 않으면 가볍게 여길 것이옵니다."

"제국에서 폐하의 황명을 거역하는 자도 있다고?"

"당연하옵니다. 주군! 세상에는 누구든지 안 되는 일도 있는 법이옵니다. 그들은 자신의 목숨마저 초개처럼 여기니까요."

삼황자는 백작의 말을 도저히 이해할 수가 없었다.

"좋다. 내가 직접 그를 만나보리라. 백작만 나를 따르도록 해라!"

"주군! 그를 만나도 회유할 수 없을 것입니다. 괜히 그와 만나서 적으로 돌아설 필요는 없을 듯하옵니다."

"부딪쳐 보지도 않고 포기하는 것은 배우지 못했다. 따르라!"

"예, 주군!"

히엘로 백작이 간절히 권했으나, 삼황자의 뜻이 워낙 견고했기에 그는 따를 수밖에 없었다.

막사를 벗어나자 기사들이 경호하려 했지만, 히엘로 백작이 손을 저어 만류했다. 그들이 따라온다면 용병과의 충돌은 분명했고, 그렇게 된다면 모든 기사가 죽거나 상처를 입어 황태자의 그물에서 도주하는 것마저 어려워질 듯했다.

용병단장의 막사 앞에는 상단 무사 2명이 보초를 서고 있었다. 히엘로 백작은 그 모습을 보고 용병들이 얼마나 경호무사들의 존경을 받고 있는지를 짐작했다.

"삼황자 전하시네. 낮에 저들의 도움을 받았기에 인사하러 오셨네. 연락해 주게."

"잘 알겠습니다. 하나 저희는 자발적으로 보초를 서는 중이라 저희 말을 들어줄지는 모르겠습니다. 연락은 하지요."

"들어오시라고 하세요."

안에서 용병단장의 음성이 들렸다. 보초 두 명이 양쪽으로 비켜서서자 두 사람은 안으로 들어갔다.

히엘로 백작은 삼황자의 뒤를 따라 안으로 들어갔다.

"어서 오시오. 디베르소 용병단장 리안이라고 합니다. 삼황자 전하!"

막사 안에는 세 사람이 있었다. 보기 드물게 아름다운 두 여인이 있었지만, 그들은 용병단장이라는 리안 외에는 관심도 없다는 듯이 입을 꼭 다물고 그들을 쳐다보지도 않았다.

"도움을 받고도 인사가 늦었습니다, 리안 용병단장. 쥬비스 제국 삼황자 헤르츠라고 합니다."

"누군지 알고 도운 게 아닙니다. 단지 인간이 몬스터에게 쫓김을 받기에 도운 것뿐이니, 인사를 받을 만한 일은 아닌 것 같습니다. 개의치 마시기 바랍니다. 그럼, 안녕히 가십시오."

인사를 나누자마자 축객령을 내리는 아리안을 보고 어이없다는 듯이 삼황자가 말했다.

"잠깐, 리안 용병단장님은 누구에게나 그렇게 차갑게 대합니까?"

"삼황자님! 나는 상대를 알아볼 능력도 없이 백성들을 무조건 경멸하는 귀족이나 황족을 좋아하지 않습니다."

아리안의 말을 들은 백작은 삼황자에게 무례를 범하는 모습을 도저히 그대로 보고 있을 수가 없었다.

"리안 단장! 그대는 쥬비스 제국민이 아닌가? 삼황자 전하께 어찌 자리와 차도 권하지 않는단 말인가?"

"그렇다. 백작! 나는 쥬비스 제국민이 아니다. 단지 용병이기에 쥬비스 제국에 들렀을 뿐이야. 그리고 차는 초대한 손님이나 친구와 마시는 것이지 불청객과 함께하는 게 아니라고 알고 있네. 백작! 검을 뽑든지 돌아가게. 자네는 내 귀한 시간을 뺏고 있어."

히엘로 백작은 극도의 모멸감에 얼굴이 벌겋게 달아올랐다. 하지만 검을 뽑을 수는 없었다.

'크크, 명예를 지키려고 검을 뽑으면, 더는 삼황자를 경호할 수 없게 되겠지. 내가 죽는 것은 두렵지 않지만, 주군은 어떻게 될 것인가. 그러나 명예를 잃은 기사가 무슨 낯으로 주군을 보필하겠는가. 그래, 죽자.'

퍽! 윽!

히엘로 백작이 검을 뽑으려는 순간 갑자기 뺨에서 별이 반짝였다.

"백작! 죽어서 명예를 지키겠다는 건가? 어리석군. 기사의 명예로운 죽음은 주군의 명령을 이행하다가 죽을 때를 일컫는 것이야. 평소 부하들을 제대로 가르치지 못해 주군께 폐를 끼쳤으면, 더욱 분발할 생각은 하지 않고 죽을 생각부터 하는군. 백작! 기사란 백성 위에 군림하는 자리가 아니다. 알겠는가? 주군의 명예에 흠이 가지 않을까 노심초사하고 항상 주위를 둘러보아 깨끗하고 겸허한 마음가짐을 하루에도 열 번 이상 돌아봐야만 한다. 오늘 밤이나 내일 새벽이면 삼황자를 죽이려는 무리와 몬스터들이 달려들 것이다. 삼황자를 지키는 것은 네 몫이야. 가서 쉬도록 해."

아리안이 말을 끝내고 돌아서자, 삼황자는 물끄러미 아리안을 보다가 끝내 마지막 한마디도 하지도 못하고 돌아섰다. 히엘로 백작도 묵묵히 삼황자의 뒤를 따랐다. 그의 머리에는 아리안의 말이 떠나질 않았다.

기사는 백성 위에 군림하는 자리가 아니라, 주군의 명예에 흠이 되지 않을까 언제나 노심초사해야 한다.

'아, 어렵게 오른 자리이기에 어느 정도 누려도 되는 자리라고 여겼거늘……'

히엘로 백작은 히엘로란 이름대로 차갑게 식어만 갔다. 시간은 점점 흘러갔지만, 한 번 감은 그의 눈은 뜰 줄을 몰랐다. 떠올랐다가 사라지는 수많은 생각이 차츰 정리됐다.

그때였다. 그의 머릿속에 용병단장의 말이 떠오르자 그는 깜짝 놀랐다.

"지금 몬스터와 살수들이 공격하려고 한다. 부하들을 깨워서 자네 주군을 지킬 준비를 해라!"

히엘로 백작은 자리에서 벌떡 일어나 사방을 둘러봤다. 아무도 없었다. 막사 휘장을 걷고 밖으로 나왔다. 보초를 서는 병사들이 재빨리 예를 갖추려고 했지만, 백작이 급히 막았다.

펑펑!

마법 등불이 밝혀졌다. 용병들은 어느새 모두 나와 마차를 둘러싸고 있었다. 상단 경호무사들도 말을 타지 않은 채 마차를 지켰다.

경계하는 무리 중에 백작의 부하들만 한 명도 보이지 않았다. 백작은 갑자기 심히 부끄러워졌다.

"비상이다. 모두 깨워서 전투준비를 해라."

"예, 백작님!"

마차 둘레에는 이미 마법 불빛이 환히 밝혀졌다. 상단 상인이나 인부들도 나름대로 무기를 들고 마차로 만든 방책 안에서 수비 자세를 취했다.

히엘로 백작의 병사들도 마차 밖으로 나왔고, 기사 40명 중에서 30여 명도 함께 수비에 가담했다. 아리안이 그 광경을 보고 고개를 살짝 끄덕였다.

몬스터들이 나타나기 시작했는데, 그 수가 얼마나 되는지 알 수가 없었다. 몬스터들은 계속 쏟아져 나왔다. 마차에서 보이는 곳은 오직 몬스터뿐이었다.

"먼저 공격해서 수를 줄여라!"

아리안의 명령이 떨어졌다.

"헬 플레임!"

알레그리아가 펼친 엄청난 지옥 화염이 오크들을 향해 떨어졌다. 용병단원들이 서서히 공중으로 치솟았다.

"천뢰분검!"

30여 명의 용병 검에서 마차 주위로 번개가 쏟아지는 광경은 그 자체로 장관이었다.

번쩍번쩍! 우르릉 꽝꽝!

지옥화염이 곳곳에서 타오르고 번개가 사방에서 난무했다. 오크들이 타는 냄새가 사방에 진동했고, 그들의 괴성과 비명이 어둠을 날려 버릴 듯했다.

　크악! 꽥!

　오크들은 벌써 수없이 쓰러졌지만, 죽음을 두려워하지 않는 전사 버서커처럼 꾸역꾸역 몰려들었다.

　알레그리아의 마법은 쉴 새 없이 사방으로 터져 나갔고, 마스터 기사들이 공격하는 공중에서 떨어지는 번개는 연방 내려쳤다.

　"파이어 월!"

　알레그리아가 5서클 마법 '파이어 월'을 시전해도 어마어마한 화염벽이 만들어졌다. 오크 전사들은 비명을 지르며 불에 타 죽거나 번개에 맞아서 바비큐가 되어갔지만, 말을 하지 않고 덤벼들기만 했다.

　"백팔번뇌 탈혼검!"

　파라미의 고함이 다시 한 번 터졌다. 용병들 검의 수가 갑자기 수없이 늘어났다. 검법 이름대로 한 용병의 검에서만 108개의 검이 튀어나온 듯했으며, 그 검들은 여지없이 오크에게 박혔다. 오크들이 우수수 쓰러졌다. 광야의 공중에는 온통 검의 그림자밖에 보이지 않았다. 하늘에선 검의 비가 쏟아지고 지옥화염이 마차 방책을 둘러쌌다.

　"세상에, 저들을 어찌 용병이라고 할 수 있지?"

　"그러게 말이야. 마치 천신의 쟁투를 보는 것 같아."

　"그렇게 죽었는데도 아직도 나오는 걸 보면, 오크들이 많이 몰려오긴 했어."

그 광경을 지켜보는 삼황자 일행과 상단소속 경호원들은 들어본 적도 없는 능력을 소유한 용병단을 보고 벌린 입을 다물 수가 없었다.

"무장을 갖춘 것을 보면 일반 오크가 아니라 전사들인 듯한데, 몇 천 명은 착실히 온 것 같아."

"용병들이 기사들도 쉽지 않다는 오크 전사를 아예 데리고 노는군."

"정작 놀라운 것은 그들이 전혀 지친 기색을 보이지 않는다는 거야. 벌써 몇 시간째야?"

오크와 싸우려고 방책 안팎에 있던 무사와 상인, 히엘로 백작의 기사와 병사들은 감탄하다가 오히려 지칠 지경이었다.

오크들은 마차까지 가지도 못하고 대부분 쓰러졌다. 오크 전사들의 시체는 언덕을 이뤘으며, 푸른 피는 강을 이뤘다.

한데 이 놀라운 광경을 숲에서 지켜보는 자들이 있었다. 그들은 전신에 검은 옷을 입었으며, 얼굴마저 검은 천으로 가리고 눈만 반짝였다. 대략 100명쯤 되어 보였다.

"세상에, 저들을 뚫고 어떻게 삼황자를 죽이지?"

"전투가 벌어지면 그 혼란한 틈을 타서 삼황자에게 접근하여 죽이라는 명령이었는데, 저건 아예 일반적인 학살이고 마차 근처에는 아예 접근조차 못하잖아."

그들은 어이없는 표정으로 전장을 바라보다가 그들의 대장을 쳐다봤다. 그들의 대장은 묵묵히 산 아래를 내려다보다가 작은 소리로 명령했다.

"모두 내려가서 화살로 마법 불을 끄고 어둠을 틈타 공격한다."

그들은 신속하게 내려가서 화살을 준비했다.

"쏴라!"

휙!

화살이 마법 등불에 꽂혔지만, 화살이 뚫고 지나가지도 않았고 불이 꺼지지도 않았다. 오히려 화살이 꽂힌 채 더욱 활활 타올랐다.

"젠장, 화살에 맞고서도 꺼지질 않다니, 도대체 몇 서클 마법사가 만든 마법 불이야?"

"어? 갑자기 마법 불이 모조리 꺼졌어. 이게 무슨 조화지?"

"아, 군단의 흑마법사들이 수를 쓴 모양이로군."

"모두 습격해라! 삼황자와 백작은 꼭 죽여야 한다. 공격!"

그림자들은 신속히 대장의 뒤를 따라 숲에서 내려갔다. 그리고 마차 방책을 몰래 넘었다. 병사들이 지키는 막사 모습이 어렴풋이 보였다.

'이거 웬일인지 너무 쉽군. 부하들을 모두 데려올 필요가 없었나?'

그림자 대장이 병사들을 가리키며 신호하자, 어느 틈에 그들은 목을 잡고 쓰러졌다. 그림자들이 막사를 둘러쌌다. 세상 누구도 그들을 뚫고 달아나지 못하리라. 그들의 모습을 한 번 훑어본 대장은 만족한 표정으로 막사 휘장 사이로 스며들 듯이 들어갔다.

"어? 여기가 아닌가?"

막사 안에는 아리안과 알레그리아, 그리고 아마르가 조용한 자세로 그들을 쳐다봤다.

"우리는 그림자인데, 본 사람이 있으면 안 되지. 죽여라!"

그림자 대장의 명령이 떨어진 순간, 그림자들이 세 사람에게 달려들었다. 세 사람의 전신에 십여 개 무기가 박혔다. 무기에 맞은 자들이 먼지처럼 부서져 내렸다.

"함정이다. 피해라!"

그림자 대장이 악을 쓰는 순간, 주위가 갑자기 환히 밝혀졌다. 많은 사람이 그들을 쳐다봤다. 삼황자와 히엘로 백작의 모습이 보였다. 조금 전에 먼지처럼 사라졌던 세 사람도 있었다.

"사방으로 흩어져서 도망쳐라!"

그림자들이 메뚜기 떼처럼 사방으로 튀어오르는 순간, 공중에서 검광이 번쩍이며 모두 몸이 잘려서 땅으로 떨어졌다. 그림자 대장이 피눈물을 흘리며 품에서 스크롤을 꺼내 찢었다.

"텔레포트!"

번쩍! 꽝!

그림자 대장은 공간 결계를 뚫지 못한 채, 인육으로 변해 대지 위에 산산이 뿌려졌다. 그 광경을 처음부터 지켜본 삼황자 헤르츠와 히엘로 백작은 할 말을 잊었다.

마차 방책 밖에선 워낙 많은 수가 몰려들었기에 아직도 몬스터 소탕이 이어졌다. 몬스터는 계속 숲에서 나왔다.

"세상에, 최소 3천은 더 죽었을 텐데……."

"아예 작정을 했군, 작정을 했어."

날이 뿌옇게 밝아왔다. 그 광경을 지켜본 상단 직원들은 지옥에 발을 들여놓았다가 빠져나왔음을 깨달았다.

"디베르소 용병단은 기적을 만드는 용병단이야."

"어느 현자가 그렇게 말하더군. 인간이 하루를 사는 데는 수십 개의 기적이 필요하다고. 그래서 항상 감사하라든가?"

"……."

말을 한 사람이나 듣는 사람 모두 깊은 생각에 빠져들었다.

인간이 단 하루의 삶을 영위하는 데도 수십 개의 기적이 필요하다. 그러기에 언제나 감사해야 한다.

뺌빠라 빰 빰 빠~!

"공격!"

그들이 지나온 언덕 너머에서 나팔 소리가 들리더니, 갑자기 기마병들이 달려들었다. 그들은 용병단원들이 맞서는 몬스터의 후미를 치기 시작했다. 그들 개개인의 무위는 알 길이 없었지만, 군대 특유의 합동공격진의 무서움은 여실히 드러났다.

꾸웩! 컥!

비명이 산지사방에서 퍼지기 시작하자, 용병들은 공격에서 벗어나 마차 있는 쪽으로 돌아왔다.

잠시 후, 숲을 벗어났던 오크 전사들은 모두 땅 위에 누웠고, 더는 숲을 벗어나서 공격하는 몬스터도 보이지 않았다.

병사들이 몬스터 사체의 산을 보고 질린 표정을 지으며 한쪽으로 모았다.

"도대체 이게 몇 마리나 되는 거야? 엄청나군, 엄청나!"

"그러게 말이야. 상단행렬 같은데, 이런 어마어마한 몬스터의 습격에서 살아남다니, 기적인걸."

몬스터 사체의 산에 불이 붙었을 때 병사들은 정렬하기 시작했고, 지휘관인 듯한 귀족이 말을 달려 상단 마차 쪽으로 왔다.

코미고 아구아 상단주가 상인들과 함께 앞으로 나섰다.

"아구아 상단의 코미고입니다. 몬스터의 습격을 막아주시니 진정으로 감사드립니다."

"그건 됐네. 혹시 외부 사람이 들어오지 않았나?"

"외부 사람이라니요? 무슨 말씀이신지⋯⋯."

"됐습니다. 상단주님! 제 외숙부입니다."

뒤에서 삼황자가 히엘로 백작과 함께 천천히 걸어나왔다. 병사들의 지휘관이 삼황자를 확인하고 급히 말에서 내렸다.

"삼황자 전하를 뵙습니다."

"됐어요, 외숙부! 일어나세요. 외조부님은 건강하시죠?"

"아버지께서도 많이 걱정하시고 본군을 이끌고 오고 계십니다. 제가 5,000명 병사만 이끌고 선발대로 나왔는데, 삼황자 전하께서 무사하신 것을 보면 무척 기뻐하실 것입니다. 어서 말에 오르십시오. 삼황자 전하!"

"잠시만이요. 외숙부! 고맙다고 인사할 사람이 있습니다."

삼황자 헤르츠는 아리안에게 다가갔다.

"목숨을 구해주어 고맙소. 언제고 이몸이 생각나면 찾아주기 바라오. 그때 차 한잔했으면 합니다."

"살펴 가십시오. 삼황자 전하! 뜻하신 바를 이루시기 바랍니다."

"그대만 도와준다면 마음껏 뜻을 펼칠 수 있을 텐데⋯⋯."

헤르츠 삼황자는 아쉬움을 남기고 병사들의 호위를 받으며 몇 번이고 뒤를 돌아보며 사라졌다.

"단장님 덕분에 감당할 수 없는 난관조차 돌파했습니다."

"그것이 계약 조건 아니겠습니까? 개의치 마십시오. 단주님!"

'그것이 계약조 건이었다' 라는 말을 들은 코미고 상단주는 갑자기 울컥하는 기분이 들어 급히 하늘을 쳐다봤다. 콧잔등이 시큰거렸다. 하늘은 한없이 푸르기만 했다.

'저런 말을 들어본 게 언제였지? 아니, 들어본 적이 있기는 했나?'

뒷정리를 하는 데 상당한 시간이 흐르고 나서야, 상단은 급히 아침식사를 끝내고 출발했다.

*　　　*　　　*

"뭐, 뭐라고? 3천 오크 전사가 죽고 그림자 제1군이 전멸해?"

찌지직! 쩍! 쨍그랑!

대공의 기운이 발산되자, 쥬비스 제국 황궁의 별궁 휘장들이 찢어지고 벽에 금이 갔으며 아름다운 화병들이 모조리 깨져 버렸다.

대공 뒤에 엎드렸던 그림자는 대공이 일으킨 기운에 상하여 입가에 피를 흘렸다.

"그렇습니다. 대공 각하!"

그는 머리를 더욱 깊숙이 조아리며 공손히 대답했다.

"흠, 테오르 공작이 직접 병사를 이끌고 나섰다?"

"그렇습니다. 대공 각하! 발렌수엘라 후작이 병사들을 거느린 채, 삼황자를 호위하는 모습을 목격했습니다."

"그렇다면, 내전을 피하지 못하겠군. 그 용병단은 어떻게 됐나?"

"대공 각하! 그들은 삼황자와 합세하지 않고 계속 상단을 호위하는 중입니다."

대공은 깊은 생각에 잠겼다가 차 한 잔 마실 정도의 시간이 지나서 명령했다.

"내전이 일어나도록 놔둘 수는 없지. 그림자 제2군을 데리고 가서 테오르 공작, 삼황자, 발렌수엘라 후작, 히엘로 백작을 처리해라!"

"예, 대공 각하!"

"그림자 제9군을 준비시켜라!"

"대공 각하! 제9군입니까?"

"그렇다."

그림자 여황에게 질문이 허용된 오직 한 가지 경우는 그림자 제9군이 출동할 때뿐이었다.

그림자 제9군은 언제나 그림자 여황을 직접 수행하면서 일을 처리했다. 그림자 중에서도 형상조차 없는 그들의 능력은 황제도 완전히 알고 있지 않은 극비 중의 극비였다.

천년을 산다는 다크 엘프인 그림자 여황을 존재하게 했던 실질적인 힘의 비밀이 그림자 제9군에 있었다. 대공 각하의 외침이 별궁을 울렸다.

"참!"

갑자기 거대한 마나 흐름이 별궁 안에 일어났고 별궁 자체가 부르르 진동했다.

대공의 아름다운 겉옷이 변해 어느새 검은 빛의 갑주가 됐다. 보석 팔찌 두 개가 각기 마법 토시와 장갑으로 변했고, 머리 장식 핀이 투구로 바뀌었다.

목걸이가 변한 검은 망토는 무릎까지 내려왔지만, 어느덧 일렁이는 기운과 함께 그 모습도 사라졌다.

"매혹마법 시동어인 '참'을 변신마법 시동어로 삼으시다니…… . 에고, 이럴 때가 아니야. 빨리 그림자 여황의 출동을 제9군에 알려야지."

그는 품에서 호각과 비슷한 물건을 꺼내 힘껏 불었지만, 소리는 들리지 않았다. 그리고 그의 몸도 공기 중으로 사라졌다.

*   *   *

아구아 상단 행렬은 순조로운 여행을 계속했다. 제법 넓은 초지가 나타나자 상단 무사대장이 아리안에게 다가왔다.

"단장님! 이곳에서 야숙했으면 합니다."

상단 행렬이 워낙 길어서 산을 완전히 빠져나가지 못할 바에는 일찍 야숙을 준비하는 게 옳았다. 상단 무사대장의 선택은 당연했다. 아리안은 사방을 살핀 뒤 고개를 끄덕였다.

"그게 좋겠습니다. 대장님!"

"상단 정지! 야숙 준비를 서둘러라!"

"상단 정지, 야숙 준비!"

무사 대장은 자신의 명령을 복창하는 소리를 들으면서 아리안에게 고개를 숙이고 물러났다. 아마르가 아리안을 조용히 쳐다보며 작은 소리로 말했다.

"공자님! 오늘밤에 습격이 있을 듯합니다."

"그래? 누군지도 알 수 있겠나?"

"저를 뛰어넘는 능력자라는 것밖에는 모르겠습니다."

"흠, 그래? 안티야스! 무사 대장에게 마차를 입구가 터진 'U자' 수비대형으로 만들었으면 한다고 전해라!"

"예, 단장님! 어느 쪽을 터진 입구로 하면 되겠습니까?"

안티야스의 질문을 받은 아리안은 고개를 끄덕이며 주위 산세를 둘러본 후 대답했다.

"우리가 갈 방향을 보게 해라!"

"예, 단장님!"

상단 인부와 무사들의 움직임은 분주해졌다. 잠시 후, 아리안이 말한 대로 'U'자형 마차 방책이 다시 세워졌다. 입구에서 삼분의 일 되는 지점에 아리안의 막사가 세워졌고, 바로 뒤 두 개 중형 막사가 용병들의 막사였다. 그 뒤에는 상단주의 막사와 상인, 인부의 대형 막사, 그리고 가장 뒤에 상단 무사들의 막사를 쳤다.

무엇이 아쉬웠는지 산마루에서 턱걸이하던 태양이 미련을 버리는 순간 사위는 순식간에 어두워졌다.

그날 밤은 특이하게 마법 등불 아홉 개가 밝혀졌으며, 중앙의 마법등은 유난히 커 보였다. 상단 인부들이 마법 등불의 특이한 형태에 관심을 나타냈다.

"아니, 무슨 마법등을 저렇게 많이 만들었지?"

"대낮처럼 밝은데 뜨거움은 없다. 와, 이것도 죽이네."

"그러게 말이야. 그런데 저 마법등이 혹시 움직이지 않나?"

신기한 형태의 마법 등을 바라보는 인부와 경호무사들은 사방을 두리번거리며 이야기를 나눴다.

"뭐? 마법 등불이 움직여? 그럴 리가 있나. 어럽쇼, 정말이네. 가운데 마법 등불을 중심으로 여덟 개가 조금씩 움직이는 게 확실해."

"젠장, 정말 신기하군. 마법등이 움직이는 것은 살다 살다 처음 보는군."

저녁식사를 한 후, 달맞이하듯이 마법등을 구경하던 인부들도 하나둘씩 막사로 들어갔고 이곳저곳에 피운 모닥불이 타들어가는 소리만 자신의 존재를 알리는 데 여념이 없었다.

타닥타닥!

마치 공성계라도 펼치듯이 경계 서는 보초마저 보이지 않았다.

밤이 깊어졌다. 주위에는 짐승 소리는 물론이고 벌레 소리마저 들리지 않았다. 사위에 흐르는 적막이 두려운지 모닥불만이 몸을 떨며 재가 되어 공중으로 올라갔다.

먹구름이 서서히 몰려들었지만, 마법 등불을 어둡게 하기에는 역부족이었다. 을씨년스러운 바람이 불어 낙엽을 쓸고 공중으로 날아올랐다.

쌩~!

"젠장, 귀신바람이 부는 것을 보니, 오늘밤에 곱게 자기는 애

당초 틀린 듯해."

"쓰벌! 나가면 위험하다고 하니 오줌이 더 마렵군. 에이, 못 참겠다."

"웬만하면 참든가, 정 못 참겠으면 막사 한쪽 땅을 파고 실례한 후 덮는 게 어때?"

"젠장, 내가 개새끼야? 실례하고 확인 작업하게. 죽어도 내가 죽는 거니 말리지 마."

그 인부는 막사 휘장 사이로 밖을 내다본 다음 살금살금 막사를 나가서 어렵게 마차 사이를 뚫고 마차 방책 밖으로 나갔다. 주위에는 아무도 없었다. 마차 방책 밖에는 안개가 자욱하게 끼었고 허리까지 차 있었다. 그는 숲까지 가는 것은 두려웠던지 마차 바퀴에다 실례를 하고 몸을 부르르 떨었다. 쌌으니 털어야 할 텐데, 그는 묵묵히 그 자리에서 동작을 멈췄다. 그리고 그대로 뒤로 넘어졌다. 그의 모습은 안개 때문에 보이지 않았다.

"그 새끼 참, 만들어서 눌 참인가? 왜 이렇게 안 와?"

"아무 소리도 들리지 않았어. 우리가 모르는 뭔가가 있는 게 틀림없어."

안개는 점차 마차 방책 안으로 들어오려는 듯이 몰려들었다. 안개가 자욱이 넘실거리기는 했지만, 정작 안으로 들어오지는 않았다.

"아니, 도대체 어떻게 된 거야?"

맞은편 숲에서 상단 마차를 바라보며 으스스한 음성으로 호통을 치는 자는 분명 그림자 여황이었다. 그 옆에 검은 로브를

걸친 자 십여 명 중에서 수장으로 보이는 자가 공손한 어조로
답했다.

"여황님! 아무래도 저 마법 등불에 어떤 비밀이 있는 듯합니
다."

"그래? 그럼, 그 마법 등불을 꺼버려라!"

"예, 여황님!"

흑마법사가 주문을 외운 뒤 마법 등불을 가리켰다.

"캔슬!"

마법등은 꼼짝 하지도 않았다. 그는 다른 마법 주문을 외웠
다. 그리고 다시 마법등을 가리켰다.

"멸화!"

그러나 마법등은 여전히 고고한 자태를 자랑했다.

"쓸모없는 것들! 비켜라!"

그림자 여황은 한 걸음 앞으로 나서서 주문을 외웠다.

"어둠의 종주가 명하노라! 빛은 사라지고 암흑만이 세상을
지배하리라!"

그림자 여황이 수인까지 긋자, 갑자기 대지가 진동하고 먹구
름이 몰려와서 천지를 덮었다. 온 세상이 암흑천지로 변했다.
마법 등불조차 보이지 않았다. 분노한 암흑 기운이 허공을 찢는
듯한 굉음과 함께 천둥을 동반하며 번개를 내려쳤다.

번쩍번쩍! 우르릉 꽝꽝!

비바람과 함께 광풍이 몰아쳤고, 바람에 부딪친 나뭇가지가
온갖 비명과 괴음을 만들었다.

휘~ 잉! 후르륵 척척! 쌩~!

상단 마차들은 어둠에 싸여 보이지 않았다. 밤눈이 밝다고 해서 볼 수 있는 어둠이 아니었다. 그런 상황인데도 마차 방책 안에선 어떤 반응도 보이지 않았다. 그림자 여황은 이런 상황이 오히려 답답해서 공격을 시도했다.

"마법 등불을 하나만 밝히고 몬스터를 내보내라!"

"예, 여황님! 라이트!"

그림자 여황 옆에 있던 10명의 조장 중에서 흑마법사가 급히 대답하고 마법 등불을 숲 입구 공중에 밝혔다.

그는 다시 뒤쪽으로 신호를 보냈다. 잠시 뒤에서 작은 소란이 일어났고 흑마법사들이 신호를 보냈는지 몬스터들이 상단 마차를 향해 갔다.

이번에는 오크가 아니라 오거와 트윈 오거도 보였다.

끄르릉, 꾸웩꾸웩!

그놈들은 떼를 지어 마차 가까이 갔지만, 이상하게 마차 방책 안쪽으로 들어가지는 못했다.

꽝꽝!

몬스터가 들어가려 했으나 결계에 막힌 듯했다. 트윈 오거는 화가 났는지 손에 든 커다란 칼로 때렸다. 트윈 오거가 허공을 치는데 마치 철문을 두드리는 듯한 굉음이 울렸다.

"여황님! 실드인 듯합니다. 어떡할까요?"

"파괴해라!"

"예, 여황님!"

흑마법사는 대답하고 뒤를 돌아봤다. 흑마법사들이 앞으로 나섰다.

"그레이트 파이어!"

비록 4서클 마법이라고 하지만, 엄청난 마나량을 요구하고 정교한 마나 컨트롤이 필요하여 5서클 마스터가 아니면 시전할 엄두도 내지 못한다는 '그레이트 파이어' 마법을 무려 다섯 명의 흑마법사가 함께 쏴 보냈다.

꽈꽝!

어마어마한 굉음이 울렸다. 마차 방책을 공격하려고 다가갔던 몬스터 20여 마리가 마법 충격에 피를 흘리며 뒤로 날아갔다. 그리고 다시 일어나지 못했다.

"다크 애로우!"

흑마법사 수장이 몬스터가 죽은 것은 쳐다보지도 않고, 어둠의 화살을 쏴서 실드가 깨진 것을 확인하려 했다. 하지만 어둠의 화살은 여전히 무형의 막에 막혔다.

투투툭!

"세상에, 그레이트 파이어 다섯 방을 맞고서 견디는 실드라니, 도대체 몇 서클 마법사의 실드란 말이야?"

흑마법사 수장이 어이가 없다는 뜻인지 허탈한 표정을 지었다. 그림자 여황 옆에 있던 수장 중의 한 명이 앞으로 나섰다.

"여황님! 저것은 실드가 아니라, 법술인 듯합니다."

"법술?"

"예, 여황님! 법술은 자연의 힘을 빌린다는 면에서는 마법과 비슷한 면이 있지만, 전혀 다른 마나 체계를 이용합니다. 마나석과 정령석 등을 이용한다는 말은 들어봤지만, 마법 등불을 이용하는 것은 처음 봅니다."

"그럼, 네 말은 마법 등불이 아직 꺼지지 않았다는 말이냐?"

"그렇습니다. 여황님! 마법 등불이 여황님의 능력에 가려지기는 했지만, 소멸된 것은 아닌 듯합니다."

그림자 여황은 수하의 말을 듣고 그의 얼굴을 한동안 쳐다봤다. 그의 얼굴엔 아무런 변화가 없었다. 여황은 하늘을 향해 손을 들었다.

"어둠의 종주 뜻이다. 물러가라!"

먹구름이 점차 사라지자 여황 부하의 말대로 마법 불빛은 다시 반짝거렸다.

"호~! 마법이 아니다?"

"여황님! 저자인 듯합니다."

흑마법사 종주가 급히 상단을 가리켰다. 상단 방책 안쪽에서 세 사람이 나타났다.

"하하하! 손님이 오신 듯한데, 마중이 늦었습니다. 차라도 한 잔하심이 어떻겠습니까?"

"호호! 유리한 것을 버리고 홀홀 털고 나오다니 대단한 자신감이네요. 청한다면 굳이 마다할 이유도 없지요."

그림자 여황이 숲에서 천천히 걸어나가자, 열 명의 수장이 그 뒤를 따랐다. 파라미가 재빨리 책상과 의자 두 개를 'U' 자로 터진 앞쪽에 내려다 놨고, 디오사가 차와 주전자를 책상 위에 올려놨다.

"자, 앉으시지요."

"고마워요. 주인이 먼저 앉으세요."

"자, 같이 앉읍시다."

"그럴까요?"

아리안과 그림자 여황이 자리에 앉는 동안 여황의 수하들은 알레그리아, 아마르, 파라미, 디오사의 능력을 저울질하느라 눈알 굴리는 소리가 요란했다.

'흠, 저 여자(알레그리아)는 나와 같은 6서클 마법사로군. 그일이 젊은 나이에 어떻게 가능하지? 모를 일이야. 흠, 좀 더 어린 여자(아마르)는 아무것도 느낄 수가 없지만, 미묘한 기운이 감돌아. 아마도 그녀가 술법사인 듯해. 요주의 인물이구나. 젊은이(파라미)는 검을 차고 있어도 별 기운이 느껴지지 않고, 손은 수련깨나 한 듯하니 검을 드는 시종이야. 오히려 찻잔을 가지고 나온 여자가 마스터의 기운을 풍기는군.'

그림자 여황은 디오사가 따라준 차를 마시며 아리안을 관찰했다.

'호, 대단한 능력을 지녔으면서도 담대하기까지 하잖아. 그런 자가 용병이라면 아직 주인이 없다는 뜻이니, 수하로 받아드리는 게 상책이야.'

"용병단장이라고 했지요? 어떤가요? 원하는 게 있으면 말해보세요. 내 선에서 가능한 것은 뭐든지 들어줄 테니까요."

"제가 원하는 것은 지금 이대로 사는 것이죠. 지금도 충분히 만족하니까요."

"그래요? 난 거슬리는 것은 치워야 하고 갖고 싶은 건 뭐든 손에 넣어야 하지요. 물론 내가 갖지 못한다면, 누구도 가질 생각을 못하게 해야……."

"얼핏 들으면 화끈한 성격 같지만, 실상은 번뇌를 만드는 방법이 될 수도 있죠. 어떻습니까? 지금까지 일은 모두 잊고 서로 친구가 되는 것은……."

"감히 이분이 어떤 분인지 알고!"

뒤에 섰던 흑마법사 수장이 발연히 노하여 고함을 질렀다.

"어른들 이야기하는데 끼어들다니, 죽고 싶은 거냐, 배우질 못한 거냐?"

파라미가 참지 않고 호통을 치며 흑마법사 수장에게 기를 쏘아 보냈다. 하지만 그는 자리에서 움직이지도 않았다.

"으윽! 저, 저 시종 놈이 건방지게……."

흑마법사 수장은 마법을 시전하려고 손을 올렸다가 파라미기의 올가미에 걸려 몸을 부들부들 떨면서 얼굴이 창백하게 변했다. 그는 심장의 마나 서클이 갑자기 헝클어지면서 서서히 사라지는 것을 느꼈다. 갑자기 크게 놀란 그가 소리치려고 했지만, 어쩐 일인지 뜻은 말이 되어 나오지를 않았다.

"……."

그림자 여황의 부하들은 그가 꼼짝하지 않고 서 있자, 인내심을 발휘하는 거라고 여겼다. 그림자 여황은 차분한 기색으로 그를 관찰하며 생각에 잠겼다.

'저자는 결코 누구 밑에 들어갈 자가 아니야. 이제 와서 보니, 그가 뛰어나다는 것만 듣고 공연히 앞선 듯한 느낌마저 드는군.'

그림자 여황은 처음 느껴지는 감정에 다소 당혹감을 느꼈으나 애써 태연한 음성으로 아리안에게 말했다.

"그대의 탁월함을 인정해야겠어. 그리고 내전이 일어나기를 바라지 않는 마음에서, 그대와 삼황자가 만난 것을 내가 너무

과대평가한 모양이야. 하지만 그대로 물러나기엔 뭔가 미진한 듯한데, 어떤가? 수하들의 재롱보다 우리 두 사람이 한 번 겨뤄, 진 사람이 이긴 사람의 청 하나를 들어주기로 하는 것은?'

"그대의 흉금은 확실히 바다보다 넓은 듯하구려. 그림자 여황이라기보다 오히려 그림자 황제가 적합할 듯하오. 그렇게 합시다."

"이곳은 너무 좁군. 날 따라올 수는 있겠지. 호호호~!'

그녀는 몸을 날려 공중으로 오르더니, 사라지듯이 공중에서 자취를 감추었다. 텅 빈 허공에는 그녀의 웃음만이 여울을 이루었다.

"공간의 틈으로 사라진다? 벌써 공간을 장악했다는 말인가? 재미있군, 재미있어."

아리안의 몸도 그 자리에서 사라졌다. 여황의 수하들은 그 광경을 보고 놀랐다.

"세상에, 아직 누구도 여황님의 은신을 뒤쫓은 자가 없었는데……."

"그러게 말이야. 여황님께서 일개 용병단장에게 과분한 대우를 한다고 여겼더니, 그럴 만한 자격을 갖추고 있었어."

"수장님, 어디 불편하십니까?'

그림자 여황의 수하는 꼼짝도 하지 않는 흑마법사 수장을 보고 조심스럽게 물었다.

그 말을 듣고도 흑마법사는 꼼짝도 하지 않았다. 바로 옆에 있던 척살조 조장이 그를 건드리자, 그는 그대로 넘어졌다.

"아니, 수좌께서 무슨 일인가?'

"이런, 숨을 쉬지 않아. 언제 당한 거지?"

"뭐야? 저놈들을 죽여라!"

아홉 명의 수장이 소리를 지르며 품에서 무기를 빼냈다.

"꼼짝하지 마라! 누구든지 움직이면 생명을 장담하지 못한다. 그리고 흑마법사는 아직 죽지는 않았다. 단장님과 여황의 이야기가 잘 끝나면 살 수 있으니, 경거망동하지 않는 게 좋을게다."

"이런 비겁한 자식 같으니라고. 여황님은 기꺼이 호의를 베풀고 계시거늘……."

"아니, 내가 비겁한 년이 아니라, 비겁한 자식이란 것을 어떻게 알았지? 내가 비겁해서 번거로운 일을 피할 수 있는데, 왜 포기하겠나."

여황의 수장들은 몹시 화가 났지만, 이미 제압당했다는 것을 알았다. 그들이 할 일은 없었다. 오랜만에, 참으로 오랜만에 남에게 번거로운 일을 만들지 않고 쉬게 됐다.

아리안은 공간의 틈새로 유유히 들어갔다. 빛이 굴절되어 야릇한 모양을 이루었다. 마치 일루전 마법을 건 듯한 모양이었다. 어떤 형상을 갖춘 물체라고는 보이지 않는 공간. 그 공간 너머에 그림자 여황의 모습이 보였다.

"호호, 대단하군, 대단해. 여길 올 수 있다니……. 그럼 이번에도 나를 실망시키지 말았으면 좋겠어."

그녀의 기세가 서서히 변했다. 그녀에게서 퍼져 나가는 마나가 기이한 파장을 일으켰다.

"인탱글!"

"인탱글? 로프나 줄 모양을 갖춘 게 없어도 가능한가?"

아리안이 고개를 갸웃거릴 틈도 없이 마나가 꼬이면서 그를 압박했다. 하지만 일정 공간 이상은 침입할 수 없었다. 호신강기였다.

"호, 상당히 강한 실드를 쳤군. 그렇다면, 마나탄!"

갑자기 공간 자체가 터지기라도 하듯이 마나가 뭉치고 터지기를 아리안의 공간 주위에서 반복했다.

꽈광! 꽝! 꽝!

그러나 마나탄으로 아리안의 호신강기를 깨기에는 역부족이었다. 그녀는 아리안 주위 일정 공간이 아무런 타격을 받지 않은 모습에 무척 놀랐다. 아마도 그녀에게 회심의 일격이었나 보았다.

그녀의 모습이 마치 불타듯이 이글이글 타올랐다. 왼쪽 손을 높이 들어 아리안을 가리키며 오른손으로는 움켜잡는 모양을 이뤘다.

"합!"

쩡!

갑자기 공간이 깨지는 듯한 소리가 나면서 거대한 압력이 아리안에게 몰아쳤다. 이번에는 아리안도 비틀거렸으며, 입가에서 한줄기 피가 흘러내렸다. 그는 피를 닦으면서 미소를 지었다.

"지금까지 주인의 과분한 대접을 받았으니, 손님이 선물을 내놓을 차렌가?"

아리안이 호신강기를 없애고 오른손을 들었다. 그의 손에 황금색 광채가 반짝이는 무형검이 생겼다.

"건곤신검!"

쩌정! 쩡! 쩡!

아리안의 검은 점점 크게 변하더니 하늘을 가르고 땅을 뒤엎었다. 공간 그 어느 곳도 아리안의 검을 피할 곳은 없었다. 그림자 여황의 투구가 사라지면서 잘린 머리 장식 핀이 바닥에 떨어졌고 긴 머리카락이 휘날렸다. 참으로 아름다운 미모였지만, 마치 흑인처럼 검은 피부가 보석처럼 반짝였다.

'아, 흑마법을 수련하는 바람에 엘프들과 갈라섰다는 다크 엘프로구나.'

그녀의 마법 토시와 장갑이 사라진 자리에는 보석 팔찌가 잘린 채 빛을 발했으며, 망토가 사라지고 깨진 목걸이가 남았을 뿐이었다. 검은 갑주는 보이지도 않고 그녀가 입었던 겉옷이 잘린 채 바람에 살짝 날렸다.

하늘하늘!

"어머, 동생은 성격이 급한가 봐."

"그럼, 여황께 청할 게 생각나면 사람을 보내지요. 일원검!"

말을 마친 아리안이 무형검을 들어 하늘을 가리켰다가 원을 하나 그린 후 내리긋자, 공간이 깨지면서 사라졌다.

쩡!

"텔레포트!"

그림자 여황은 옷이 찢어진 관계로 사람들 앞에 모습을 드러내기 어려워 허겁지겁 사라졌고, 아리안은 허공을 밟으면서 천천히 내려왔다. 하늘에는 먹구름이 사라지고 별이 총총했으며,

달님이 친근한 미소를 머금고 있었다.

엄청난 굉음에 놀란 상단 무사와 인부들이 막사 밖으로 나와 하늘을 쳐다봤다. 그때, 아리안이 달님 안에서 걸어나오는 듯한 모습에 매우 놀라서 모두 바닥에 엎드렸다. 상단주 코미고가 중얼거렸다.

"아, 그는 진정한 신인(神人)이었어."

아리안은 상단을 무사히 경호하여 목적지에 도착한 후 상단주와 이별했다.

"리안 단장님! 정말 이 고마움을 어떻게 표현해야 할지 모르겠습니다."

"하하, 상단주님을 알게 된 게 참으로 보람이지요."

아리안은 상단과 헤어진 후 일행에게 말했다.

"고국으로 돌아가자."

"주군! 책임을 묻지 않고 돌아간다고요?"

"그렇다. 황제가 정복욕이 강해서 불미스러운 사태를 야기했지만 이곳 백성들의 표정이 밝다. 다음에 다시 부딪친다면 따끔하게 훈계하겠지만 일부러 일을 만들 필요는 없는 듯싶다."

그렇게 해서 아리안 일행은 복수조차 잊고 알레그리아가 인도하여 돌아가고 말았다.

"텔레포트!"

Chapter 05

노블리아 제국

"충~ 성!"

"황태공 전하께서 오셨다. 황태공 전하께서 오셨어."

아리안 일행은 노블리아 왕국으로 들어서자, 번거로운 일을 피하려고 텔레포트로 왕도까지 갔다. 그들이 성문을 들어서는 순간, 수비 병사들의 우렁찬 군호가 신호라도 되듯이 성안은 시끄러워졌다. 그와 같은 소란은 저택이 가까워질수록 점점 커져만 갔다.

"황태공 전하, 천세!"

그러한 소란에 고향에 왔다는 느낌이 든 아리안이 손을 흔들어 그들에게 답했다.

"충성! 주군, 오셨습니까?"

"오, 헤르메스! 잘 있었나? 국왕 전하께서도 평안하시지?"

"예, 황태공 전하!"

어떻게 알았는지 왕궁 기사단장 헤르메스가 왕궁 기사단을 이끌고 와서 몰려드는 인파를 막았다. 거리는 마치 축제라도 벌인 듯이 사람들이 모였으며 저택까지 가는 것도 난감해 보였다.

거리는 마치 축제라도 벌이듯이 사람들이 모여들었다. 아리안 일행은 저택까지 가는 것도 난감해 보였다.

겨우 저택에 도착하여 할아버지께 인사를 드린 아리안이 안채로 들어갔다.

"황태공 전하! 잘 다녀오셨습니까?"

마르티네스 공주가 안채에서 일하는 하녀들과 함께 아리안을 맞이했는데, 몸이 부자연스러워 보였다.

"오, 공주! 많이 기다렸구려. 그래, 몸은 좀 어떻소?"

"몸이라뇨? 전하!"

"하하, 아니오. 알레그리아, 아마르, 주모님께 인사드려라!"

공주가 부정하자 아리안은 웃으면서 뒤를 돌아보며 말했다. 알레그리아는 이미 알고 있었기에 가볍게 고개를 숙였지만, 아마르는 땅에 무릎을 꿇고 절했다.

"주모님을 뵙습니다."

"주모님! 주군께 가르침을 받는 아마르입니다. 초견례를 올립니다."

공주는 알레그리아가 드래곤의 유희인 줄은 알고 있었지만, 아마르 역시 보통 여자가 아님을 직감적으로 느꼈다. 아마르에게서는 기이하고 신비한 기운이 흘러나왔다. 탈속한 기운이 감도는 아마르에게 하대를 하기 어려웠다.

"그리아 언니의 위대함은 알지만, 아마르 언니 역시 보통 분이 아니군요. 잘 왔어요. 그리아 언니가 쓰는 방 옆에 빈 방이 있어요."

"주모님의 자상하고 깊은 배려에 감사를 드립니다."

공주는 다시 한 번 고개를 숙이는 아마르의 어깨를 잡아 일으켰다. 아리안은 공주가 응대하는 모습을 보고 속으로 놀랐다.

'흠, 마르티네스가 상당히 깊어졌어. 무슨 일이 있었나? 공주에게 원래 신안(神眼)이 있었던 건 아닐 텐데…….'

아리안은 깊이 생각하지 않고 오랜만에 공주와 함께 안으로 들어갔다. 고룡 알레그리아가 대륙에서 유일하게 들어갈 수 없는 금역 중의 금역으로 들어가는 아리안의 뒷모습을 처연한 눈빛으로 바라봤다.

*   *   *

"응애~!"

태고의 고고성이 황태공 저택에 울렸고, 가신들의 얼굴에는 환한 빛이 가득했다.

아리안은 마르티네스 공주가 아들을 출산함으로 가신들의 분위기가 달라졌음을 확연히 느꼈다. 대를 이어 충성할 대상이 존재한다는 것이 그들에게 꼬집어 표현하기 어려운 안도감을 심어준 듯싶었다.

아리안은 가신들과 함께 조촐한 연회를 베풀었다. 덕담이 한동안 오간 후 그가 자리에서 일어났다.

"자자, 이제 수련장으로 가지. 그동안 얼마나 열심히 수련했는지 보고 싶으니까."

"예, 주군!"

아리안은 옷을 갈아입으려고 내궁으로 갔고, 가신들은 수련장을 향했다.

"난, 한 달이 마치 오늘을 위해 있는 듯하오. 총장님은 어떠시오?"

"저도 그렇지요. 제 검을 받아줄 사람이 주군밖에 계시지 않으니, 그럴 수밖에요."

시로코 호경단 총장과 왕성 수비군 사령관인 레슬리가 이야기를 나누며 수련장에 들어섰다.

수련장엔 이미 마스터 기사들과 가신들이 수련복으로 갈아입은 채 몸을 풀고 있었다. 아리안이 백색 수련복으로 갈아입고 천천히 들어섰다.

모든 가신이 저마다 자리에 앉아서 주군을 맞이했다. 제일 뒤에 앉은 람티무스 자이언트 드워프는 마치 앉지 않고 선 것처럼 보였다. 아리안이 그들 앞에 서서 천천히 둘러본 뒤에 머리를 끄덕이며 입을 열었다.

"검을 수련하는 데 마스터까지는 끊임없는 육체적인 수련이 중요해진다. 특별한 비기가 없어도 마나를 일으키고 오라블레이드를 만드는 사람이 가끔 생기는 것을 보면 알 수 있다. 그러나 그랜드 마스터의 관문을 통과하려면……"

아리안은 의도적으로 그순간 말을 끊었다. 그랜드 마스터, 전에는 상상도 할 수 없는 바람이었지만, 지금 주군의 가신 중에도 이미 들어간 사람이 있잖은가.

가신들은 간절한 열망으로 목이 타는 것을 느꼈다. 입술에 침을 바르며 어금니를 악물었다. 눈에서 불길이 일었다.

꿀꺽!

누군가가 침을 삼키는 소리가 자신의 머릿속에서 울리는 듯했다.

"상단전을 열어야 한다. 상단전을 열려면 자신의 소리를 들어야만 한다. 자신(自神)의 소리, 스스로 신이라는 자각을 일깨워야 한다. 불가능은 없다고 확신해야만 한다는 뜻이다."

아리안의 음성은 걸림이 없는 바람이 되어 마음을 활짝 연 가신들의 귀를 통해 마음으로 스며들었다.

파도가 절벽에 부딪치고 물러가도 변하는 것은 아무것도 없어 보이지만, 파도는 의심하지 않고 부딪치고 또 부딪쳐서, 결국 변화시키고 만다.

믿음을 확신으로 바꾸고, 확신이 '아는 것' 으로 변하여 한 점의 의심도 남아 있지 않을 때, 지금까지 나를 막는 벽으로 여겨지던 것이 오히려 도약의 발판임을 알게 된다. 무한한 가능성의 세계를 유영할 것이다.

그 무한한 가능성의 세계가 차고 넘칠 때, 비로소 창조의 세계가 열리고, 고독한 소드 엠퍼러의 광휘가 빛을 발한다는 아리안의 말은 그들의 마음에 커다란 파문을 일으켰다.

아리안이 잠시 말을 끊었다. 마스터 가신들은 무한한 가능성의 세계를 가슴에 품었고, 그랜드 마스터 가신들은 소드 엠퍼러의 광휘를 그렸으며, 대륙에서 가장 높은 봉우리에 우뚝 선 진정한 고독자의 여여로운 눈빛을 그렸다.

람티무스 자이언트 드워프 수좌는 갑자기 눈물을 흘렸다. 천
년 한을 지닌 종족의 아픔을 뛰어넘는 바람[願]의 실체를 분명히
볼 수 있었다.

이미 앞서 가신 주군이 더할 나위없는 광휘에 휩싸인 채 자신
을 인도하고자 미소를 머금고 바라봤다. 그는 도저히 감당하기
어려운 격정에 몸을 떨며 하염없이 줄줄 흘러내리는 눈물을 닦
을 생각조차 못하고 그 자리에 부복했다.

"오! 주군이시여!"

"이것이 바로 검황보(劍皇步)다."

수련장에서 가신들에게 검의 단계를 설명하던 아리안이 돌연
한 걸음을 내딛었다.

앗!

순간, 거대한 마나폭풍이 일어났고 가신들은 모두 옆으로, 뒤
로 밀려났다. 자신의 힘으로 버티려 했지만, 거대한 풍랑에 휩
싸인 일엽편주에 불과했다. 풍랑은 더욱 거칠어졌다. 생각마저
모두 사라져 버렸다.

'이렇게 죽을 수도 있겠구나.'

쭈욱~!

가신들은 모두 항거할 수 없는 절대 힘에 밀려 수련장 사방으
로 옮겨졌다. 하지만 누구도 곤두박질하거나 벽에 부딪친 사람
은 없었다. 마치 누가 안아서 옮긴 듯했다.

"아~!"

누군가의 감탄에 수련장 상황을 살폈다. 30여 명씩 수련장 벽 쪽에 앉혔고, 가운데는 빈 공간이 생겼다. 가신들은 멍한 눈빛으로, 조용한 자세로 가볍게 한 걸음 내딛은 듯한 주군을 바라봤다.

'세상에, 이런 마나 컨트롤이 가능하다니……'

검황보!

누구도 그 앞에서 자신을 주장하지 못했다. 그랜드 마스터인 시로코나 파라미, 그리고 마스터 기사들도 마찬가지였다. 오직 검황의 뜻에 따를 수밖에 없었다.

절대자의 신위에 가신들은 수련복을 여미고 그들을 개안시킨 주군에게 부복했다. 그들의 음성은 감격에 겨워 심히 떨렸다.

"주군~!"

아리안은 가신들이 감상에 젖을 시간을 허락하지 않았다.

"자연을 정복한 자가 강한 자가 아니다."

그의 음성은 기묘한 떨림을 동반하면서 가신들의 심비에 새겨졌다. 가신들은 재빨리 자신을 추스르고 주군의 가르침에 빠져들었다.

"강한 자는 자연의 흐름과 가장 잘 동화된 자를 말한다. 살랑거리는 미풍인 줄 알았는데, 그의 분노는 용권풍으로 변신하여 모든 것을 날려 버리는 자. 잔잔한 호수인 줄 알았더니, 거센 풍랑이 되어 모든 것을 삼켜 버리는 자. 인간은 자연을 이용하려는 노력은 끝없이 하면서도, 자연과 동화하려는 시도는 엄두조차 내지 못하는 이유는 어디 있을까?"

아리안이 다시 말을 끊자, 가신들은 생각에 잠겼다.

'우리는 모든 의식주를 자연에서 얻는다. 아니, 우리가 먹고 입고 잠자며 숨 쉬는 것까지 자연이 아니면 불가능하다. 하지만, 자연과 하나가 된다? 그게 무슨 뜻이지? 인간이 자연 속의 일부가 될 수는 있지만, 자연 그 자체가 된다는 것은 상상하기조차 어려운 엄청난 능력의 극대화를 말하는 게 아닌가. 주군께서는 지금 신과 같은 능력이 가능하다고 말씀하시지 않는가. 과연 그게 사실이라면…….'

아리안은 가신들의 생각이 이어질 틈을 주지 않으려는 듯이 이야기를 이었다.

"그 이유는 자신, 즉 스스로가 신이라는 사실을 망각하고 온갖 불가능한 이유를 찾기 때문이다. 긍정적인 생각은 꼬리가 길어 끝까지 그리기가 어렵고 부정적인 이유는 순간에 28개나 떠올리는 게 인간이다. 그렇다면 자연과 닮고 동화하기 위해선 어떡해야 할까. 자연의 소리를 들어야 하고 자연의 흐름을 느껴야만 한다. 하지만, 어떻게?"

아리안은 천천히 가신들을 돌아보며 말했다. 가신들의 눈이 반짝이는 모습이 빛을 발하는 듯싶었다.

"지금부터 내가 선보이려는 것은 자연을 가르치는 게 아니라, 느끼게 하고 동화시키는 '대자연의 춤'이다. 인간의 능력을 뛰어넘게 하는 '초월무'라고 한다."

아리안은 그 자리에서 천천히 움직였다. 그의 손발이 마치 나비처럼 하늘거렸고, 미풍에 날리는 낙엽처럼 오르락내리락했다.

가신들은 그의 움직임을 하나도 놓치지 않으려고 눈에 힘을 주었다.

그의 손길에서 잠자는 아이의 뺨을 스치는 미풍이 일렁였고, 온갖 초목이 탄성을 울리는 보슬비가 뿌려지는 듯싶었다.

그의 어깨춤에서 세월의 깊이가 파문을 일으키며 퍼져 나갔고, 그의 진각에서 자연의 분노가 천둥번개 되어 수련장 바닥을 울리며 지나갔다.

그의 춤은 하늘의 온갖 새처럼 자유로웠고, 들판의 야생마처럼 거침이 없었다.

세월의 깊이에 더하여 신비가 살포시 그 모습을 드러냈다.

침묵의 우렁찬 교향곡이 울려 퍼지는가 하면, 생명의 환희가 오로라로 변하여 기광을 연출했다.

봄날의 따스함이 스며드는가 하면, 여름의 강렬함, 가을의 풍성함, 그리고 겨울의 성숙함이 한데 어우러져 사계절의 변화무쌍함을 드러냈다.

그물에 걸리지 않는 바람의 자유로움이 지배하는 듯하더니, 소리에 놀라지 않는 드래곤의 의연함이 그 모습을 드러냈다.

시간은 세월 속에 동화됐고, 세월은 혼돈에서 보금자리를 틀더니 창조의 고고성을 터뜨렸다.

가신들은 동작을 외우다가 자연 속에 빠져들었다. 세월의 신비 속에 흠뻑 젖어들었다. 아리안은 끝남이 없는 춤 속에서 살며시 빠져 나왔다. 하지만 수련장의 신비는 변화를 멈추지 않았고, 가신들은 자신의 그릇을 채우는 데 여념이 없었다.

오, 세월의 신비함이여, 자연의 위대함이여!

＊　　　＊　　　＊

마침내 2년 후 오슬람으로 천도가 이뤄졌고, 아리안의 저택은 왕궁에서 조금 떨어진 곳에 세워졌는데, 작은 왕궁이라 불릴 만했다. 아리안이 황제가 돼도 부모형제는 황궁으로 들어갈 수 없었기에, 언제까지나 아리안의 가족이 살아가야 할 집이었다. 더구나 아리안이 왕위를 이어받을 때까지 집무를 볼 곳이기도 했다.

"엄마, 엄마! 여기가 우리 집이야?"

"그렇다는구나. 아디아! 모두 네 오빠 덕이지."

"와, 우리 오빠, 이제 봤더니 능력 있네. 그렇죠, 공주 언니! 집에서 얼굴 보기가 힘들어 집도 못 찾는 길치인가 싶었더니, 이런 능력도 있었네."

"풋풋! 흠흠!"

아디아의 말에 어머니는 미소를 지으시고, 아버지는 기침만 하시는데, 공주는 새어 나오는 웃음을 참지 못했다.

"아디아, 너, 오빠를 너무 무시하는 거 아니냐? 자랑스러운 오라버니에게 길치가 뭐냐, 길치가. 흠흠, 길치님이라면 또 몰라도."

아리안의 말이 끝나자, 주위에 있던 가족들은 그만 참지 못하고 폭소교향곡을 합창했다.

"크크크! 하하하! 호호호! 푸후훗!"

"좋았어. 오빠, 나 시집갈 때 이런 집 지어주면 길치님으로 한 단계 승격시켜 주지."

"그건 너와 결혼할 상대가 결정 나면 의논할 문제로구나. 여기는 형님이 가장이 됐다가 다시 장조카가 이어받을 집이니까."

아리안의 말을 듣고 어머니는 눈물이 글썽해졌고, 아버지는 애꿎은 코만 만졌다.

"우리 아리안이 참으로 멀리도 본다. 암, 그래야지. 그렇고말고. 내가 이제 죽어도 조상을 뵐 면목이 서는구나."

"할아버지는 우리 가문을 지키는 거목이세요. 오래오래 건강하게 사시면서 저희가 커가는 모습을 지켜주셔야, 저희가 열심히 일하고 돌아와서 보람을 느끼며 편안히 쉬었다가 다시 나가죠."

"흐흐, 참으로 고맙구나, 얘야. 귀찮은 뒷방 늙은이가 아니라, 가문의 거목이라니… 젠장, 눈에 뭐가 들어갔나?"

할아버지가 눈을 훔치는 모습에 가족들은 모두 가슴이 뭉클해졌다. 알레그리아는 하늘을 쳐다봤다. 하늘이 아주 푸르렀다. 그녀의 눈에서 이유 모를 눈물이 흘렀다.

'그래, 이건 하늘이 너무 푸르러서야.'

"까르르!"

뭐가 그리도 좋은지, 아리안의 아들 살리에르의 웃음이 창공으로 맑게 퍼져 나갔다.

참으로 좋은 날이었다.

*   *   *

"형아! 여기가 우리 집이야?"

"그래. 우리 집이야."

마하비라는 동생이 이곳저곳 뛰어다니며 방문을 있는 대로 다 열어놓아도 빙그레 웃기만 했다. 어머니는 그런 막내를 보시며 눈시울을 적셨다.

"네가 벌써 가장 노릇을 하는구나. 하지만 이렇게 좋은 동네에 살면 일감이 있을지 모르겠다."

"어머니! 이젠 일하러 다니시지 않아도 돼요. 매달 실버 50개씩 나올 겁니다."

"뭐라고? 매달 50실버씩 받는다고? 지금까지 3실버 버는 달은 풍족했었는데……."

마하비라 어머니는 마침내 참고 참았던 눈물을 흘리고 말았다.

"형아! 방이 다섯 개나 돼. 그리고 창고엔 쌀과 괴기가 한가득이야. 이거 다 우리 거 맞지?"

"그럼, 다 우리 거란다."

"엄마, 오늘은 괴기 반찬에다 백밥 먹자, 응?"

"오냐, 오냐."

어머니의 눈에서 멈출 줄 모르고 흐르는 눈물을 본 마하비라는 처음으로 효도한 듯한 생각이 들었다. 이 집 저 집에서 우는 소리가 들렸다.

가신들의 집은 아리안의 저택과 한 울타리 안에 지어졌다. 백여 채 집이 들어선 동네에는 넓은 연병장과 거대한 건물의 수련장, 그리고 도서관 건물까지 있었다. 길 하나 건너편 마을은 가신들의 집이 있는 동네였고, 다시 길 건너 꽤 큰 동네는 왕국 행정일을 보는 간부들의 집인 듯했다.

*   *   *

마침내 황제 즉위식이 발표되자 대륙 각국에서 사절단들이 몰려오기 시작했다.

"황태공 전하! 아쉴람 제국 황태자께서 방문하셨습니다."

"어서 들어오라고 해라."

"황태공 전하! 아라카이브 제국 아브라잔 대공 전하께서 방문하셨습니다."

총관의 말을 들은 아리안은 물론이고 개천행사를 같이 의논하던 귀족과 사령관들도 크게 놀랐다.

"아니, 아라카이브 현 황제의 동생인 아브라잔 대공이?"

"제국 실세 중의 실세이신 분이잖아."

"알았습니다. 곧 나가죠."

아리안은 급히 나가서 아브라잔 대공을 맞이했다.

"대공 각하께서 직접 오실 줄은 꿈에도 몰랐습니다."

"하하하, 황태공! 꿈꿀 시간도 없이 바빴으니 그렇겠지. 벌써 이렇게 헌헌장부가 되신 데다 2대 황제까지 탄생했다는 소문이 자자하더군."

"대공 각하께서 제게 보내 주시는 관심과 배려에 언제나 감사하고 있습니다. 엘리야스 경도 반갑습니다."

아브라잔 대공의 옆에는 엘리야스 경도 있었다.

"황태공 전하의 놀라운 위명을 언제나 가슴에 품고 있습니다. 황태공 전하를 흠모하는 무부가 있음을 기억해 주신다면 소신 3대의 영광일 것입니다."

"지나친 말씀에 오히려 송구한 마음이 드는군요. 대공 각하! 이쪽으로 오십시오."

접견실로 들어간 일행은 차를 마셨다. 대공은 접견실의 분위기가 뛰어남에 몹시 놀랐다.

"황태공. 여긴 평범한 접견실이 아닌 듯하군."

"역시 대공 각하는 한눈에 알아보시는군요. 대부분 사람은 장식에 놀라지만, 실상 여기는 누구의 침입도 허락하지 않을뿐더러, 초대받고 들어온 사람일지라도 살기를 일으키면 즉각 반응하게 됩니다. 마계 침공이 가까워져서 부득이한 조치였습니다."

그때, 헤레스 총관이 들어왔다. 아라카이브 제국검의 칭호를 가진 엘리야스는 그를 보고 놀랐다.

'세상에, 일개 총관의 검 실력이 나보다 아래가 아니잖아. 아, 황태공 밑에는 얼마나 많은 인재들이 있는 거야?'

"황태공 전하! 쥬비스 제국 파멜리아 대공 각하께서 방문하셨습니다. 어떻게 할까요?"

"황태공! 나가서 맞이하게. 나는 이만 가서 쉬어야겠어."

"그러시겠습니까? 대공 각하! 행사 끝나고 찾아뵙겠습니다."

아리안은 아브라잔 대공과 같이 접견실을 나왔다. 정문 앞에는 휘장이 처진 화려한 마차가 삼엄한 경비를 받으며 오연한 자세로 서 있었다. 마차 안에 탄 파멜리아 대공은 아리안을 보고 눈을 반짝였다.

'호호, 여기 있었군. 리안, 아니, 아리안 황태공인가?'

"대공 각하! 저자는 아라카이브 제국 실세 중의 실세인 아브라잔 대공입니다. 현 황제의 동생이기도 하지요. 그리고 이곳에서 놀라운 신무기를 판다고 합니다. 확인한 바 신무기의 파괴력과 그 효능이 무척 놀라웠습니다."

마차 안에 어느새 그림자 인간이 나타나 파멜리아에게 보고했다.

"그래? 아쉴람 제국에선 황태자가 오고, 아라카이브 제국에선 아브라잔 대공이라……. 호호, 대륙 3개 제국 2인자들이 모두 아리안을 무엇보다 중시한다? 재미있어, 정말 재미있어."

이때 마차 밖에서 아리안의 음성이 들렸다.

"어서 오십시오. 파멜리아 대공 각하!"

망사 천으로 안면을 가린 그림자 여황 파멜리아 대공은 몹시 신비스럽게 보였다. 그녀가 마차에서 천천히 내렸다.

"불청객을 직접 맞이해 주시니, 참으로 영광이네요."

"아름다우신 파멜리아님이 원행을 마다 않고 이처럼 행사를 빛내 주시니 참으로 감사한 마음 비할 바가 없습니다. 자, 안으로 드시지요."

"감사합니다. 황태공 전하!"

접견실에 들어선 파멜리아는 다시 한 번 놀랐다. 그녀는 이상한 느낌이 들자, 살그머니 살기를 일으켰다가 곧 기운을 풀었다.

"파멜리아님! 시험하지 마시죠. 살기나 마기에 대한 대응 법술은 9서클도 감당하기가 쉽지 않습니다. 완벽한 어비스 에너지 수준에 맞춘 것입니다."

파멜리아는 순간적이었지만, 그녀를 에워싸고 마비시키려는 에너지의 반응에 크게 놀랐다. 마법과는 다른 마나 응용이었다. 그녀는 아리안의 말을 듣고 더는 시험해 보고 싶은 생각이 사라졌다.

"황태공! 한 가지 궁금한 게 있어서 들렀답니다."

파멜리아는 들었던 찻잔을 가만히 내려놓고 입을 열었다.

"하하! 그림자 여황께서 궁금한 게 있다니, 오히려 제가 궁금하군요. 말씀해 보세요."

"디베르소 용병단의 용병은 모두 소드 마스터였겠지요?"

"그렇습니다. 그들은 모두 마스터 기사단 기사들입니다."

파멜리아 대공, 즉 그림자 여황은 끊임없이 궁금한 점을 물었고 아리안은 성의껏 대답했다.

"그리고 제 부하 수장들을 일시에 제압한 청년은 분명 그랜드 마스터가 맞지요?"

"어떻게 알았는지는 모르지만, 그가 그랜드 마스터인 것은 사실입니다."

"그럼, 황태공이 제국으로 들어온 것은 뭔가 목적이 있었겠군요."

아리안은 인제야 진정한 의문을 말하는 그림자 여황을 물끄러미 보다가 미소를 지었다.

"그렇습니다. 파멜리아 대공 각하! 쥬비스 제국 황제가 결혼한 제 아내를 납치하려고 몇 번인가 시도한 것은 알고 있을 것입니다. 나는 복수의 수위를 결정하려고 제국에 들어갔었지요. 제국 백성이 피골이 상접한 모습을 봤다면, 제국 황제와 귀족들을 징치하려고 했으나, 백성들이 나름대로 보람을 가지고 사는 것을 보고 그대로 돌아오고 말았습니다. 이만하면 대답이 됐는지 모르겠군요.”

“그럼, 복수는 이미 잊은 건가요?”

“복수보다 더 중요한 일이 생겨서 그 일은 잊기로 했습니다. 하지만 병사들을 국경에 파견해서 훈련하는 것은 지속적으로 할 예정입니다.”

아리안의 말을 들은 파멜리아는, 그가 병력을 증강하라는 말을 하고 있음을 알았다. 그리고 제국이 아무리 준비해도 마스터 기사단이 존재하는 노블리아 왕국과 싸워서 이길 수 없다는 것도 깨달았다. 더구나 부하들이 이구동성으로 놀라워하는 신무기를, 물론 돈은 받겠지만 그 일부를 넘겨주겠다고 하지 않는가. 파멜리아는 묵묵히 아리안을 바라봤다.

“황태공, 내 진면목이 보고 싶지 않나요?”

“하하! 결혼한 나무꾼이 선녀의 옥용은 봐서 뭘 하겠습니까? 오히려 잠만 설칠 뿐이겠죠.”

“나무꾼? 선녀? 황태공 말은 어려워서 무슨 뜻이지 모르겠군요. 하지만 쥬비스 제국의 적극적인 어떤 도움이 필요하다면, 제 면사포를 벗겨주기 바라요. 이만 갈게요.”

“그러시겠습니까? 제가 안내하죠.”

파멜리아는 묵묵히 아리안의 등을 보며 그 뒤를 따랐다. 정문에 도착한 그녀는 고개를 돌리지 않고 인사도 없이 마차를 타고 떠났다.

면사포 안의 얼굴이 보인 아리안은 물기가 촉촉한 그녀의 눈이 잊히지 않아서 마차가 보이지 않을 때까지 묵묵히 서 있었다.

                    *   *   *

빰빠라 빰 빰 빰~!

"와, 아빠, 즉위식이 시작됐다. 그치?"

"그래, 어서 가자. 혹시라도 황제 폐하의 용안을 뵐 수 있을지도 모르지."

백성들은 너도나도 황궁 앞 광장처럼 넓게 뚫린 거리로 몰려들었다. 황궁 앞에서 오슬람 성문까지 쭉 뻗은 도로는 마차 12대가 나란히 달릴 수 있을 정도로 넓었다. 도로가 말 그대로 광장이었다.

황제 즉위식이 거행되는 황궁 정전에는 많은 신하와 사절단이 기다렸다. 그때 집무실에서 카르네프 국왕과 아리안이 잠시 대화를 나누는 중이었다.

"아리안, 신성제국 법황이 왕관을 전달하겠다는 것을 거절한 이유가 뭣이오?"

"하늘의 뜻이 카르네프님을 통하여 오늘날의 저를 인도했다고 여깁니다. 그런 카르네프 국왕님께 직접 왕관을 받고 싶었습니다."

"사람도 참, 이렇게 불러보는 것도 지금이 마지막이겠군. 한 번만 안아보세."

"예, 카르네프 국왕님!"

두 사람은 서로 얼싸안았다. 꼭 감은 카르네프의 눈에서는 복합적인 의미의 눈물이 타고 내렸다. 알레그리아가 그 광경을 수상하다는 듯이 쳐다봤다.

'국왕은 남성 취향이었구나. 공개적으로 이러는 것을 보면 상당히 중증이야. 요주의 인물 1호로군.'

"황제 폐하! 황후마마께서 기다리시옵니다."

"알았다."

시종장의 음성이 아리안을 재촉했다. 아리안이 집무궁을 나서자, 마르티네스 황후와 시녀장이 황급히 예를 올렸다.

"황제 폐하!"

"아빠가 황제야?"

아리안의 아들 살리에르의 말에 황후가 놀라서 아이의 손을 잡아끌었지만, 아리안이 부드럽게 미소 지으며 살리에르를 안았다가 풀어줬다. 아이는 벌써 세 살이었다.

"그렇단다. 살리에르! 이제 그만 가자."

아리안이 살리에르의 손을 잡자, 아이는 다른 손으로 황후의 손을 잡았다. 그리고 갑자기 발을 들었다. 황후가 놀라서 쓰러지려고 하자, 아리안이 기운을 보내 살리에르의 몸을 가볍게 만들었다. 겨우 중심을 잡은 황후가 어이없다는 표정으로 아이를 쳐다봤다. 아이는 그렇게 계속 매달려 갔다.

"까르르, 까르르!"

살리에르는 기분이 좋은지 계속 웃었다.

"황제 폐하! 납시오."

정전에 이르자, 자랑스러운 듯한 시종장의 음성이 넓게 퍼져 나갔다. 기사들은 한쪽 무릎을 꿇었고, 사절단은 허리를 굽혔다.

잠시 후, 황제와 황후, 그리고 그들의 손에 그네처럼 매달려 오는 살리에르를 발견한 모든 사람은 입가에 한껏 미소를 머금었다.

"여러 번 황제 즉위식에 참석했지만, 이렇게 아름다운 광경은 처음입니다. 아리안 황제!"

"그렇습니까? 법황 예하! 이렇게 친히 와주셔서 참으로 감격스럽습니다."

"당연히 와야지요. 천제님의 뜻이 아리안 황제와 함께하니 어찌 나이 든 것을 앞세울 수 있겠습니까?"

"감사합니다. 법황 예하!"

아리안은 법황에게 예를 표하고 정전을 둘러봤다. 아리안의 동생 아디아가 큰오빠와 부모 곁에 섰다가 오빠에게 절을 하며 눈물을 흘렸다.

"오빠가 마침내 황제가 되는군요."

"……."

어머니가 혼잣말처럼 하는 아디아의 말을 들으면서 수건으로 눈물을 훔쳤다. 할아버지의 눈도 붉게 변했다.

'아버지, 할아버지, 조상님! 우리 손자의 저 자랑스러운 모습을 좀 보십시오. 성주나 국왕도 아니고 황제란 말입니다, 황제요.'

"흑흑!"

결국 할아버지는 격동을 참지 못하고 울음을 터뜨렸다. 아리안도 할아버지의 모습을 보고 입술을 깨물었다.

"모두 예를 거두시오."

"황공하옵니다. 황제 폐하!"

모든 사람이 다시 허리를 펴자 시종장이 외쳤다.

"대륙의 유일무이한 성국 법황 예하께서 노블리아가 제국이 됐음을 선포하겠습니다."

법황이 한걸음 중앙으로 나섰다.

"천제님의 뜻을 받들어 노블리아 왕국이 제국이 됐음을 만방에 알리며, 아리안 황제에게 대륙의 안위를 맡겼음을 전하노라!"

법황이 손을 펼치자 그의 손에서 반짝이는 성력이 쏟아져 나와 아리안과 마르티네스, 그리고 살리에르에게 퍼부어졌다.

"아, 저게 말로만 듣던 신성력이었어."

"세상에, 신성력이 저처럼 잘 받아들여지다니, 우리 황제 폐하는 하늘에서 인정하시는 분이 틀림없구만."

둥~! 둥~! 둥~!

그때, 북소리가 기묘한 떨림을 동반하면서 낮게 깔렸다. 북소리는 장엄하게 울려 퍼지며 노블리아가 제국이 됐음을 대륙 방방곡곡에 알렸다.

"카르네프 전 국왕께서 황제 폐하께 왕관을 증정하시겠습니다."

시종장이 차마 왕관을 씌운다는 표현을 하지 못하고 말을 돌려서 했다. 카르네프가 시녀가 받쳐 든 왕관을 들었다. 아리안이 한쪽 무릎을 꿇었다. 카르네프 전 국왕은 감격에 겨워 한마디 덕담도 하지 못하고 왕관을 든 손을 떨었다. 그의 뇌리에 지나간 날들이 주마등처럼 스쳐 지나갔다.

'오크 대전사와 싸우던 소년이 결국 숱한 곡절을 이겨내고 기어이 황제가 됐어. 내 인생도 헛된 것만은 아니었구나.'

기어이 아리안의 머리에서 황제의 관이 반짝이는 순간 갑자기 함성이 터졌다.

"황제 폐하, 만세!"

"황제 폐하, 만만세!"

아리안이 황관을 쓰고 일어나자 정전 안은 황제 폐하 만세를 연호하는 함성이 그치질 않았다. 그 소리가 황궁 앞 대로에서 기다리던 백성들에게까지 들렸다.

"황제 폐하, 만세!"

그들이 연호하는 소리가 다시 황궁으로 전해졌다. 어마어마한 함성이었다. 모두 놀라서 뒤를 돌아다볼 정도였다.

"이제 노블리아 제국은 백성들이 저마다의 삶에 보람을 느끼도록 최선을 다할 것이다."

황제의 첫 고고지성은 백성들의 삶에 관한 것이었다. 황제의 말은 확성 마법을 타고 바로 옆에서 말하듯이 백성들에게 전해졌다.

"와, 황제 폐하 만세!"

"만세, 만세. 우리 황제 폐하, 만만세."

"흑흑, 황제 폐하! 지금도 충분히 감사하고 있답니다."

"황제 폐하! 무지렁이 소인이 황제 폐하를 위해 목숨이라도 바쳤으면 좋겠습니다. 흑흑!"

그때였다. 백성이 눈물을 흘리며 외치는 소리를 들었는지, 다시 장엄한 황제의 어음이 울렸다.

"가족과 이웃을 사랑하면서 자신이 맡은 일을 열심히 하는 것이 바로 짐을 위한 일이니라."

아리안이 드디어 황제로 즉위했다. 대륙 9할의 무력을 지녔다는 그가 황제가 될 것을 모두 짐작했지만, 정작 황제로 등극한 것과는 달랐다.

대륙은 그의 행보에 촉각을 곤두세웠으며, 많은 첩자가 그의 일거수일투족을 살폈다.

"아니, 새 황제의 거동을 이렇게 면밀히 조사하는 이유가 뭐죠? 혹시 대륙 침략 전쟁을 일으킬까 봐 염려하는 건가요?"

"이런 모자란 자식을 봤나. 그가 대륙을 탐낸다면, 일찌감치 옥새를 바쳐서 백성과 자신의 목숨을 지켜야지 별수 있어? 전 대륙이 뭉쳐도 마스터 기사단이 나서면 폐허만 남을 텐데."

당연히 왕궁은 황궁으로 바뀌었고 아리안은 마르티네스 황후와 살리에르만 데리고 황궁으로 옮겼으며, 가족들은 그대로 황태공궁에 거주했다. 황태공궁은 '성스럽다'를 뜻하는 산토궁으로 이름이 바뀌었다.

아리안은 가신들과 신하들을 모두 불러들였다.

"황제 폐하께서 우리를 모두 부르심은 중대 발표가 있을 모양이야. 그렇지 않나?"

"그렇겠지. 오늘 있을 발표가 제국의 근간이 되지 않을까 싶어."

"한 가지 더 있지. 우리가 사령관이지만, 제국의 사령관은 아니잖아. 다시 신임을 받아야 할 거야."

가신과 신하들이 이런저런 이야기를 나눌 때, 시종장의 음성이 들렸다.

"황제 폐하, 납시오!"

"충성!"

황제를 맞이한 가신들과 신하들은 모두 무릎을 꿇었다. 아리안이 어좌에 앉아서 말했다.

"경들은 모두 일어나시오!"

"황공하옵니다. 황제 폐하!"

"경들의 노고에 힘입어 제국이 자리 잡을 수 있었으니, 먼저 그 공을 치하하는 바이오."

"황공하옵니다. 황제 폐하!"

"포르피리오는 앞으로 나서라!"

포르피리오가 재빨리 한 걸음 앞으로 나섰다.

"먼저 포르피리오를 제국의 모든 행정을 맡아볼 수반으로 임명하겠다."

"황제 폐하의 지엄하신 명을 받들겠나이다."

"경은 행정을 책임지는 총리라 부르고 행정 각 부처장에 대한 임면권(임명과 파면할 수 있는 권리)을 가진다."

"복명!"

황제는 그렇게 신하들을 적재적소에 임명했다. 펠리즈는 황궁 부속실, 황궁 기사청장 파라미, 각 사령부를 관장하는 국방청은 헤르메스, 황제의 눈과 귀가 될 정보청은 레모, 전 국왕인 카르네프가 다시 상무청장을 맡았다. 그리고 현재 사령관들을 다시 사령관으로 임명했다.

아리안 황제는 조직 인선을 마치고 장내를 천천히 둘러봤다.

"앞으로 노블리아 제국에선 귀족이란 명칭을 사용하지 않는다. 능력 있는 자가 행정 일을 맡을 것이고, 가신들은 모두 황궁에 속하게 된다. 황궁은 제국의 안위를 지키고, 성주는 성을 다스린다. 성주는 5년에 한 번씩 성민들의 투표로 뽑게 될 것이며, 총리는 황제가 임면한다. 법 앞에서는 누구나 평등하여 죄를 지은 자는 차등해서 처벌을 받을 것이다. 짐이 황제의 이름으로 공포할 법은 오직 이것 하나다. 누구든지 기본을 지켜라! 여기서 벗어나는 것을 죄라 칭한다."

기본을 지켜라! 여기서 벗어난 것을 죄라 칭한다.

극히 단순하면서 포괄적인 황제의 법, 기본을 지켜라! 신하들과 가신들은 침묵에 싸였다. 황제의 법은 실상 없는 듯이 모든 것을 포함했다. 바로 불문법의 시작이었다.

황궁에서 황제가 선포한 법은 바람을 타고 대륙으로 퍼져 나갔다.

"세상에, 황제 폐하께서 처음으로 발표한 법이 단지 한 가지뿐이래."

"한 가지? 그게 뭔데?"

"기본을 지켜라!"

"그거 참으로 쉽고도 어려운 문제로군. 그런데, 기본이 뭐지?"

"부부간의 기본, 가족간의 기본, 이웃간의 기본, 상행위의 기본, 매매의 기본, 그 모든 행위의 기본을 어기면 범죄라고 했어."

*   *   *

아리안 황제는 아마르, 알레그리아, 파라미를 데리고 공중으로 날아서 황성 밖으로 나갔다. 공중에서 내려다본 황성은 상당히 넓은 터전 위에 자리 잡고 있었다.

"흠, 넓긴 넓군."

"황제 폐하! 실로 광활하옵니다. 신은 이렇게 큰 도성을 본 적이 없사옵니다. 더구나 황성을 둘러싼 성벽은 끝이 보이질 않사옵니다."

"현재 인구가 얼마나 되나?"

"황제 폐하! 신은 황성 인구가 무려 팔백 만에 육박한다고 들었사옵니다. 상상도 못했던 일이옵니다."

고층건물이 없고 제일 높은 건물이 5층인지라, 황성은 정말 어마어마하게 넓었다. 황제는 물끄러미 황성을 보다가 황성에서 산 너머의 들판을 보고 눈을 반짝였다.

"아마르! 저쪽을 보고 생각나는 게 없나?"

아마르는 황제가 가리킨 곳을 보고 빙그레 미소를 지었다.

"황제 오라버니는 저 들판에 제3의 공간 천외천(天外天)을 건설할 생각이시군요."

어느새 아마르가 아리안을 부르는 칭호가 주인님에서 황제 오라버니로 바뀌었다. 그러나 누구도 이를 이상하게 여기지 않았다.

"역시 아마르군. 한동안 못 본 사이에 많이 변했어. 그렇다. 마계 침공은 가장 번화한 도시, 대륙의 중심으로 여겨질 황성을 공격하면서 시작되겠지. 저곳은 천만 이상의 마물과 몬스터의 무덤이 될 게다. 굉장한 전쟁 시나리오가 탄생할 거야."

황제는 비릿한 미소를 지으며 산 너머 들판을 바라봤다. 알레그리아는 어리둥절한 표정이었고, 아리안 황제 능력에 대한 이해를 포기한 파라미는 무심한 표정으로 주위에 이상한 기운은 없는지 살필 뿐이었다.

"아마르! 네가 한번 수고해 줄래?"

"알았어요, 황제 오라버니가 원하신다면 그렇게 하죠."

황제 일행은 산 너머로 날아갔다. 들판에 도착한 아마르는 넓은 들판에다 진법을 펼치기 시작했다.

"황제 오라버니! 마정석 81개가 필요합니다."

"그래? 여기 있다."

황제가 아공간에 손을 넣어 마정석을 꺼내서 아마르에게 전해줬다. 그녀는 주문을 외우면서 마정석을 하나씩 사방에 뿌렸다. 그녀는 매우 심혈을 기울였고 고운 이마에 땀이 보송보송 맺혔지만, 알레그리아는 사방으로 흩어지는 마정석만 주의 깊게 바라봤다.

'세상에, 계집애가 배포도 크지. 이년아, 그게 하나에 얼마짜리인 줄 알고 그렇게 마구 던지니? 나중에 하나라도 회수하지 못하기만 해봐라. 가만있자, 만약 회수 못 한 게 있으면 어떡하지? 아, 그랬어? 그럴 수도 있지, 뭐. 그래야 될라나? 에고, 난 왜 필요 없는 생각이 이렇게 많이 떠오를까? 황제에게 내 왼쪽 프로필을 보이려면 오른쪽에 서야 되는데, 왼쪽에 서서 뭐하자는 거야?'

"아, 날씨가 참으로 좋구나."

알레그리아가 슬금슬금 눈치를 보며 아리안의 오른쪽으로 움직일 때, 아리안은 손가락을 깨물어 흐르는 피를 입에 머금었다가 허공에 뿌리며 수인을 그렸다.

번쩍!

그긍~!

갑자기 들판에 황성 모습이 나타났다. 그 광경에 놀란 파라미가 뒤돌아서 황성을 쳐다봤다. 기존에 있던 황성의 모습이 서서히 사라졌다.

허걱!

새로 생긴 황성에는 수많은 사람이 나름대로 생활하는 것을 보고 파라미는 할 말을 잃었다.

'아, 이건 분명 꿈일 거야. 아니, 인생 자체가 꿈이라고 했던가?'

"황제 폐하! 어떤 게 진짜 황성이죠?"

파라미가 아연실색한 표정으로 조심스럽게 물었다. 아리안이 입가에 빙그레 미소를 그리며 되물었다.

"파라미, 어떤 게 진짜 황성일까?"

파라미는 물론이고 알레그리아까지 도무지 모르겠다는 듯한 표정을 짓자, 아마르가 대답했다.

"사실은 저도 황제 오라버니의 능력을 보고 놀랐어요. 저는 이곳에 허상을 지었지만, 황제 오라버니께서 힘을 쓰시는 바람에 아무도 알 수 없게 되고 말았어요. 지금 황성은 둘 다 진짜일 수도 있고, 둘 다 허상일 수도 있답니다. 어느 경우에도 백성을 안전하게 보호하려는 황제 오라버니의 고심이지요."

"죄송합니다. 황녀님! 저는 도저히 무슨 말씀인지 이해가 되지 않습니다."

파라미는 고개를 흔들면서도 아마르의 입에서 눈을 떼지 않았다.

"혹시 대우주가 콩알 하나에 들어갈 수 있다는 말을 들어본 적 있나요?"

"현자님께 들어본 적은 있습니다만, 당시에 대우주가 들어가는 대우주만 한 콩알이라니 상상이 안 간다고 여겼습니다. 황녀님!"

"호호호! 그렇다면, 단지 이렇게만 알아두는 게 좋을 것입니다. 진짜 황성과 그 안의 백성은 황제 오라버니의 마음속으로 숨었다고요."

파라미와 알레그리아는 서로 쳐다보며 멍한 표정을 지었다. 아리안 일행은 아마르가 진법으로 만든 황성 안으로 들어갔다.

"충성!"

황성 성문을 지키던 병사들이 놀라서 군례를 올렸다.

"앗, 황제 폐하시다!'

아리안을 발견한 백성들이 서둘러서 땅에 부복했다. 파라미는 정신을 차릴 수가 없었다.

'세상에, 어떻게 이런 일이 있을 수가 있지? 도대체 어떤 게 진실일까?'

*　　　*　　　*

디오사가 아침에 출근하여 기사 청장실의 문을 열려다가 깜짝 놀랐다. 어디선가 향기가 퍼졌다. 머리가 갑자기 맑아졌다. 청장실 문틈으로 빛이 새어 나왔다. 마법 등불이 흡수할 수 없는 강한 빛이었다.

처음엔 문틈으로 비치던 빛이 점점 확산됐다. 문을 뚫은 것처럼 통과했으며 나중에는 벽까지 투과하여 빛이 비쳤다. 마스터 기사 두 명이 갑자기 그 자리에 가부좌를 한 채 그 빛의 기운을 받아들였다.

강력하고 성스러운 빛은 청장실을 뚫고 사방팔방으로 퍼졌다. 향기도 황궁 전체로 퍼져 나갔고, 황궁 창공으로 아름다운 빛이 뻗어나갔다.

"아~!"

디오사는 놀라움에 벌린 입을 다물 줄 몰랐다. 그때, 아리안 황제의 모습이 나타났다. 디오사가 놀라서 예를 갖추려고 하자, 그녀의 머릿속에 황제의 음성이 들렸다.

[중요한 순간이다. 디오사! 소리를 내지 마라!]

[예, 황제 폐하!]

디오사는 무릎만 꿇고 머리를 숙였다.

아리안 황제는, 디오사가 일어나서 한 걸음 뒤로 물러나자, 가부좌를 한 마스터 기사 주위에 손으로 몇 곳을 가리켰다. 방 안에서 흘러나온 빛과 기운이 마스터 기사들에게 쏟아져 들어 갔다.

하늘에 반짝이던 별 하나가 빛과 이적, 향기와 성숙이 어우러 진 아름다운 밤을 떠나는 게 못내 아쉬워, 자신을 불태우며 유 성으로 변했다.

청장실 문이 열렸다. 파라미가 자리에서 일어나 공손히 절했 다. 그의 신색은 오히려 평범해 보였지만, 눈만은 깊고 깊어 측 량할 길이 없었다. 디오사가 의아한 표정을 지었다가 그의 눈을 보고 심연에 빠진 듯 멍한 표정이 됐다.

"황제 폐하! 강녕하시옵니까?"

"경과 같이 하루가 다르게 성숙해지는 신하가 있거늘, 강녕 하지 않을 이유가 어디 있겠는가."

"황제 폐하의 은혜가 실로 헤아릴 길이 없사옵니다. 폐하의 뜻을 이루고자 충심을 다 바치겠나이다."

"하하하! 파라미, 아직도 짐이 황제로 보이는가?"

황제의 말에 디오사가 무슨 말인가 싶어서 어리둥절했는데, 파라미의 말 또한 심히 아리송했다.

"황제 폐하께서 오신 곳을 보았은즉, 오직 고개를 숙일 뿐이 옵니다."

"하하하! 우주가 깨지는 소리가 들리고 새로운 신인을 받아들였다는 찬가가 우렁차서 왔더니, 실로 통쾌하고 통쾌하도다."

"황제 폐하의 홍복이옵고 소신의 영광인 줄 아뢰옵니다."

알레그리아는 두 사람이 하는 말을 알아듣지 못해서 뾰로통한 표정이었고, 아마르는 바로 그저께와 심히 다른 파라미의 경지에 놀란 표정이 역력했다.

'세상에, 저분이 그저께 허상과 실상을 구분 못 해서 어리둥절하던 사람이 맞아? 그런데 지금은 오히려 상과 비상을 넘어 현상 위에 존재하잖아. 오빠는 물론이고 그가 가리킨 사람들도 참으로 뛰어나구나. 아무리 훌륭한 스승도 책으로 가르칠 수 없는 것은 같은 방법으로 깨달은 사람이 없기 때문이야. 스승이 깨달은 방법이 제자에게 동기 부여는 가능해도 문을 여는 열쇠는 아니기 때문이었어.'

"파라미! 네 몸과 정신이 조화롭지가 않구나. 특별수련을 해야겠다. 따라오너라!"

"예, 스승님!"

파라미는 아리안이 자신에게 청장이나 '경'이라고 부르지 않고 이름을 부르자, 황제로서가 아니라 스승의 신분으로 가르침을 내리려는 것을 알고, 기쁜 듯이 대답하며 따랐다.

황제는 파라미, 알레그리아, 아마르와 함께 청장실에서 사라졌다.

아리안은 일행을 데리고 거인족이 남긴 동굴로 왔다. 알레그리아는 아리안이 마법 시동어를 외치지도 않고 옮겨오자 깜짝 놀랐다.

"아니, 황제 폐하! 지금 텔레포트를 시동어도 없이 하신 게 아닙니까? 그게 어떻게 가능하죠? 드래곤의 언령을 뛰어넘는 신의 창조력인가요?"

"원래 인간은 신의 능력을 전신에 감춘 채 태어나지. 그것을 깨닫지 못하는 자들은 스스로 고통 속에 빠져들고 끝없는 외로움 속에서 방황하다가 가기도 해. 그런 인간 중에서도 선각자는 자신(自身)이 자신(自神)을 가리킨다는 것을 알고, 자신 속에 감춰진 신의 능력을 하나씩 찾아나가지. 모든 종족은 한 가지씩의 특징 혹은 특기를 가지고 있지만, 오직 인간만이 다른 그 어떤 종족보다 약해 보이는 게 사실이야."

알레그리아는 황제의 말에 어떤 모순이 있다고 여겼다.

"황제 폐하! 어떤 특징도 없어서 가장 약하다는 인간만이 신의 능력을 감춘 채 태어난다는 말이 조금은 이해가 가지 않아요."

"그렇겠지. 이것은 설명으로 이해되는 문제가 아니야. 오직 어느 순간 깨달아야지만 홀연히 모든 걸 알게 돼. 하지만 그 상태를 설명하려고 하면 할수록 점점 더 멀어진다는 것을 알고 입을 다물게 되고 말아. 모든 것을 알지만, 그 어떤 것도 설명할 수 없는 상태를 이해할 수 있겠어?"

모든 것을 알지만 그 어떤 것도 설명할 수 없는 상태를 이해할 수 있을까?

알레그리아는 뭔가 답답함을 느꼈다.

'아니, 이 기분이 도대체 뭐지? 주군은 홀연히 알게 된다는 말씀은 하셨지만, 어떻게 해서 알게 된다는 말은 하지 않았잖아. 정작 중요한 말은 하나도 하지 않았는데, 뭔가 무척 중요한 것을 들은 듯한 느낌이 드는 것은 어떻게 된 셈일까? 이 느낌 자체가 뭘까? 연인에 대한 그리움인가? 스승에 대한 표현하기 힘든 존경심? 돌아갈 수 없는 고향에 대한 안타까움? 아, 심연에서부터 잔잔히 퍼지는 이 아련함~! 금방이라도 확 터질 듯한 긴박감! 그리운 임이 문을 두드리길 이제나저제나 기다리는 초조감! 만년 드래곤의 지식도 이 떨림에 비한다면, 진정 보잘 것 없어라!'

알레그리아는 씁쓸한 표정으로 주위를 둘러봤다. 주위에는 아무도 없었다.

갑자기 망망대해에서 통나무 하나에만 의지하여 표류하는 절대고독을 느꼈으며, 더불어 두려움이 엄습했다. 진정 생소한 감정이었다.

주위는 다시 변했다. 고산준봉에 홀로 선 상황에서 눈보라가 몰아쳐 앞도 잘 보이지 않았다. 마법도 통하지 않는 절대공간이었다. 주위 환경은 계속 변하면서 많은 감정이 들어왔다가 사라졌다.

다시 변하면서 이번에는 고통이 엄습했다.

배가 고파서 일어나는 고통, 몸이 아파서 생기는 고통, 공자님이 아픈데도 돕지 못해서 생기는 마음의 고통, 고통의 종류는 많고도 많았다. 고통이 지나간 후에는 성숙이 다가왔다. 고통은 저주가 아니라, 더할 나위없는 축복이었다. 고통은 앞으로 나아가고 있다는 증거였으며, 성숙의 절대 필요요건인 씨앗이었다.

초각을 이뤘던 알레그리아는 마침내 환상의 방에서 다시 한 번 틀을 깨기 위한 시련을 겪기 시작했다.

*   *   *

파라미는 아리안을 따라 거대한 방으로 들어갔다. 달랑 책상과 의자만 보였다. 아리안이 한쪽 벽을 향해서 손을 벌리자 공간이 생기고 책 세 권이 날아와서 책상에 놓였다.

파라미는 자연스럽게 책 제목에 눈길이 갔다.

'건곤대나이 검법, 파천황검결, 무상대능력. 세상에, 저 책은 우리 대륙에서 만든 책이 아니구나. 그런데 어떻게 내가 읽을 수 있지? 아무래도 어마어마한 책인 듯해.'

"그렇다. 그 책에 쓰인 것을 온전히 자기 것으로 만든다면, 마왕에게도 쉽게 지지 않을 것이다. 단지 경험과 숙련도에서 밀리겠지."

"예? 마왕과 싸워도 밀리지 않는다고요?"

파라미는 마왕과 싸워서도 밀리지 않는다는 황제의 말에 놀라서 책을 두 손으로 잡고 다시 들여다봤다. 그는 책을 잡는 순간 엄청나게 강한 기운이 손으로 쏟아져 들어오자, 깜짝 놀라서 책을 떨어뜨릴 뻔했다.

그는 재빨리 가부좌를 하고 책에서 들어오는 기운을 하단전으로 끌어들였다. 하단전을 채운 강력한 기운은 자연스럽게 임맥을 타고 올라가서 백회를 돌아 독맥을 타고 내려갔다. 막힘없이 순조롭게 돌면서 경락을 활짝 열었다. 그리고 들어오던 기운이 서서히 사라졌다.

"네가 잡았던 책 파천황 검결에는 강한 기운이 숨겨져서 하단전을 완성시키지. 다음에는 건곤대나이 검법을 들고 기운을 받아들여라. 그 책에서 부드러운 기운이 들어와 중단전을 완성시키고, 몸 안의 모든 세맥을 뚫을 것이다."

"그렇다면, 무상대능력은 상단전을 완성시키는 것인가요?"

"그렇지 않다. 상단전은 완성이라는 표현을 사용할 수 없다. 한없이 넓은 우주에 대한 이해가 어찌 끝이 있겠느냐. 우주는 지금도 계속 늘어나고 넓어지는 팽창을 계속한단다. 고정된 것처럼 보이는 모든 형상은 파괴되든지, 새롭게 창조되는 중이지. 그 책에선 성스러운 기운이 가득할 게다. 상단전이 씻기고 보완되겠지. 무상대능력 역시 완성이란 없으니 끊임없이 연마하도록 해라!"

황제의 어음은 도저히 인간이 상상할 수 없는 능력을 의미했다. 오직 아리안 황제만이 파라미에게 베풀 수 있는 능력이었다.

과례는 비례라고 했던가? 파라미는 공손히 대답했다. 그리고 그 두 사람 사이에는 그것으로 충분했다.

"예, 황제 폐하!"

"우선 파천황 검결을 읽고 수련할 때 방 중앙에 서면, 자연히 상대할 자들이 나타날 게다. 이번 수련은 한 달만 하도록 해라! 한 달 후에 동굴에 있는 텔레포트진에 들어서면 황궁 청장실로 갈 수 있다."

"명심하겠사옵니다. 황제 폐하!"

파라미가 책을 들고 공부하는 모습을 지켜보던 아리안은 그 방을 나섰다.

그는 예전에 자신이 사용하던 방으로 갔다. 아마르가 조용히 그의 뒤를 따랐다. 그녀는 갑자기 가슴이 두근거리는 것을 느끼고 얼굴을 붉혔다. 아리안이 그녀의 모습을 조용히 지켜보다가 말했다.

"아마르도 필요한 게 있으면 말해라! 이곳에는 상당한 도움이 되는 길잡이가 있을 게다."

"전 오빠만 제 곁에 계시면 돼요."

그녀는 자신이 적나라하게 벗겨진 듯한 느낌에 다리에 힘이 빠져 비틀거렸다. 아리안이 그녀를 부축했다. 그녀는 그의 손이 닿자 전신이 감전된 듯한 느낌이 들었다.

"아~!"

아마르의 피부는 마치 우유가루를 만지듯이 뽀드득 소리가 날 것만 같았다. 아리안이 포옹하며 입을 맞췄다. 그녀의 옷이 하나씩 자신이 할 일을 끝내고 바닥으로 떨어졌다.

사르륵, 사르륵!

그녀의 옷이 벗겨질수록 입에서는 단내가 나고 눈에서는 눈물이 흘렀다.

'아, 오빠! 이 순간을 얼마나 기다린 줄 아세요?'

그녀의 몸은 마치 찰떡처럼 그에게 찰싹 감겼다. 파괴와 창조의 역사가 엄숙하게 이루어졌다. 그녀가 유사인종 여우족 출신이어서인지 그 밤의 성교는 아리안에게 특별한 밤이 됐다.

훗날, 마계 침공 때보다 더 많은 인간이 죽었다는 대륙 대변란의 씨앗은 아무도 모르는 가운데 이렇게 씨를 뿌렸다.

그 일은 숭고한 사랑에서 비롯했기에, 아리안마저 짐작조차 하지 못했으니…….

아, 인간사의 오묘함이여~!

아리안은 생각한 바가 있어서 중각을 이룬 알레그리아도 껴안았다. 그녀의 환희는 아마르가 도저히 짐작하기 어려울 정도로 차고 넘쳤다.

"아, 주인님~!"

Chapter 06

아리안 황제

그리폰 두 마리가 황궁을 두루 살핀 후 사라지는 모습을 조용히 지켜보는 5인이 있었다. 아리안 황제와 알레그리아, 아마르, 파라미, 헤르메스였다.

　　"황제 폐하! 그리폰은 정찰을 나온 게 틀림없사옵니다. 엄청난 마기가 느껴지옵니다."

　　"그래요, 황제 오빠, 경천동지의 전쟁 혹은 마지막 전쟁이 될지도 모르겠어요. 상대는 틀림없이 마왕 이상의 능력자입니다."

　　"황제 폐하! 1급 비상령을 선포할까요?"

　　헤르메스가 황제에게 공손한 어조로 품의했다.

　　"그렇게 해라. 그리고 각 사령부에도 비상령을 전달해라."

　　"예, 황제 폐하!"

"우린 상황실로 가자."

헤르메스가 급히 나가고 일행은 상황실로 향했다. 전쟁이란 아무리 준비해도 부족하게 느껴지는 듯싶었다. 아리안 황제는 최선을 다했건만 그래도 막상 운명을 가를 전쟁을 한다는 생각이 들자 미진한 점이 많아서 얼굴이 굳어졌다.

뿌우~! 뿌우~!

황성 전체에 뿔나팔 소리가 긴박하게 울렸다.

"수업 중지! 모두 방공호로 들어가라!"

모든 아카데미 저학년은 방공호로 향했고 고학년은 무기를 들고 연병장에 집합했다. 검술학과 교수가 앞으로 나섰다.

"모두 연사대를 지참하고 자신이 맡은 곳을 지켜라!"

"예, 교수님!"

뿔나팔 소리를 들은 일반인도 신속히 움직였다.

"어린아이와 여자들은 재빨리 공동대피소로 피하고, 남자들 중 예비 병력은 사령부로 집결하기 바랍니다."

"예비 병력은 아니지만, 충분히 싸울 수 있는 사람은 어떻게 합니까?"

"그런 분은 자신의 동네를 지켜야 합니다. 마을회관으로 가시면 됩니다."

황성 전체가 긴밀히 움직였다. 팔백만에 가깝던 사람이 점차 사라졌다. 도로는 조용해졌고 거리를 달리는 사람들은 무기를 든 병사뿐이었다.

노궁을 실은 마차가 사방 성벽을 향해서 달렸다. 성벽 위에는 각종 무기로 무장한 병사들이 끝도 없이 늘어섰다. 황궁 앞 주도로에는 병사들이 포진했다.

그 광경을 지켜본 각국 간첩들은 할 말을 잃었다.

"세상에, 대륙에서 제일 화려하고 번성한 황성이 군사도시로 바뀌는 데 1시간밖에 걸리지 않다니, 정말 놀랄 지경이군."

"대장님! 저들이 만든 지하 방공호도 어마어마한 규모였고, 안에는 생활에 필요한 모든 시설이 빠짐없이 갖춰졌더군요."

"이곳 황제는 도대체 이런 생각을 어떻게 한 것일까?"

"그러게 말입니다. 대장님! 이곳에는 대륙에서 전혀 볼 수 없는 게 너무나 많습니다."

그러는 사이에 먹구름이 점차 다가오고 사방팔방에서 마기가 몰려들어 공기를 무겁게 했다.

우르릉, 번쩍번쩍!

천둥이 끝없이 울리고 번개가 번쩍거렸다.

"흠, 황성 전체에 어비스 마법을 걸다니, 틀림없이 마왕이나 마황이 직접 온 모양이군."

성문 위에 선 아리온이 긴장한 어투로 말했다. 함께 서 있던 파라미가 소리쳤다.

"황제 폐하! 몰려오기 시작합니다."

상황실 영상 마법판에는 물밀듯이 몰려오는 마물과 몬스터가 들판을 서서히 덮어갔다.

"앗, 황제 폐하! 저곳을 보십시오."

헤르메스가 가리킨 곳에는 가고일과 그리핀이 하늘을 덮을 듯이 날아왔다.

"앗, 저게 뭐야?"

그리폰과 가고일의 등에서 다크 엘프들이 던진 수많은 주머니가 황성 안으로 떨어지는 것을 보고 놀란 헤르메스가 외쳤다.

꽝꽝! 꽝! 꽈꽝!

"폭탄이다. 피해라!"

"연사대를 쏴라!"

"으악! 몸이 이상해!"

이곳저곳에서 많은 병사가 신음을 내뱉고 쓰러졌다. 여기저기서 연사대가 일제히 날아갔다.

꽝꽈꽝!

연사대를 맞은 가고일과 그리핀이 땅으로 떨어졌다. 신이 난 병사들이 연방 연사대를 발사했다. 가고일과 그리폰의 등에 탄 다크 엘프들이 화살을 쳐내는 모습도 보였다.

"흠, 마기 압축탄이군. 청장, 밀가루 50포대를 준비해라!"

"예, 황제 폐하!"

파라미가 명령을 듣고 급히 나간 사이, 황제는 알레그리아에게 말했다.

"그리아, 밀가루를 바람의 정령에게 부탁해서 공중으로 날려 줘."

"아하, 분진폭탄 말이죠? 예전에 한 번 해 봤죠."

알레그리아는 바람의 상급 정령 진을 소환했다.

"진, 전에 해봤듯이 저 병아리들에게 밀가루를 날려줘."

"그래, 알았어."

가고일과 그리핀은 마기탄이 떨어지자 돌아가서 다시 싣고 오는 중이었다. 황성 하늘에 밀가루를 날려서 앞이 안 보일 지경이었다.

"어? 저 하얗게 뿌려진 게 뭐지?"

"아무 이상 없어. 저것으로 황성을 가리려고 한 모양이야. 계속 가자."

가고일과 그리핀 무리는 밀가루를 뒤집어쓴 채 황성을 향했다.

"파이어 볼!"

그들을 향해 작은 불덩이가 날아오자, 그리핀의 등에 탄 다크 엘프들이 어이없다는 듯이 웃었다.

"웃기네. 그렇게 작은 파이어 볼로 어떡하자는 거야?"

"이곳 황성은 완전히 웃기는 곳이군."

그들은 비웃으며 달려들었다. 그것이 그들의 실수였다.

꽝! 꽝꽝!

분진 폭탄이 터지자, 하늘을 덮었던 그리핀과 가고일의 몸과 날개에 난 털과 깃이 모두 타버렸다.

"으악! 이럴 수가!"

털과 깃이 모두 타버린 괴수들은 더는 날지 못하고 모두 땅으로 떨어졌다.

"와, 이겼다, 이겼어!"

"우와, 괴조들을 모두 통닭으로 만들었어!"

그 광경을 본 병사들은 환호했다. 그러나 이것은 이제 시작일 뿐이었다. 길고 긴 황성 공방전의 서막은 그렇게 시작됐다.

공격하는 측이나 방어하는 측의 책임자는 단지 고개를 한 번 가볍게 끄덕였을 뿐이었다. 고귀한 생명을 단순히 장기판의 말로 여기는 지휘자에게 약간의 흥미가 더해진 모양이었다.

"흠, 재미있군. 성을 공격할 준비를 해라!"

"예, 대공 각하!"

각국 간첩들은 위험을 무릅쓰고 전투 광경을 지켜봤다.

"흠, 서막은 공중전이었군."

"그렇군요. 아무래도 노블리아 제국의 방어가 빛난 전투인 듯합니다."

"참, 연사대를 그렇게 마음대로 쓸 수 있다니, 그저 부러울 뿐입니다."

상황실에선 공격하러 다가오는 마물들을 지켜보는 중이었다.

"황제 폐하! 북쪽 하늘을 좀 보십시오. 뭔가 심상치가 않습니다."

"저건 틀림없는 독충 떼다. 사령관! 화염망을 준비해라!"

"예, 황제 폐하! 특수부대가 출동해서 화염망을 쏴 올리도록 해라!"

"예, 사령관 각하!"

황성수비군사령부 레슬리 사령관이 황제의 명을 받고 마법사를 통해서 특수부대에 명령했다.

웅~ 웅~!

독충들의 모습이 가까워지면서 날갯짓 소리가 요란하게 들렸다.

"앗, 독충 떼다, 독충 떼야."

"모든 병사는 방충모를 착용하라! 다시 한 번 말한다. 모든 병사는 지급받은 방충모를 착용하라!"

병사들은 지휘관의 명령에 따라 주머니에 지참했던 방충모를 꺼내서 투구 위에 덧씌웠다. 마치 벌을 기르는 사람들이 쓰는 것과 같은 모양의 방충모였다.

이때, 특수군이 주도로에서 화염망을 쏠 준비를 한 채 명령을 기다렸다. 둥근 항아리 같은 발사대에 수박만 한 화염망을 집어넣었다.

"천인장님! 독충 떼가 황성 위까지 날아왔습니다."

"제1, 2, 3, 4백인대, 북쪽 60도 각을 잡고 화염망 발사!"

"60도 발사!"

뻥! 뻥! 뻥! 뻥!

수백 개의 수박 덩어리가 비스듬히 공중 높이 솟았다. 하늘 높이 솟은 수박 덩어리는 공중에서 확 퍼지면서 사방 50m에 가까운 화염망이 되어 뜨거운 불길을 내뿜으며 천천히 지상으로 떨어졌다.

따닥따닥, 따닥따닥!

독충 떼가 불길에 타면서 콩 볶는 듯한 소리가 연방 들렸으며, 노린내가 자욱이 퍼져 나갔다.

주도로에선 연방 화염망을 발사했다. 화염망의 성능도 좋았지만, 독충은 워낙 많았다.

"제2, 3, 4백인대, 70도 발사!"

"70도 발사!"

뻥 뻥 뻥!

"제5, 6, 7백인대, 80도 발사!"

"80도 발사!"

바로 그때였다. 갑자기 찬바람이 불더니 소낙비가 쏟아졌다.
하지만 화염망은 빗물에 꺼지질 않았다. 오히려 따닥거리는 소
리가 더욱 크게 들리며 불길 또한 더 거세질 뿐이었다. 신이 난
천인대장의 공격 명령은 더욱 커졌다.

"제8, 9, 10백인대, 90도 발사!"

"90도 발사!"

"전 백인대, 자유각도 발사!"

"자유각도 발사!"

그때부터 화염망은 수없이 사방팔방으로 하늘 높이 솟았다.
독충 떼는 서서히 적어졌다.

"화염망 발사 중지, 화염망 발사 중지!"

"화염망 발사 중지!"

"와, 독충 떼를 물리쳤어. 독충을 물리쳤다!"

"와우, 이겼다, 이겼어. 또 덤벼 봐. 모조리 태워 버릴 테니
까."

특수군의 화염망 발사가 끝나자, 병사들의 환호는 마치 전쟁
에서 승리라도 한 듯했다.

바로 그때였다.

뿌우~ 뿌우~!

둥둥둥둥!

마군의 공격을 알리는 뿔나팔 소리가 길게 울리면서, 진군을 독려하는 북소리가 우렁차게 평원에 깔렸다. 마군들의 발걸음은 마치 진각처럼 퍼져 나가며 병사들의 가슴을 뛰게 했다.

쿵쿵쿵!

주도로의 특수부대 지휘관도 명령을 내렸다.

"노궁 발사 준비! 명령 대기!"

"노궁 발사 준비! 각도를 확인하고 명령을 기다려라!"

"제1백인대, 발사 각도 50도 확인!"

"제2백인대, 발사 각도 55도 확인!"

"……."

백인대장의 보고하는 소리가 계속 이어졌다.

마군이 성벽에 가까워지면서 마물의 모습이 눈에 보였다. 제일 앞에는 인간만 한 크기의 거대 개미가 앞장섰으며, 그보다 좀 더 큰 거대한 쥐, 전갈 등이 보는 이를 소름끼치게 했다. 벽도 그대로 타고 넘는 특징을 볼 때, 성벽이 제대로 방어 역할을 할지 의심스러웠다.

그 뒤에는 오크, 오거, 트롤 등이 수를 셀 수 없을 정도로 많았다. 그뿐만이 아니었다. 성벽을 내려다보는 마룡과 쌍두마룡은 보였지만, 그 뒤에는 보이지 않았다.

성벽 위에서 붉은 기가 휘날렸다. 그 기를 본 특수군 지휘관이 명령했다.

"사정거리에 들어왔다. 제1백인대, 발사!"

"제1백인대, 발사!"

웅~!

장정 팔뚝 굵기의 노궁 백여 발이 일제히 날아가는 소리는 과연 웅장했다.

꽈꽝! 꽝! 꽝!

노궁은 마군 선두에 일제히 터지면서 쑥대밭을 만들었다.

둥둥둥! 둥둥둥!

갑자기 마군 측에서 치는 북소리가 빨라졌다. 성벽 위의 기수가 기를 마구 흔들었다. 특수군 지휘관의 명령도 더욱 신속해졌다.

"제2, 3백인대, 발사! 제4, 5백인대, 발사! 제6, 7, 8, 9, 10백인대, 발사!"

"발사!"

"장전된 모든 백인대, 자유발사!"

"장전 즉시 자유발사!"

헤아릴 수 없는 마군이 공격에 가담했지만, 노블리아 제국 특수부대가 준비한 양도 만만치 않았다. 그들은 장전되는 즉시 노궁을 쏘고 또 쐈다.

"젠장, 저거 한 발에 3골드짜리 아냐? 완전히 황금을 쏟아붓는군."

"아, 노블리아 제국은 대륙에서 가장 부국인 듯합니다. 정말 엄청나군요. 거대 개미나 쥐, 전갈 등은 거의 전멸인 듯싶습니다."

"세상에, 저기 좀 보십시오. 얼마든지 쏘라고 노궁 상자를 계속 실어오는군요."

"앗, 갑자기 앞이 보이지 않습니다."

"흠, 마군이 노궁의 존재를 인정했는지, 쏘는 병사의 시야를 가리려고 '셰이드 마법'을 펼친 듯합니다."

"음, 역시 노궁 발사를 중지했군요."

쿵쿵쿵!

갑자기 성 밖은 암흑천지가 됐지만, 마군이 몰려오는 소리는 멈추지 않았다.

이때, 아리안 황제도 상황실에서 그 광경을 지켜보는 중이었다.

"지금이다. 레슬리, 1차 저지선을 발동해라!"

"예, 황제 폐하! 특수군, 1차 저지선 발동!"

마법사를 통해서 레슬리 사령관의 명령을 받은 특수군 지휘관은 부하에게 명령했다.

"1차 저지선 발동하라!"

"예, 지휘관님!"

명령을 받은 마법사가 주문을 외웠다.

꽈꽝! 꽝! 꽝!

갑작스런 폭발이 일어나면서 어둠에 싸였던 벌판이 환해졌다. 폭 10m, 길이 2,000m의 거대한 화염 벽이었다. 활활 타오르는 화염벽은 그대로 서 있지 않고 사방팔방으로 불길을 토해냈다. 한 번 붙으면 꺼지지 않는 불이었다.

꾸억, 꽥꽥!

엄청난 신음이 터져 나왔고, 불이 붙은 몬스터는 지랄과 발광을 거듭하다가 쓰러졌지만, 불은 꺼지질 않았다. 노린내가 사방으로 퍼졌으며, 마군은 놀라서 화염 벽에서 가능한 한 멀리 떨어지려고 애를 썼다.

"와, 정말 준비 많이 했네."

"그렇군요. 직접 성벽에서 공방전이 이뤄지기 전에 절반은 전멸할 것 같습니다."

"어휴, 마물이 워낙 많았기에 망정이지 다른 제국이나 왕국이라면, 황성 성문만 바라보다가 전멸이겠군요."

"앗, 저게 뭐지요?"

화염 벽이 갑자기 흔들거리면서 서서히 땅속으로 들어갔다.

"저거 마법이 아닐까요?"

"아닌 듯합니다. 옆의 땅도 움직이는 걸 보면, 바질리스크가 아닌가 싶습니다."

"흠, 장군 멍군 하는 폼이 마계 대공 역시 이 싸움을 즐기는 듯합니다."

뿌우~ 뿌우~!

마군의 퇴군을 종용하는 뿔나팔 소리가 울리자, 마물들은 질서정연하게 뒷걸음으로 물러났다. 그 광경을 본 병사들의 함성이 일제히 터져 나왔다.

"와, 마물들이 물러난다. 우리가 이겼다, 이겼어!"

"만세, '오늘도 무사히' 다!"

황성 공방전의 서막이 끝났다. 분명 내일 전투는 더욱 힘이 들겠지만, 걱정만으로 오늘을 허송하는 병사는 없었다. 그들은 동료를 믿었고 지휘관을 신뢰했으며 황제의 안배를 의심하지 않았다.

그렇게 첫날밤은 서서히 깊어갔다.

뿌우~! 뿌우~!

날이 밝기 무섭게 마군의 공격을 알리는 뿔나팔 소리가 들렸
다.

둥둥~ 둥둥~ 둥둥~!

이에 뒤질세라 노블리아 제국군의 공격을 알리는 북소리가
울렸다. 수비만 하리라고 여겼던 황성의 거대한 철문이 열렸다.

그그긍~!

주도로에 황성수비군 사령부 병사들이 열을 맞춰 섰다. 그들
도 긴장한 빛이 역력했다. 황궁 문이 열리고 황제가 백마를 타
고 나타났다. 역시 백마를 탄 알레그리아와 아마르가 뒤를 따랐
다. 그 주위를 마스터 기사 30명이 붉은 망토를 휘날리며 경호
했다. 그 뒤에는 말을 탄 마스터 기사보다 더 큰 자이언트 드워
프 군이 웅장한 위용을 자랑했다.

"황제 폐하, 만세!"

"황제 폐하, 만세!"

길 옆에는 '황제 폐하 만세!'를 연호하는 백성들이 점점 늘어
났다. 황제 일행은 천천히 주도로를 나아갔다.

병사들이 길 양쪽으로 비켜서며 황제가 지나갈 때 길 옆의 병
사마다 군례를 올렸다.

"충성!"

군례는 점차 그 소리가 커졌다. 백성들이 병사들과 함께 외쳤
다. 그들은 자신의 목소리에 황제에 대한 깊은 신뢰와 감동을

실었다. 외침은 고함이 되고, 고함은 함성으로 변했다.

"충~ 성!"

황제가 어가에 오르며 명령했다.

"출발!"

어가에서 붉은 깃발을 휘저었다. 황성수비군 사령관 레슬리의 고함이 들렸다.

"전군! 출동!"

둥둥! 둥둥! 둥둥! 둥둥!

북소리에 맞춰서 병사들이 성문을 빠져나갔다. 5만의 병사를 성벽에 남기고 15만 병사가 황제의 뒤를 따랐다. 황성문이 열리는 것을 보고 마군은 더는 앞으로 진격하지 않고 기다렸다. 그들 지휘부는 인간들이 자충수를 두었다고 확신했다.

"크크, 어제 승리했다고 간이 배 밖으로 나왔군."

"그렇습니다. 대공 각하! 저들이 다 나오면 단번에 쓸어버리겠습니다."

"발레포르(Valefor)! 전쟁은 이제 시작이다. 인간들의 수단을 엿볼 기회가 아닌가. 너는 내 명령만 수행하도록 해라!"

"예, 바싸고(Vassaga) 대공 각하! 명심하겠습니다."

데빌의 권능과 데몬의 자유로움을 지녔으며, 8대 대공에 버금가는 능력을 지녔다고 알려진 발레포르가 다시 나타났다.

"발레포르! 네가 선봉장을 맡아라!"

"예, 바싸고 대공 각하! 영광이옵니다."

발레포르가 마계 대공의 명령을 받고 마군 진영 앞으로 나섰다.

그가 나타나자, 흑마법을 시전하지 않았지만 먹구름이 몰려들고 마기가 짙게 깔렸다. 황성 앞 벌판이 자연스럽게 어비스화됐다.

사위에 어둠이 깔렸다. 그의 머리에 솟은 뿔에서 기운이 방전되어 지지직거리는 소리가 들렸으며 번쩍이는 번개도 보였다.

양군은 100m를 사이에 두고 서로 대치했다. 발레포르가 천천히 앞으로 나섰다. 그는 아무것도 타지 않았지만, 마치 미끄러지듯이 10m나 쭈욱 앞으로 나섰다. 그의 몸은 지상에서 1m쯤 떠 있었기에, 3m의 키가 더욱 커 보였다.

"이몸과 일대일로 싸울 자가 있느냐?"

마군의 기세를 돋우려는 발레포르의 목소리는 마치 천둥처럼 울렸다.

"저를 내보내 주십시오. 황제 폐하!"

"황제 폐하! 소신이 다녀오겠사옵니다."

기사청장 파라미와 자이언트 수좌 람티무스가 동시에 한 발 앞으로 나섰다.

"람티무스가 어울려 봐라!"

"황공하옵니다. 황제 폐하!"

람티무스가 아리안에게 절을 하고 앞으로 나섰다. 서로 대치한 벌판에 회오리바람이 한바탕 쓸고 지나갔다.

휘~ 잉!

광장에 두 거인이 마주하고 섰다. 발레포르는 양날 창을 옆으로 세운 채, 거대한 도를 들고 천천히 걸어나오는 람티무스를 처다봤다.

"흠, 이몸의 재림을 알리는 제물이 제법 튼실하군."

2m 50㎝가 넘는 자이언트 드워프 중에서도 람티무스는 머리 하나가 더 컸다. 체격으로만 볼 때는 발레포르와 별 차이가 나지 않는 듯했다.

발레포르의 번쩍이는 군장에 비해서 람티무스의 갑옷은 빛마저 빨아들일 듯한 짙은 먹빛이었다.

'저놈이 바로 악질 중의 악질이라는 마족 발레포르가 분명해. 기다려라. 주군께 배운 능력은 네놈의 눈을 뜨게 해줄 게다.'

둥둥둥둥! 둥둥둥둥!

두 장수가 임전 태도를 다지며 서서히 다가섰다. 그들의 몸에서 발산하는 기운 때문에 주위 공기가 몸살했다. 엄청난 포스가 사방팔방으로 퍼졌으며, 두 기운이 맞부딪친 곳은 굉음과 함께 거센 회오리바람을 만들었다.

꽈꽝!

쌔~ 앵! 쌩!

양 진영에서 각기 자신의 장수를 응원하는 북소리가 들렸다.

퉁퉁퉁퉁!

마군들이 주먹으로 자신의 가슴을 치며 발레포르를 응원했다.

쿵쿵쿵쿵!

천여 명의 자이언트 드워프와 병사들이 발로 바닥을 치면서 응원했다. 황야에서 관전하는 양군의 기세도 점차 고조됐다.

"크크, 자이언트 드워프가 살아 있었어. 참으로 잘 만났다. 천 년 전의 수모를 갚을 기회로다."

"당하는 놈은 언제나 그렇게 지껄이다가 '두고 보자' 라는 말로 끝내더군."

"괘씸한 놈! 그 주둥이를 뭉개주지. 다크 스피어!"

암흑기운으로 만들어진 수십 개의 창이 람티무스를 향해 날아왔다. 피할 곳마저 예상하여 퇴로를 막았기에, 어디로도 피할 곳이 보이지 않았다.

"자식, 과연 너답군. 처음부터 장난질이야."

람티무스는 단지 대도를 한 번 크게 휘둘렀을 뿐이었다.

웅~!

람티무스의 도는 엄청난 울음을 토하며 주위의 모든 것을 날려 버렸다. 발레포르는 그 모습을 보고 속으로 크게 놀랐다.

'음, 심상치가 않아. 도에 깃든 기운이 장난이 아니야. 실수하면 망신살이 뻗치겠어.'

"귀엽군. 인사 한 번 했더니 신경질이냐? 이것도 한번 받아봐라!"

발레포르가 양날 창으로 찌르기를 하지 않고 휘둘렀다. 람티무스는 비껴 치기로 막은 후 오히려 대도로 찌르기를 감행했다.

서로 공격 방법이 바뀌었다. 상상을 초월한 공격인가, 상대의 의표를 찌르기 위한 기만전술인가. 발레포르는 깜짝 놀랐다.

갑자기 사람과 도가 사라지고 상대가 찌른 대도의 첨단만 보였다. 더구나 도의 끝은 모든 것을 찢어발기려는 듯한 엄청난 포스를 동반했다.

정녕 피할 곳마저 보이지 않았다. 어디로 피해도 그 절대 힘의 범위를 벗어날 듯싶지 않았다.

"허걱! 블링크!"

오직 그 한 수였다. 람티무스의 머리 위 공간으로 순간 이동한 발레포르는 놀란 나머지 곧 공격해야 한다는 것조차 잊은 듯했다.

"다 큰 녀석이 놀라서 오줌 쌌냐? 냄새가 진동하는군."

"헛소리!"

화가 난 발레포르가 창을 두 손으로 잡고 내려치기로 람티무스의 머리를 노렸다.

쿠왕!

단순히 창으로 내리치는데, 허공을 찢는 듯한 엄청난 굉음을 동반했다. 람티무스는 산이라도 가를 듯한 창의 기세에 흘리기나 비껴치기가 통하지 않을 것을 깨달았다.

정면으로 맞받아치는 수밖에 없었다. 절대적인 힘 앞에서는 잔재주가 통하지 않는 법이었다. 그도 대도에 힘을 실어서 맞받아쳤다.

꽈꽝!

창과 도가 부딪치는 소리가 나지 않고 거산이 무너지고 바다가 갈라지는 듯한 굉음이 울렸다. 그들이 힘과 힘으로 부딪친 후폭풍이 벌판을 휩쓸었다. 앞쪽에 있던 마군들이 갑작스런 태풍에 날렸다.

"공간 결계!"

알레그리아가 아리안을 위해 급히 공간 결계를 쳤다.

꽈꽝!

태풍은 공간 결계에 부딪쳐 다시 굉음을 일으켰지만, 마차나 병사들이 날아가지는 않았다.

발레포르와 람티무스는 다시 격돌했다. 이젠 정면 격돌을 피할 방법은 그 어디에도 보이지 않았다. 대결을 피하는 자가 크게 손해를 보리라. 그들의 격돌은 점점 빨라졌다.

꽝! 꽝! 꽝! 꽝!

번개가 번쩍이고 주위 공기가 몸살하며 퍼져 나갔다. 둘이 격돌하는 벌판이 점점 패고 여기저기 웅덩이가 만들어졌다.

마군은 그 힘의 여파를 견디지 못하고 뒤로 물러났다.

알레그리아는 공간 결계를 세 겹으로 쳤다. 후폭풍이 결계를 때리는 소리에 귀가 먹먹할 지경이었다. 그들이 얼마나 강한 힘으로 부딪치는지를 단적으로 보여줬다.

근처 산에 심어진 나무가 뿌리째 뽑혀서 날렸다. 하늘을 덮었던 먹구름마저 날려 버렸다.

그들의 싸움은 단순한 듯했지만, 그 어느 전투보다 흉험했다. 발레포르가 마기를 끌어올려 창의 기운에 실었다. 창에서 번개가 번쩍였고 대도와 부딪칠 때마다 사방으로 불꽃이 튀었다.

꽈꽝! 꽝! 꽝!

번쩍번쩍!

람티무스는 그의 도에 천년 한을 담았다. 대도가 한을 쏟아내려는 듯이 웅장한 울음을 토했다.

우~ 웅!

짜꽝! 꽝! 꽝!

그들의 싸움은 시간이 지날수록 더욱 거세지기만 했다. 이젠 조금이라도 힘이 모자란 자가 쓰러지고 말리라.

가슴을 치고 진각을 밟던 양군은 숨 막힐 듯한 격돌이 이어지자, 눈을 동그랗게 뜨고 주먹을 불끈 쥔 채 침을 삼켰다.

꿀꺽!

들어보지도 못했던 절대 강자들의 일기투(一騎投), 천장과 마장의 격돌은 작은 실수마저 용납하지 않으면서 그렇게 이어졌다. 상대의 공격을 눈으로 읽고 방어할 수는 없었다. 본능적으로 막고 손이 가는 대로 공격했다.

둥두둥, 둥두둥!

양 진영에서 장수들이 실수할까 두려워 후퇴하라는 북소리가 동시에 울렸다. 하나 발레포르는 물러나기가 쉽지 않은 점도 있었겠지만, 자이언트 드워프에게 처음 손해 봤던 점이 못내 잊히지 않았기에, 도저히 물러날 수가 없었다.

그는 자신의 비장의 무기인 '마왕 재림 마법'을 은밀히 준비했다. 발레포르가 마왕 재림을 준비하느라 창에 모든 힘을 실을 수가 없어서 조금씩 밀렸다. 아니, 람티무스를 속이느라 조금씩 밀리는 척했을 수도 있었다.

짜꽝!

발레포르가 밀릴수록 람티무스가 대도에 실은 힘은 더욱 가중됐다. 발레포르가 격돌하는 힘에 의해 뒤로 밀리면서 오히려 회심의 미소를 지으며 외쳤다.

"마왕 재림!"

갑자기 수많은 벼락이 람티무스에게 쏟아졌다.

"우와!"

"앗!"

관전하는 양군의 희비가 엇갈렸다. 마군은 벼락이 난무하며 람티무스에게 쏟아지는 것을 보고 환호했고, 병사들은 놀라서 주먹을 불끈 쥐었다.

람티무스는 눈으로 보고 피할 수 없는 벼락을 피할 생각조차 하지 않았다. 오히려 더욱 빨리 발레포르에게 달려들며 그의 뿔을 향해 찌르기로 공격했다.

꽈꽝! 꽝꽝!

여러 발의 벼락이 람티무스를 때렸다. 하지만 엄청난 포스를 동반한 그의 찌르기도 발레포르의 뿔 바로 밑을 쳤다.

"커억! 어, 어떻게?"

발레포르는 자신이 당한 것을 믿을 수가 없었다.

"크윽, 네 눈이 바삐 움직이고 네 입술 옆의 볼이 실룩이는 것을 봤다. 얍삽한 네놈이 분명 꼼수를 준비 중이라는 것을 알고, 그 순간을 노렸지. 마법 시동어를 외치는 순간은 아무래도 주의력이 분산되지 않겠나. 잘 가거나, 마계 최상위 귀족 발레포르!"

"크윽! 이럴 수가! 온 힘을 다하면서 그런 것까지 살피다니……."

번쩍!

부스스!

발레포르는 상대를 속이려다가 오히려 기회를 제공하여 먼지로 화해 소멸하고 말았다. 마계 대공의 능력을 지녔다고 알려진 발레포르의 참으로 허망한 최후였다.

우르릉! 꽝꽝!

발레포르가 지녔던 생명의 핵이 깨지면서 엄청난 폭음과 함께 마기가 사방으로 퍼졌다. 확산하는 마기는 태풍이 되어 산지 사방으로 퍼졌다. 동산만 한 마룡마저 날렸고, 알레그리아의 세 겹 공간 결계도 깨져서 병사들마저 우수수 쓰러지고 깨졌다.

쏴아~! 휘~ 잉!

발레포르의 소멸을 애도하는 양 갑자기 소낙비가 쏟아지고 회오리바람이 불었다. 엄청난 대승을 거뒀는데도 함성은 비명으로 대신했다. 어쨌든 간에 발레포르를 소멸시켰다는 것은 대단한 승리였다.

아리안이 어가에서 일어나 손을 들어 옆으로 휘저었다. 그제야 후폭풍이 멈추고 구름도 물러갔으며 태양이 다시 제 위치를 찾았다.

둥 두둥, 둥 두둥!

마군의 북소리가 후퇴를 알렸다.

으헝~!

갑자기 천둥 치는 듯한 소리가 울리면서, 세찬 비바람이 다시 몰아쳤다. 그 천둥소리에는 깊은 아픔이 스며 있었다.

아리안은 자리에서 일어났다가 신뢰하는 부하를 잃은 안타까움을 느끼고 그 자리에서 잠시 생각에 잠겼다.

'미안하오. 이것이 전쟁이 가져다주는 아픔인 것을! 그는 참으로 훌륭한 장수였소.'

아리안의 마음이 전해졌는지 비바람이 멎었다. 람티무스가 벼락에 맞아 머리를 산발하고 비를 흠뻑 맞은 채, 진영으로 돌아왔다.

아무도 그의 흐트러진 머리를 비웃지 않았다. 병사들은 마음 껏, 목청껏 함성을 지르며 그를 환영했다. 앞으로 까치머리가 유행하려나?

"와, 거인 장수! 최고다, 최고야."

"자이언트 전사대장, 정말 놀랍다, 놀라워."

"황제 폐하! 다행히 명령을 이행하고 돌아왔습니다."

람티무스는 병사들의 환호를 뒤로한 채 어가 앞에서 무릎을 꿇었다.

"일어나라. 수고 많았다, 람티무스!"

"황공하옵니다. 황제 폐하!"

황제의 칭찬에 람티무스는 다시 한 번 고개를 숙인 후 어가 옆 자이언트 드워프 병사들 앞에 섰다. 자이언트 드워프들의 어깨가 좀 더 뒤로 젖혀진 듯했다.

아리안 황제는 달아나듯이 물러나는 마군의 모습을 보고 그 뒤를 쫓지 않고 어가를 돌렸다.

둥둥! 둥둥!

어가가 돌려지자, 후퇴하라는 북소리가 들렸다. 황제의 어가 와 함께 병사들이 황성으로 돌아오는 광경을 지켜본 간첩들은 할 말을 잃었다.

"세상에, 마계 최고위 마족 발레포르를 이길 자이언트 드워프가 있을 줄이야."

"아, 아리안 황제는 점점 더 모르겠어. 이거다 싶으면 다시 변수가 생기고, 이 정도겠지 하는 순간 이미 보이지 않을 정도로 앞서가는군."

성벽에서 이 광경을 주시하던 병사와 백성들은 성문을 통해 들어오는 어가와 출정병사들을 맞이하며 거리로 쏟아져 나와 함성을 질렀다.

"황제 폐하, 만세!"

"황제 폐하, 만만세!"

그들의 눈에서는 눈물이 그치질 않았다. 하지만 아리안 황제의 표정은 그렇게 밝지가 않았다.

아, 그는 과연 무엇을 본 것일까?

성벽에서 전투를 관전했던 병사와 백성들의 입을 통해서 자이언트 드워프의 무위는 마치 당연하다는 듯이 과장이 더해졌지만, 직접 본 사람조차 이를 탓하지 않았다.

"와우, 정말 놀라웠지. 발레포르가 누구냐? 강함만을 추구하는 마계 서열 10위의 존재, 마황과 마왕을 제외하면 대공마저 한 발 양보한다는 마계 최고위 귀족, 천 년 전 신마대전 때 천장들마저 추풍낙엽이 되는 바람에, 마계를 천계와 동등한 위치로 끌어올렸다는 마족 중의 마족. 엄청난 위력의 다크 스피어를 마치 먼지 털듯이 날려 보내고, 눈으로 보고 도저히 피할 수 없는 벼락을 장난처럼 사방팔방으로 뿌려대는 번개의 제왕. 그의 흑마기를 조금만 받아도 당장 9서클에 이를 수 있다는, 흑마법사들의 꿈의 종주인 발레포르가 황성 평원에 발을 디뎠던 것이었던 것이었다. 젠장, 목이 왜 이렇게 컬컬하지?"

"자, 자. 여기 있네. 시원하게 쭉 들이켜고 계속하게."

한 사내가 연사처럼 이야기를 시작하다가 중단하자, 주위에서 침을 삼키며 듣던 사내가 술이 찰랑찰랑 담긴 술잔을 건네줬다.

"고맙네. 이야기가 어쩐지 술술 잘 풀릴 듯하구만. 꿀꺽꿀꺽!"

그는 잔을 내려놓고 소매로 입가를 훔친 다음 잔기침을 했다.

"흠흠, 발레포르가 평원에 한 발을 내딛자, 땅이 비명을 지르고 대기가 진동하면서 발자국마다 거대한 웅덩이가 팼다. 마계 귀족임을 상징하는 두 개의 뿔에서는 연방 번개가 번쩍였고, 그가 든 양날 창은 창날에서 창대까지 오리하르콘으로 만들어졌다. 오리하르콘이 뭐냐? 어느 제국 황제의 홀에 박았다는 오색찬연한 보석, 미스릴도 그 강함을 비교할 수 없고, 같은 크기의 금속보다 최소 세 배, 혹은 열 배가 무겁다는 우주에서 가장 귀하며 그 어느 보석보다 비싼 꿈의 보석이 아니었던가."

그 사내가 정작 전투 장면을 설명하려면 아무래도 밤을 지새워야 할 듯했지만, 누구도 탓하지 않고 숨을 죽였다.

백성들은 그런 이야기를 듣고 옮기면서 전쟁의 공포에서 벗어나려 애를 썼다.

전쟁은 다음날 일어나지 않았다. 그렇다고 몬스터와 마물들이 사라진 것도 아니었다.

그 다음날, 마물들의 움직임이 수상했다. 마군의 수가 눈으로 보기에도 확연하게 늘어났다. 그렇게 양군은 서로 대치한 채 사흘이 지났다.

뿌우~ 뿌우~!

사흘이 지난 새벽, 마군의 공격을 알리는 뿔나팔 소리가 들렸지만, 그렇다고 해서 마군이 공격해 온 것은 아니었다.

"황제 폐하! 저들이 공격은 하지 않고 자리를 지키는 중입니다. 그러면서도 공격 나팔을 불고 있으니, 그 속셈을 모르겠사옵니다."

"흠, 우리더러 밖에서 겨루게 나오란 뜻이군. 좋아, 나가자. 나가서 마물들 수를 좀 줄이는 것도 괜찮겠지. 사령관, 출동 준비해라!"

"옛, 황제 폐하!"

레슬리 사령관이 힘차게 복명하고 상황실을 나갔다. 잠시 후, 공격을 알리는 북소리가 황성에 울려 퍼졌다.

둥둥 둥둥, 둥둥 둥둥!

황성 앞 주도로에 민간인 통행이 금지되고 병사들이 부대별로 집결하기 시작했다. 15만 병력이 집결했지만, 주도로의 절반은 비어 있었다. 그 모습이 마치 사열대형으로 선 듯했다.

황제가 황금색 군장 차림으로 보라색 망토를 걸친 채 정전을 나섰다. 뒤에는 알레그리아와 아마르가 따랐고, 다시 파라미와 람티무스가 황제의 좌우에 섰다.

황제의 어가 주위에는 30여 명의 마스터 기사가 말을 탔으며, 천여 명의 자이언트 드워프가 말을 타지 않은 채 포진했다. 파라미는 그들의 체격을 보고 속으로 웃었다.

'크크, 저들이 만약 말을 탄다면 발이 땅에 닿겠군. 아니지, 말조차 힘이 부쳐서 주저앉을 거야. 그럼 말을 메고 싸워야 하잖아. 크크!'

황제가 어가에 오르자, 황궁문이 열리고 어가가 주도로로 나섰다. 황실 기사단 5,000명 중 4,000명이 청색 전투군장 차림으로 말을 타고 기다렸다.

"황제 폐하께 경례!"

"충성!"

쿵!

기사들이 가슴을 치는 소리가 우렁찼다. 갑자기 난데없는 함성이 터져 나왔다.

"황제 폐하, 만세!"

"황제 폐하, 만만세!"

주도로에 나서지 못한 백성들이 길 옆에서 기다리다가 황제의 용안을 바라보자 땅에 엎드리며 소리쳤다. 땅에 부복하며 절하는 그들의 태도는 경건하기 이를 데 없었다.

마치 이번 생의 목적이 그 절을 하기 위함이 아닐까 싶을 정도로 정성이 가득 담겼다. 황제의 가슴이 뭉클해졌다.

'아, 저들의 가슴에 희망이 이어지고 보람의 열매가 가득하게 해야 하는데…….'

"……"

황제는 묵묵히 그들을 바라보며 손짓했다. 어가가 앞으로 천천히 나아갔다.

"부대, 차려!"

척!

"황제 폐하께 경례!"

"충성!"

"황제 폐하, 만세"

황제의 어가가 주도로를 지나는 동안 병사들의 군례와 백성들의 '만세!' 소리가 계속 이어졌다.

군례와 만세 소리는 마치 경쟁이라도 하듯이 점점 더 커졌다. 그들은 자신이 터뜨리는 함성 속에 불안을 떨쳐 버리고 바람을 실었다. 그들은 어가가 이미 지나갔는데도 소리를 지르는 것을 멈출 줄 몰랐다.

"출동! 성문을 열어라!"

"개문!"

황성 수비사령관의 명령이 떨어지자, 수문장이 병사들에게 명령했다. 황성 성문이 활짝 열렸다. 병사들이 나가서 진영을 갖추고 황제의 어가가 나가는 동안에도 마군의 움직임은 일체 보이지 않았다.

제국 병사 15만이 진영을 갖췄지만, 적의 병력에 비해서는 턱없이 적었다. 마군은 아무리 적게 보아도 100만은 훨씬 넘을 듯싶었다.

"어휴, 저거 수에서 너무 차이가 나는 것은 아닐까요?"

"그러게 말입니다. 마군은 뒤로 갈수록 어마어마한 괴물들이 줄을 이었는데요."

"황제 폐하께 어떤 복안이 있겠지요. 그것도 모르고 출정하진 않았을 테니까요."

성벽 위에서 바라보는 병사들은 확연히 차이 나는 병력에 조마조마한 심정을 감출 수가 없었다.

뿌우~ 뿌우~!

황제의 병사들이 진영을 갖추자, 기다렸다는 듯이 마군의 뿔나팔 소리가 들렸다.

마군의 진영이 둘로 갈라지고 무장한 오크와 오거군 20만 정도가 앞으로 나와서 정렬했다. 그들과 마군 본영과의 거리가 50m 정도로 떨어졌다. 아무래도 마군의 첫 공격은 오크와 오거군이 담당할 듯싶었다.

둥둥둥둥!

오크, 오거 연합군이 북소리에 맞춰서 한 발짝씩 앞으로 나섰다.

둥둥! 둥둥! 둥둥! 둥둥!

황제군 역시 북소리에 맞춰 열을 흩뜨리지 않고 앞으로 나섰다. 황제의 어가 주위에는 5만 병사가 남았다. 황제군 10만 병사가 20만 오크, 오거군을 상대하려고 나섰다.

용기는 가상했지만, 체격에서는 커다란 차이가 뚜렷했다. 양군은 점차 거리를 좁혀 갔으나, 어느 쪽도 진형을 바꾸진 않았다.

뿌뿌뿌우~!

황제군의 나팔 소리가 들리자, 단위 부대 만인장들의 고함이 들렸다.

"다이아몬드형으로!"

만 명을 단위로 하는 부대가 전진을 계속하면서 다이아몬드형을 갖춰 나갔다. 어느새 달려왔는지 자이언트 드워프 병사 백 명씩이 각 만인 부대 정면에 섰다.

"출동!"

특수부대 지휘관의 고함이 떨어졌다. 갑자기 황성문을 통해서 말 두 필이 끄는 1인 전차부대 5,000대가 굉음을 일으키며 전장으로 돌입했다. 그들은 부대가 다이아몬드형으로 바뀐 공간을 이용해서 만인 부대보다 더욱 앞으로 달려 나갔다.

"사격 개시!"

그들의 전차에서 화살이 발사됐다. 전차 한 대가 한 번 쏠 때마다 30발이 날아갔다. 하늘은 5,000명이 한 번에 30발씩 쏘는 15만 대의 화살로 해를 가릴 정도였다.

꽈꽝! 꽝! 꽝!

화살은 단순한 화살이 아니었다. 부딪치거나 살에 박히면 폭발했다.

꾸욱! 꺼억!

오크, 오거군의 전열이 흩어졌다. 아무리 방패로 막기는 했지만, 상당수 병력이 푸른 피를 흘리고 쓰러졌다.

"공격!"

레슬리 사령관의 음성이 하늘을 찌를 듯이 터졌다.

"와ㅡ!"

"죽여라!"

각 만인 부대는 거센 노도처럼 전차부대를 지나서 오크, 오거 군의 진영을 덮쳤다. 오거와 체격이 비슷한 자이언트 드워프 병사의 위용이 빛을 발했다. 만인 부대마다 선두에 선 그들의 앞을 가로막을 자는 없었다.

"어딜 못생긴 드워프가!"

"오거의 기준에서겠지. 받아라!"

챙챙! 꺼억!

그들의 힘은 감히 상대할 자가 없다는 오거의 힘을 능가했다. 첫 격돌에 이미 힘에 눌려서 비틀거렸고, 두 번째는 목을 내놓아야 했다.

"와, 자이언트 드워프, 최고다!"

자이언트 드워프가 앞을 치고 나가며 쓸어버리자, 병사들은 용기백배해서 그 뒤를 따르며 없던 힘까지 발휘했다. 그들은 전쟁이 가져다주는 광기에 휩싸인 듯싶었다. 그 무섭다던 오크 전사와 오거를 향해 주저하지 않고 검을 휘두르고 창으로 찔렀다. 자신이 창이나 검에 찔려도 빼지 않고 오히려 더욱 힘껏 잡아서 동료가 적을 칠 시간을 벌었다.

오크, 오거군의 전멸이 바로 눈앞에 다가온 듯했다. 다시 상황의 변동을 예기하는 마군의 북소리가 무겁게 평원에 퍼져 나갔다.

둥둥둥둥!

하늘에 먹구름이 짙어지기 시작했다. 이제 전쟁은 새로운 국면으로 접어들었다.

평원에는 심상치 않은 기운이 감돌았다. 먹구름이 마구 뭉클거리며 몰려들었고, 세찬 바람이 불었다.

고블린 정도는 그대로 바람에 날려 버렸으며, 제국군의 깃발이 찢어질 듯이 펄럭였다. 기온이 급속도로 떨어져서 몸을 부르르 떠는 병사들이 많았다.

"흠, 전차부대로 적의 기세를 무너뜨리는 것은 물론이고, 절반에 가까운 몬스터군을 쓸어버린 후, 압도적 위용을 자랑하는 자이언트 드워프를 앞세워 적을 쓸어버렸군."

"참으로 놀라운 전략이야. 하지만 이제 심상치 않은 적의 반격이 시작될 것 같아."

"맞습니다. 오크, 오거가 거의 전멸했는데도 적의 태도가 너무 의연합니다."

성벽 위의 병사들은 숨을 죽이고 평원을 주시했다. 갑자기 지축을 뒤흔드는 소리가 들렸다.

쿵쿵쿵!

마룡 2,000여 마리가 전신에 철갑을 두른 채, 등에는 각기 20여 명의 다크 엘프를 태우고 나타났다. 마룡들이 나타나자 평원이 좁다는 느낌이 들었다.

뿌뿌우~!

황제군의 뿔나팔 소리가 들리자, 만인 부대는 천천히 뒤로 물러나서 진용을 새롭게 정비했다. 만인 부대 옆에 전차부대가 기회를 노렸다.

"앗! 저기 다가오는 게 뭐지?"

"세상에, 익룡이잖아! 역시 등에는 다크 엘프가 탔어."

"응? 그런데 활을 들지 않은 걸 보니 마법사들인 모양이야."

"음, 아무래도 저들이 전차부대를 상대할 모양이군."

성벽 위에서 평원 전투를 바라보는 사람들은 계속 바뀌는 상황을 보며 조마조마한 심정이었다.

둥둥둥, 둥둥둥!

황제군의 북소리가 울리자, 전차부대가 일제히 앞으로 나섰다. 마룡부대와의 간격을 50여m 남겨놓은 거리에서 화살을 쐈다.

"사격 개시!"

쌔앵~!

꽈꽝! 꽝! 꽝!

일제히 화살이 날아가고 엄청난 폭발이 일어났다. 화살이 마룡의 철갑에 부딪치면 폭발은 하지만, 별 피해는 나지 않았다. 하지만 워낙 많은 화살은 다크 엘프와 철갑이 채 감싸지 못한 마룡의 머리와 목, 그리고 다리를 맞혀서 피해를 줬다.

상당수의 마룡이 쓰러졌지만, 마룡부대는 더욱 빠른 속도로 전차부대를 밟아버릴 듯이 몰려들었다. 전차부대는 뒤로 물러나면서 무작정 도망가듯이 돌아가는 게 아니었다. 10m 후퇴하면 한 번씩 뒤로 돌아서서 화살을 날려 상당한 피해를 줬다.

그때였다. 60여 마리의 익룡을 타고 나타난 다크 엘프들의 공격이 퍼부어졌다.

"파이어 볼!"

"파이어 웨이브!"

다크 엘프의 화염 공격이 전차에 적중하면 전차 자체가 굉음과 함께 폭발했다. 전차, 말, 사람이 흔적도 남지 않았다. 상상하기 힘든 엄청난 폭발력이었다.

꽝꽝!

번쩍번쩍!

한 대가 폭발하면 주위의 전차도 동반해서 폭발했다. 하지만 화살 발사대가 고정된 전차부대는 익룡을 공격할 수 없었다.

신이 난 다크 엘프의 공격에 피해는 점차 커졌다. 전차부대는 마법에 당하기 전에 마룡을 향해서 한 번이라도 더 쏘려고 애를 썼다. 양군 피해는 점차 늘어났다.

아리안 황제가 파라미에게 명령했다.

"마스터 기사 20명만 보내서 익룡을 처리해라!"

"예, 황제 폐하!"

파라미는 황제에게 복명하고 마스터 기사들을 돌아봤다.

"1군과 2군이 다녀와라!"

"예, 청장님!"

마스터 기사 20여 명이 붉은 망토를 날리며 공중으로 치솟았다. 그들이 익룡에게 다가선 것은 순식간이었다.

"경천일검!"

일제히 터지는 외침과 함께 거대한 광검이 나타나서 익룡과 마법사를 단번에 갈랐다.

"실드!"

"파이어 웨이브!"

"파이어 월!"

마스터 기사의 광검 앞에서는 실드나 마법은 허무하게 깨졌다. 그들이 할 수 있는 것은 태어날 때와 같이 한마디 비명을 남기는 것뿐이었다.

"으악!"

"컥, 실드가 깨지다니……."

익룡이나 다크 엘프는 공중을 날아가 광검을 휘두르는 마스터 기사의 상대는 아니었다.

"끄윽! 안되겠다. 작전상 후퇴다."

"으악! 블링크마저……."

그들은 달아나는 것마저 순조롭지 않았다. 공중에서 날아다니는 마스터 기사들의 움직임은 잔상이 남을 정도였다.

전차부대는 익룡과 흑마법사가 사라지자, 마룡을 향해서 마지막 화살을 신나게 쏜 다음 뒤로 물러났다.

"전차부대 작전상 후퇴! 각 부대 공격위치로, 공격!"

"공격!"

병사들이 가까이 다가온 마룡을 공격했다. 다크 엘프들이 마룡의 등에서 활을 쐈다. 그들은 가히 명수들이었다. 달려드는 병사들에게 겨눈 화살은 주로 병사들의 얼굴을 노렸는데 백발백중이었고 일격필살이었다.

"윽, 허걱!"

자이언트 드워프 병사들의 위용이 다시 빛났다. 철갑을 두른 마룡도 무릎 아래는 보호대가 없었다.

"야!"

자이언트 드워프가 휘두른 대도는 마룡의 거대한 기둥 같은 발목 힘줄을 잘랐다.

꾸억!

발목을 공격당한 마룡이 괴로운 비명을 지르며 무릎을 꿇었다. 등에 탔던 다크 엘프들이 우수수 땅으로 처박혔다. 성난 병사들이 목숨을 돌보지 않고 다크 엘프를 창으로 찔렀다.

"컥!"

마룡의 꼬리를 타고 등으로 올라탄 자이언트 드워프도 보였다. 천여 마리의 마룡을, 1,200명의 천년 한을 품은 자이언트 드워프가 병사들의 도움을 받으며 철저히 유린했다.

뿌뿌우~!

마군의 후퇴를 알리는 뿔나팔 소리에 겨우 백여 마리 남은 마룡이 허겁지겁 돌아갔다.

"크크, 결국 2차전도 황제의 승리로군."

간첩들은 황제를 위해서 목숨조차 아끼지 않고 싸우는 병사들과 놀라운 능력의 자이언트 드워프와 마스터 기사, 그리고 가진 것을 적절히 응용하여 대적하는 지휘관들의 능력에 감탄을 금하지 못했다.

"대륙에 저들처럼 일치단결하여 싸우는 병사들이 또 있을까요?"

"정말 놀랍습니다. 도무지 목숨 아까운 것을 모르는 듯합니다. 진정한 병사들이에요. 정말 저런 자들과는 싸우고 싶지 않군요."

"물론 황제의 병사들이 잘 싸우기는 했지만, 어쩐지 좀 쉽다는 느낌이 들지 않습니까? 내가 아는 마계의 능력은 이 정도가 아닌 듯싶은데요."

"글쎄요, 쉽고도 어려운 문제로군요. 아, 오늘은 더는 전쟁을 하지 않을 모양입니다. 황제의 어가가 돌아오는군요."

황제는 황궁에 도착할 때까지 어가 밖으로 모습을 보이지 않았다.

"황제 폐하! 승전을 축하드리옵니다."

황궁 앞에서 펠리즈 부속실장과 헤르메스 국방청장, 레모 정보청장, 카르네프 상무청장, 포르피리오 총리가 어가를 맞이했다. 황제는 말없이 황궁 안 상황실로 들어갔다.

"레슬리 사령관과 특수부대 대장을 불러라!"

"예, 황제 폐하!"

아리안 황제는 자리에 앉은 사람들의 얼굴을 둘러본 뒤에 침중한 어조로 말했다.

"오늘 우리가 비록 이겼다고 하지만, 많은 병사가 희생되었다. 이들 가족을 찾아서 안정할 수 있도록 지원을 아끼지 말라."

"예, 황제 폐하!"

포르피리오 총리가 수첩에다 적은 후 공손히 대답했다.

"오늘 처음으로 상당히 강력한 마계 마군의 기운을 읽을 수 있었다. 내일부터는 공성전으로 대항한다. 아마르! 대항진은 모두 설치했나?"

"예, 황제 폐하! 특수부대장이 의외로 뛰어나서 다행히 모두 설치할 수 있었사옵니다."

"그래? 수고했다."

이들이 상황실에서 전략논의를 거듭할 때, 갑자기 밖에서 굉음과 비명이 들렸다.

꽈꽝! 꽝! 꽝!

으악!

"허걱! 살려줘!"

알레그리아가 재빨리 상황실의 영상 마법판을 활성화시켰다. 황성 상공에 익룡이 날아와 마기탄을 떨어뜨리고 흡혈박쥐 무리가 사방으로 날아다녔다.

"마스터 기사들은 익룡을 처치하고 와라!"

"예, 황제 폐하!"

파라미가 밖으로 나가자, 아리안 황제도 알레그리아를 데리고 밖으로 나왔다.

"그리아! 내가 이야기하면 결계를 치도록 해라!"

"예, 황제 폐하!"

황궁 테라스로 나온 황제는 마스터 기사들이 익룡을 처치하는 광경을 목격했다. 어느새 출동하여 많은 익룡을 처치하고 달아나는 익룡의 뒤를 쫓았다.

"모두 돌아와라!"

황제의 음성은 마치 옆에서 이야기하듯이 마스터 기사들에게 잘 들렸다. 기사들은 황성 밖으로 물러난 익룡을 더는 쫓지 않고 돌아왔다. 그들이 돌아오는 모습을 본 황제가 알레그리아에게 말했다.

"지금이다. 그리아!"

준비하고 있던 알레그리아가 손으로 하늘을 가리켰다.

"공간 결계!"

공간 결계가 완성되자, 아리안 황제가 고함을 쳤다. 그러나 황제의 고함은 소리가 되어 들리지 않았다. 알레그리아는 의아한 표정을 지으며 하늘을 쳐다봤다. 공중을 날던 흡혈박쥐들이 갑자기 땅으로 떨어져서 몇 번인가 팔딱거리다가 죽었다.

"어? 골치 아픈 흡혈박쥐들이 모두 죽었잖아요. 황제 폐하! 어떻게 하신 거죠?"

"박쥐는 초음파를 발생하여 거리를 파악하고 상대의 형상을 알아내지만, 그것들의 가청범위를 넘는 극초음파에는 오히려 더욱 취약하지. 지금 극초음파를 발사하여 박쥐의 귀를 통해 뇌를 흔들어 놨으니 죽을 수밖에 없을 거야."

"초음파? 극초음파? 에고, 머리 아파."

황제는 알레그리아의 찡그린 표정을 보면서 미소를 띠우며 다시 황궁으로 돌아갔다.

*　　　*　　　*

아리안은 잠을 이루지 못하고 침대에서 일어나 창가로 가서 밖을 내다보다가 창문을 열었다. 차가운 바람이 정신을 번쩍 들게 했으나 창문을 닫지는 않았다. 황궁 정원의 나무들이 바람에 날리며 만들어내는 소리가 마치 귀곡성처럼 들렸다.

"우~ 웅!"

마르티네스 황후가 가벼운 신음을 흘리며 몸을 뒤척이는 소리를 듣고, 황제는 창문을 닫은 후 침대로 가서 흘러내린 이불을 잘 덮어줬다. 침전의 색등에 비친 황후의 모습은 매우 아름다웠다.

'마르티네스, 내 사람! 참으로 아름답구려. 난 언젠가 이 세상에서 없어지겠지만 당신을 사랑하오.'

아리안은 잠이 든 그녀의 머릿결을 가만히 쓰다듬었다. 가슴속에 아련한 그리움이 솟아났다.

'아, 보고 있어도 그리운 임이여! 천년을 함께 산다 한들 어찌 그리움이 사라질 것이며, 만년을 껴안는다 한들 사랑의 불길은 식지 않겠구려.'

아리안은 침대에서 일어나 옷을 갈아입고 천천히 침전을 나와서 황제 전용 수련실로 향했다. 어둠 속에서 소리없이 비상이 걸리고 황실 기사들이 사방을 경호했다. 알레그리아가 어느새 수련실 문 앞에 자리했다.

수련실을 밝히는 마법등 하나가 고독에 절어 몸을 떨었다. 아리안은 묵묵히 정좌한 채 양손을 가볍게 무릎 위에 얹고 눈을 감았다. 그의 긴 그림자에서 절대고독이 피어났다.

시간은 그렇게 무심히 흘러갔다. 순간 그의 그림자 위에 검은 안개가 뭉클거리더니 이마에 뿔이 달린 마족의 형상이 나타났다.

"크크크, 잘됐군, 잘됐어. 혼자 있다니 지극히 운이 좋아."

"내가 말인가? 아니면 자네가 말인가?"

아리안이 말을 하면서 앉은 채 몸을 돌렸다. 아리안의 얼굴은 그늘이 졌고 마족의 얼굴은 빛에 드러났다. 염소 얼굴에 염소수염, 그리고 염소 뿔을 단 자였다.

"크크, 자네? 인간에게 그런 소릴 듣다니 무척 생뚱맞군. 그러나 흥정을 하러 왔으니, 그 빚은 다음에 갚도록 하지. 자, 이 영상을 보게나."

"잠깐, 난 이름도 없는 자가 보여주는 것을 볼 만큼 한가하질 않네. 다른 사람에게 보여줬으면 하네."

"크크, 밖에 있는 덩치 큰 도마뱀 말이로군. 이곳은 철저히 결계로 차단된다는 것쯤은 상식 아닌가? 하지만 이몸의 위대함을 찬양하고자 한다면, 가르쳐 주지 않을 이유도 없겠지. 잘들어라! 이몸은 위대한 마왕을 모시는 마계 최상위 귀족 파이몬(Paimon)이라고 한다."

"음, 파이몬, 온갖 비밀을 아는 자로 비열한 음모와 저질스런 모함, 갖은 지저분한 계략을 마치 자신의 생존 이유라도 되듯이 펼치는 바로 그 쓰레기였군. 혼자 왔으니 나가는 길은 알겠지. 냄새가 너무 나니 빨리 돌아가게. 이 땅은 너 같은 쓰레기가 있기에는 너무 아름다운 곳이야."

"크크, 어린놈이 어떻게 황제가 됐나 싶더니, 겁을 상실해서된 거였군. 네놈의 아들이 어떻게 됐나 알고 싶지 않나?"

"짐의 아들을 납치해서 위협할 생각이라면 자네야말로 상대할 가치도 없는 놈이지. 짐은 아들을 얼마든지 낳을 수 있는 몸이고, 너 같은 놈의 약속은 일고의 가치도 없는 것이니까. 더구나 납치범은 대부분 먼저 인질을 죽인 후에 흥정하더군."

"아니야, 절대 아니야. 자네 아들은 살아 있어. 내가 원하는 것만 준다면 네 아들은 무사히 돌아올 수 있다."

파이몬이 황태자를 납치했다는 소리를 들은 알레그리아는 놀라서 급히 황태자궁으로 갔다. 그의 말대로 역시 황태자는 보이지 않았다.

"황태자 마마는 어디 계시느냐?"

"예? 주무실 텐데요."

갑자기 황궁이 소란스러워졌다.

"아니, 살리에르 황태자가 사라졌다고?"

마르티네스 황후의 놀람은 극에 달했다. 정신없이 황태자궁으로 갔던 그녀는 살리에르가 보이지 않자, 알레그리아에게 물었다.

"알레그리아님! 황제 폐하는 어디 계시죠?"

"황후마마, 우선 침전으로 돌아가시기 바랍니다. 드릴 말씀이 있습니다."

알레그리아는 황후를 황후궁으로 모시고 가서 의자에 앉게 한 후 이야기를 꺼냈다.

"황후마마! 지금 황제 폐하께선 황태자 전하를 납치했다는 자와 이야기 중이십니다. 황후마마께서 가시면 오히려 황제 폐하께서 위험해지십니다."

"아니야, 그래도 내가 가서 이야기를 직접 들어야겠어요."

"황후마마! 난 오직 황제 폐하만을 위해서 존재합니다. 황후마마가 황제 폐하를 위험에 빠뜨리신다면 난 당연히 막을 것입니다. 그것은 상대가 누구든 간에 변할 수 없는 기본이랍니다."

마르티네스 황후는 알레그리아를 다시 쳐다봤다. 갑자기 알레그리아가 무표정해졌다.

'알레그리아의 표정이 사라졌어. 그래도 내가 간다고 하면 무슨 일이든 하고 말겠지. 그렇다고 해서 황태자의 실종을 알면서 궁에만 있을 수는 없잖아.'

"알레그리아 님! 그래도 전 가야겠어요. 모정을 안다면 부디 막지 말아주세요."

"슬립!"

알레그리아는 황후의 태도가 단호한 것을 알고 마법으로 재워서 침대에 눕혔다.

한편, 파이몬은 인질이 보통 죽었다는 아리안의 말을 극구 부인하며 살리에르가 잠든 영상마법을 보여줬다.

"자, 어떠냐? 살아 있지? 네 몸속에 있는 피를 내가 가져온 병 두 개에 채워주기만 하면 된다. 물론 피를 빼면 현기증이 나긴 하겠지만 죽지는 않을 거다. 어떠냐? 자신을 희생해서 자식을 살리는 게 옳지 않겠나?"

"하하하! 네놈의 입에서 옳고 그른 이야기가 나오다니, 네놈 말대로 상당히 생뚱맞구나. 잘 들어라. 네놈이 들고 온 병은 대략 2리터 정도로 보인다. 인간 성인의 피는 보통 5리터다."

"잘 알고 있구나. 절반도 되지 않는 것을 내게 주고 자식을 살리는 것이다. 이 일을 아는 사람들은 자식을 위해서 희생한 너의 고결한 정신에 모두 엎드려 찬양할 게다."

"푸하하하! 인간은 10%의 피, 500cc가 빠지면, 현기증이 일어나고 혈압 저하가 생긴다. 20%의 피를 흘리면 안색이 변하고 기운을 차릴 수가 없으며, 30%는 죽게 된다. 그런데도 40%의 피를 달라면서 생명에는 지장이 없다고? 내 아들이 제국을 다스리려면 아직 20년이 있어야 하는데, 나보고 지금 죽으라면서 그것을 흥정이라고 말하는 거냐?"

"젠장, 좋다. 한 병만 다오. 그러면 아들을 돌려주겠다. 그것마저 거절한다면 어쩔 수 없이 아들놈을 잡아먹을 수밖에 없겠지. 네 아들놈도 의외로 좋은 보약 수준은 될 테니까."

"내 아들은 지금 어디 있느냐?"

"그 녀석은 지금 성 밖 마차 안에… 아차, 그래, 결정했겠지?"

파이몬은 자신의 실수를 깨닫고 얼굴색이 변했다가, 마차를 지키는 부하들을 믿고 안색을 고친 후 아리안에게 말했다.

알레그리아는 재빨리 황성 밖으로 나가서 마차를 찾았다. 다행히 마차는 황성 밖 숲 가까운 곳에서 발견했다. 알레그리아는 조심스럽게 다가가서 마법을 걸었다.

"홀드!"

그녀는 마차를 지키는 자들을 마법으로 묶은 후, 재빨리 마차 안으로 들어갔다. 안에는 살리에르가 잠들어 있었다.

"황태자마마!"

잠자는 줄 알았던 황태자가 갑자기 자신을 안는 알레그리아의 왼쪽 가슴에 단검을 찔렀다.

푸욱!

헉!

바로 그 순간 아리안의 음성이 그녀의 머리에 울렸다.

[앗, 그리아! 위험해! 그는 가짜다!]

"공자님!"

알레그리아는 품에 안았던 살리에르를 떨어뜨리고 아리안을 찾았다. 아리안은 알레그리아의 위험을 깨닫자, 파이몬을 내버려 둔 채 몸을 날렸다.

"그리아!"

번개처럼 사라지는 아리안의 뒤를 파라미와 아마르가 뒤를 쫓았다.

알레그리아는 피를 흘리며 뒤로 조금씩 물러났다. 알레그리아를 찌른 황태자는 멍한 표정으로 그녀를 바라봤다. 그녀가 다친 바람에 마법이 풀린 마차를 지키던 자들이 검을 뽑아 들었다.

"저 여자를 죽여! 황제의 최측근 마법사다."

"멈춰라!"

검을 높이 쳐든 사내들 귀에 분노한 아리안의 사자후가 울렸다.

"으윽!"

"컥!"

검을 들었던 자들은 그대로 피를 흘리며 땅에 쓰러졌다. 알레그리아가 비틀거리며 쓰러지는 것을 어느새 나타난 아리안이 껴안았다. 그녀의 가슴에선 검붉은 피가 끊임없이 흘렀다. 그녀의 가슴에 꽂힌 단검은 일반 검이 아니었다. 아리안이 피를 토하는 심정으로 말했다.

"마왕마저 피를 보면 소멸시킨다는 마황의 '멸혼검' 이잖아."

"공자님! 용포가 더럽혀져요."

처연한 표정의 알레그리아를 보며 아리안이 입술을 깨물었다가 알레그리아의 입을 맞춘 채, 흩어져 약해지는 마나를 다시 불어넣었다. 하지만 그녀의 몸은 점점 약해질 뿐이었다.

아리안은 그녀가 마나를 받아들이지 못하자, 자신의 생기를 불어넣었다. 그녀의 가슴에 꽂힌 단검과 두 사람의 옷을 흠뻑 적신 피는 보는 이의 마음을 아프게 했다.

아마르가 두 사람이 입 맞추는 모습을 보고 아름답다고 느꼈으나, 곧 피 묻은 단검을 보고서야 상황을 파악하고 눈물을 흘렸다.

파라미가 마스터 기사들과 도착했다. 그는 곧 아리안이 전력을 다하지만 그녀가 받아들이지 못하는 것을 깨달았다. 그는 어금니를 깨물며 마스터 기사들에게 경호를 지시했다.

"공자님! 행복했어요. 영원히 사랑해요, 나의 공자님!"

"안 돼~! 그리아!"

아리안의 눈에서 눈물이 내를 이룬 듯이 흘러내렸다.

"공자님, 지금은 제가 가야 할 때예요. 아, 세상이 참으로 아름다워요."

알레그리아는 아리안을 눈에 담으려는 듯이 눈을 감지 못했다. 아리안은 영혼이 찢기는 심정으로 그녀를 꼬옥 껴안으며 눈을 감겼다.

아, 아리안을 그림자처럼 따르던 알레그리아가 그렇게 갔다.

"그리아~!"

울먹이며 부르짖는 아리안의 절규가 구만리 창공에 퍼져 나갔다. 갑자기 먹구름이 몰려들고 장대 같은 비가 쏟아졌다.

쏴아~!

"언니, 흑흑!"

아마르가 땅바닥에 무너지듯이 엎드리며 흐느꼈다.

"......"

파라미가 한쪽 무릎을 꿇고 고개를 숙였다.

쏴아~!

번쩍번쩍!

꽝! 꽝!

알레그리아를 품에 안은 채 하늘을 쳐다보는 아리안의 주위로 번개가 번쩍이고 벼락이 내려쳤으며, 그의 눈물을 가리려는지 소낙비가 그치질 않았다.

'오, 알레그리아여~!'

아리안이 알레그리아를 안은 채 파라미에게 명령했다.

"저자들을 호경청장에게 넘겨라!"

"예, 황제 폐하!"

파라미는 마스터 기사들에게 명령해서 쓰러진 세 명의 사내와 마차 안에 있던 자를 체포했다. 살리에르로 변장했던 마차 안의 사내는 어느덧 마법이 풀려 평범한 소년의 모습으로 바뀌었다. 그 소년은 여전히 넋이 나간 표정이었다.

아리안이 알레그리아의 가슴에 박힌 단검을 뽑았다. 단검엔 독이 묻었으며 엄청난 마기가 흘러나왔다.

갑자기 마검의 손잡이가 악마의 얼굴로 변하더니 아리안의 손바닥에 송곳니를 박았다. 그 광경을 지켜본 아마르와 파라미가 놀라서 비명을 질렀다.

"세상에, 황제 오라버니!"

"앗, 황제 폐하!"

아리안은 단검에서 손을 빼지 않고 오히려 단검의 마기를 흡수했다. 아리안의 오른손이 점차 묵빛으로 변했다. 아리안의 손을 검게 물들인 마기는 점차 손목에서 팔뚝으로 번져 갔다.

아리안은 알레그리아를 안은 팔을 풀지 않은 채 묵묵히 단검을 바라봤다. 아리안의 어깨까지 번졌던 검은빛은 더는 퍼지지 못하고 다시 팔과 손으로 줄어들었다. 이윽고 아리안의 손까지 원래 색을 되찾게 되자, 단검의 색도 맑은 청색을 띠었으며, 단검 손잡이의 악마상도 고통스런 표정을 짓다가 결국 사라지고 평범한 손잡이로 돌아갔다.

"멈춰라! 좀 더 다가오면 베어버리겠다."

마스터 기사의 호통이 들렸다.

"쯔쯔, 저런. 내 말을 끝까지 듣지 않고 설치다가 손해를 본 듯하군. 어떤가? 진짜 황태자를 구하고 싶지 않은가?"

황궁에서 염소얼굴의 파이몬이 천천히 걸어나왔다. 아리안은 그를 힐끗 쳐다보고 아마르에게 알레그리아를 넘겨줬다.

"아마르, 그리아가 추운 듯싶다."

"예, 황제 오라버니! 흑흑! 언니! 본체로 폴리모프하면 금방 회복할 수 있었을 텐데, 왜 그랬어요, 예? 언니! 흑흑!"

"그리아는 자신의 목숨보다 아름다운 모습을 간직한 추억으로 남길 바랐단다. 어리석은 녀석!"

아마르는 무심한 어조로 말하는 아리안의 음성에서 더할 나위 없는 슬픔과 안타까움을 느꼈다.

"황제 오라버니, 드래곤은 죽으면 자연으로 환원되는 게 아닌가요? 혹시 아직 완전히 죽지 않은 것은 아닐까요?"

"그녀는 너처럼 온전한 인간이 되었단다. 영혼을 생성하여 깨달을 때까지 끊임없는 윤회의 길에 들어선 것이지. 아마르도 다시 만나게 될게다. 그때, 지금의 기억을 떠올릴지는 모르겠지만……."

아리안은 아마르의 물음에 대답하면서 천천히 파이몬을 향해 몸을 돌렸다.

"어떠냐? 이제 결심이 섰느냐?"

"다시 네 얼굴을 보여줘서 고맙구나."

휙!

퍽퍽, 퍽퍽!

"윽, 허걱!"

아리안은 말을 끝내기도 전에 파이몬을 걷어찼다. 아리안의 모습은 단지 그의 주위를 천천히 도는 듯한데, 파이몬은 연방 얻어터졌다.

"그렇지 않아도 아무것도 하지 않으면 가슴이 터질 듯했거든."

아리안의 음성은 조용했지만, 파이몬은 정신 차릴 겨를도 없이 얻어맞았다.

"왜 얼굴을 주로 때리느냐고 묻지 마라, 파이몬. 블링크나 텔레포트하면 골치 아프잖아. 그리고 머리 쓰는 걸 좋아하는 녀석은 좀 맞아야 정신 차리는 법이니까."

퍽퍽, 퍽퍽!

"……!"

파이몬은 이가 다 빠져서 신음도 뱉지 못했다.

[으윽, 젠장, 뿔나고 처음 맞아 보는군. 그만해라! 황태자가 위험하다.]

파이몬은 말을 하지 못하자 마계 귀족의 권능인 심어로 뜻을 전했다.

"이 자식이 아직 매가 멀었군. 너만 없으면 우리 애가 위험할 일이 어디 있겠나. 좀 더 맞아야 반성하겠어."

퍽퍽, 퍽퍽!

다시 치기 신공이 그 화려한 면모를 선보였다. 올려치기, 내리치기, 돌려치기, 안 친 데 골라 치기, 친 데 또 치기 등을 고루 선보이자, 파이몬이 입었던 의복이 너덜너덜해지다 못해 비오는 날 먼지로 화해 사라졌다.

[그만, 제발 그만해라! 황태자를 돌려주겠다. 네놈의 피만 먹으면 이몸이 마왕이 되는 것도 꿈이 아니었는데…….]

"건방진 자식, 아직도 식량창고에 있는 황태자 타령이군. 파이몬, 이제 그만 가라!"

[아니, 어, 어떻게?]

"황제 폐하! 황태자 전하는 식량창고에 계셨습니다. 흑마법사 일당과 마왕 추종자들을 일망타진했사옵니다."

호경청장 시로코가 달려와서 보고하는 소리에 모두 반색했지만, 파이몬만이 눈을 동그랗게 떴다.

"자식! 마지막 순간까지 배우려고 애를 쓰는 것을 보니, 기특한 면도 있었어. 자, 네 것이니 가져가라!"

아리안은 파이몬에게 단검을 던졌다. 단검은 아리안이 던진 순간 사라진 듯이 보이지 않았다가 마족의 왼쪽 발등에 꽂혔다.

'아니, 이, 이것까지?'

파이몬 생명의 핵은 왼쪽 발바닥에 숨겨져 있었다.

번쩍번쩍!

꽈꽝!

모든 비밀을 꿰뚫었으며, 음모와 계략의 종주라고 불리던 마계 상위 귀족 파이몬의 최후는 엄청난 폭발을 일으켰다. 파이몬이 비록 자신이 지녔던 대부분의 마공을 수련보다는 비열한 방법에 의해서 취했겠지만, 그것이 그의 사는 방법이었고, 황성 대평원에 때 아닌 불꽃놀이를 만들었다.

아리안은 알레그리아를 안고 황성문을 들어섰다. 비는 계속 내렸다.

"황제 오라버니! 제가 언니를 안고 갈게요."

"아니다. 그리아는 나만을 믿고, 나를 위해서 숨을 쉬다 간 아름다운 내 여인이다. 마지막 가는 길은 내가 안고 가야지."

아마르는 아리안의 눈에서 그제야 흐르는 눈물을 발견했다.

'아, 오빠는 언니를 진정으로 사랑했구나.'

"황제 폐하! 망극하옵니다. 엉엉!"

어느새 소식을 들은 백성들이 거리에 나와서 울며 황제와 함께 슬퍼했다. 거리는 점차 백성들로 메워지고, 통곡 소리는 점점 퍼져 나갔다.

"슬픔은 나누면 줄어든다 했거늘,"

"어허야, 어허데야."

황제가 슬픔을 견디기 어려워 노래를 불렀다. 아마르가 눈물을 흘리며 추임새를 넣었다.

"사랑하는 임을 보내는 슬픔."

"어허야, 어허데야."

황제의 슬픔은 그 깊이를 알 길 없었다. 파라미가 아마르와 같이 슬픔에 동참했다.

"어이하여 사그라질 줄을 모르는가."

"어허야, 어허데야."

아리안은 검황의 능력으로도 어이할 수 없는 안타까움에 피눈물을 뿌렸다. 마스터 기사들이 합창으로 추임새를 넣었다.

"언젠가 이 세상에 없을 줄 알았다면."

"어허야, 어허데야."

황제의 아픔이 올올이 스며들어 백성들이 함께 눈물을 뿌렸다.

"따뜻한 말 한 마디 한 번 더 건넸을 것을."

"어허야, 어허데야."

백성들은 언젠가 이 세상에 없을 남편과 아내의 손을 잡으며 눈물을 흘리면서 안타까움을 드러냈다.

"아름다운 모습 남기고 떠나간 내 임이여!"

"어허야, 어허데야."

백성들은 지나간 날의 아픔이 떠올라서 흐느끼며 추임새를 넣었다.

"남은 사람 찢어진 가슴 부여안고 어이하란 말인가."

"어허야, 어허데야. 엉엉!"

격정을 이기지 못하여 엉엉 울면서 사람들이 자신의 감정을 그대로 드러냈다.

"벼락아, 내리치고, 광풍폭우 몰아쳐라!"

"어허야, 어허데야."

사람들은 내 아름다운 사람, 내 소중한 사람 살아 있을 때, 잘해야지 결심하며 추임새를 넣으며 다짐했다.

"알음알음 떠오르는 추억이 비수 되고 창이로구나."

"어허야, 어허데야."

수십, 수백만의 백성이 넣는 추임새는 기묘한 떨림을 동반하면서 자신을 감동시키고 소중한 가족을 다시 돌아보는 계기가 됐다.

당신이 언젠가 이 세상에 없게 된다니…….

*   *   *

다음날 아침.

뿌우~ 뿌우~!

"비상, 비상! 마군의 공격 나팔 소리다."

사랑하는 이를 보낸 슬픔이 채 가시기도 전에, 평원에 퍼지는 뿔나팔 소리는 황성을 단번에 슬픔에서 건져 냈다.

황성 성문을 수성 형태로 전환하자, 두께 2m, 가로 30m, 세로 40m나 되는 엄청난 철판이 땅에서 솟아나와 기존의 성문을 틈하나 없이 완전히 가렸다.

"세상에, 성문을 거대한 철판 덩어리로 완전히 막아버렸어."

"그러게 말입니다. 웬만한 공성병기로 성문을 뚫는다는 것은 꿈도 꾸지 못하겠습니다."

"당연하지요. 한데 성벽을 40m씩이나 쌓아서 자원낭비라 여겼더니, 역시 마룡 같은 마물들을 상대하려면 이 정도 되지 않으면 있으나 마나겠습니다."

"그런데, 철판에 새겨진 기호와 문양이 뭡니까?"

"글쎄요, 저도 처음 보는 것이라서 잘 모르겠습니다. 혹시 마법진이 아닐까요?"

마군의 공격 나팔 소리를 듣고 재빨리 성벽에 오른 간첩들은 성문의 바뀐 웅장한 모습을 보고 혀를 내둘렀다.

뿌우, 뿌우~!

평원에서 기다리던 마군은 황성 모습이 수성 형태로 전환한 것을 보고 천천히 진군했다. 평원으로 끝없이 밀려드는 마군의 수를 가히 짐작하기도 어려웠다.

"휴, 마군의 수가 정말 많군요."

"이미 죽은 수가 최소한 백만은 넘을 텐데, 오늘은 배가 더 되는 듯합니다. 숲 속에도 온통 몬스터뿐입니다."

"아, 마군이 오늘은 작정을 했군요. 지휘부마저 보입니다."

"그렇군요. 이곳 황성이 무너지면 대륙의 주력이 무너졌다고 해도 과언이 아니니까요."

병사들이 말한 대로 마군 진영 조금 후미 쪽에 거대한 지휘탑이 보였으며, 그 밑에는 대형 천막이 세워졌다. 마계 마왕이 직접 지휘할 모양이었다.

"충성!"
"충성!"

갑자기 여기저기서 군례 올리는 소리가 연속해서 들렸으며, 공중에는 마스터 기사들의 모습이 나타났다.

잠시 후, 아리안 황제가 백색 군장에 황금빛 망토 차림으로 마스터 기사들의 경호를 받으며 성문 위 누각에 나타났다. 성문 누각에 신속히 지휘부가 설치됐다.

"기사청장님! 각 성 경비로 나갔던 마스터 기사들이 복귀했습니다."

특공대장 안티야스가 파라미에게 보고했다.

"모두 무사히 돌아왔나?"

"예, 청장님!"

"목욕하고 식사 후에 옷을 갈아입고 이곳으로 출동하라 일러라! 지금은 전시다."

"예, 청장님!"

누각 지휘부에는 황제가 어좌에 앉자, 왼쪽에는 아마르, 오른쪽은 실장 펠리즈, 그 다음부터 차례로 기사청장 파라미, 국방청장 헤르메스, 호경청장 시로코, 정보청장 레모, 상무청장 카르네프, 황성수비군 사령관 레슬리, 자이언트 드워프 수장 람티무스, 특수부대장 세리오가 함께 자리에 앉았다.

그 주위에는 마스터 기사들이 경호를 섰다. 명령을 전달할 기수와 고수들이 그 아래쪽 좌측에 보였고, 연락을 담당할 마법사들이 우측에 위치했다.

또한, 누각 주위에는 각 청장이나 사령관의 명령을 받으려고 대기한 부관이나 전령들이 자기 상관에게서 시선을 떼지 못하는 모습도 눈에 띄었다.

누각 아래 성벽에는 마법병단 중에서 고위 마법사로 이루어진 마법 정단 500명이 마법 캐스팅을 준비하는 모습도 보였다. 바로 그들을 둘러싸서 마치 벽처럼 만든 자들은 자이언트 드워프들이었다.

뿌뿌우~! 뿌뿌우~!

마군의 뿔나팔 소리가 울리면서, 백만이 넘는 병사가 움직이는 광경은 실로 장관이었다.

쿵쿵! 쿵쿵!

그들이 땅을 밟는 소리에 성벽의 병사마저 가는 떨림을 느꼈다. 병사들은 어금니를 깨물면서 손에 든 무기를 고쳐 잡았다.

그때, 관측병이 레슬리 사령관에게 보고했다.

"사령관 각하! 적의 선두가 노궁 사정거리에 들어왔습니다."

"세리오 대장!"

레슬리 사령관은 관측병의 보고를 듣자, 즉각 특수부대장을 쳐다봤다.

"예, 사령관 각하! 기수와 고수! 노궁 발사 신호를 보내라!"

기가 올라가고 북이 울렸다.

둥둥둥! 두둥둥! 둥둥둥! 두둥둥!

"제1대, 노궁 발사!"

"발사!"

쌩!

꽈꽝! 꽝꽝!

"노궁 장전, 발사!"

으악! 꾸억! 크윽! 컥!

백여 대의 노궁이 발사대를 일제히 떠났다. 발사를 마친 제1대장은, 곧장 다시 장전과 함께 발사 명령을 내렸다. 천여 명의 병사가 발사대 100대에 열 명씩 붙어서 연방 새 노궁을 장전하고 발사했다. 노궁이 한 번 폭발할 때마다 마군 대여섯은 쓰러지면서 커다란 웅덩이를 만들었다. 갖가지 비명이 난무했다. 마군 지휘부는 엄청난 피해가 양산되는데도 공격명령을 바꾸지 않았다.

특수부대 제1군은 끊임없이 쏘고 또 쐈다. 주도로에 쌓였던 노궁 상자는 빠르게 비었지만, 새롭게 갖다 쌓는 상자의 속도도 그에 못지않았다.

"정말 대단합니다. 마군은 마물을 찍어내듯이 동원해서 밀어붙이고, 제국은 언제 그렇게 준비했는지 엄청난 물량을 자랑하는군요."

"저쪽 주도로를 보십시오. 빈 상자를 가져가고 새로운 상자를 운반하는 마차가 꼬리에 꼬리를 물고 움직입니다."

"아하, 저 용도로 쓰려고 도로를 그렇게 넓게 만들었군요."

"노블리아 제국의 행사에 더는 놀라지 않겠다고 결심했는데도, 연방 놀라게 됩니다. 하, 그거 참!"

"아, 성벽의 기가 바뀌었습니다. 인제 어떤 공격을 할지 궁금하군요."

성벽에 휘날리는 기가 푸른색 기와 노란색 기로 늘어났다.

"어? 그래도 노궁을 쏘는데요?"

"아닙니다. 좀 달라요. 끝이 뾰쪽하지 않고 둥근 것 같습니다."

쌩~!

퍽!

이번 노궁은 폭발하지 않고 공중에서 터졌다. 공중에서 비가 된 듯이 쏟아졌다. 노궁에 극히 작은 화탄과 많은 양의 성수를 담은 듯했다.

크윽! 킥! 꽥!

노궁은 대여섯이 쓰러졌지만, 성수가 몸에 묻은 몬스터와 마물은 엄청난 고통 속에 빠졌다가 대부분 다시 일어나지 못했다.

"아니, 저게 뭡니까?"

"아무래도 노궁 끝에 성수를 달고 쏜 후 공중에서 터뜨린 모양입니다."

"아, 그러니까 저렇게 괴로워하는군요. 하하, 이번엔 성수탄입니까?"

"정말 생각의 발상이 자유롭군요. 우리는 새로운 방법을 찾는 일이나 남이 찾은 일을 인정하기에 얼마나 인색합니까?"

"참으로 그렇습니다. 정말 많이 배우는군요."

바로 그때였다. 새로운 형태의 노궁이 쉴 새 없이 평원에 쏟아지는데, 돌연 일진광풍이 불었다.

쌩~! 쌩~!

광풍은 평원에 떨어지는 노궁 살을 오히려 황성 안으로 날려 보냈다. 황성에 떨어진 노궁 살은 별 피해를 주지 않았다. 성수는 어떤 해도 끼치지 않았지만, 살이 워낙 커서 지붕을 파괴하거나 창문이 부서졌다.

아리안 진영이 다시 노궁을 쐈다. 역시 광풍이 불어 화살을 되돌려 보냈다.

"황제 폐하! 누군가 강력한 마법을 사용하거나, 바람의 상급 정령을 부리는 듯하옵니다."

"노궁 공격을 멈춰라!"

특수부대장의 말을 들은 황제가 발사를 중지시켰다. 즉각 새로운 기가 펄럭였다.

"발사 중지, 발사 중지! 모든 노궁 발사대는 발사를 멈춰라!"

마군은 성수탄이 멈추자 다시 몰려들었다.

"1차 화염막 방어선입니다. 황제 폐하!"

"공격!"

"즉시 공격명령을 내려라!"

붉은 기가 성문 누각에 걸리자, 마법사들의 마법 영창과 동시에 마군이 돌격하는 평원에 거대한 화염지대가 형성됐다.

"파이어 블래스트!"

7클래스 마법인 '헬 플레임'을 닮았으나, 그 길이와 폭, 화염의 크기가 비교도 안 될 지경이었다. 평원을 가로지르며 5m 높이의 화염벽은 폭이 20m나 됐다. 성벽 위에서도 그 열기가 느껴졌다. 검은 불길이 높이 솟구쳤고, 화염벽 안에서는 화염 회오리마저 몰아쳤다.

커억! 꾸룩! 꽥!

각종 비명이 울리고 살이 타는 노린내가 역겹게 퍼졌다. 못해도 십만 이상이 불에 탄 듯했다. 화염벽에 들어선 마물과 몬스터는 하나도 살아남지 못했다. 기세 좋게 공격하던 몬스터와 마물이 조금이라도 더 화염벽에서 멀어지려고 뒤로 달아났다.

"저게 마법으로 가능한 겁니까?"

"기름 타는 냄새로 봐서는 대량의 기름을 묻은 후에, 마법과 술법을 겸한 듯합니다."

"아, 화염을 끌려고 소낙비가 오는군요."

"비로는 끄지 못할 텐데요."

역시 기름을 부은 불길에 비가 떨어지자, 화염은 더욱 크게 번졌다.

"앗! 이번엔 모래비가 옵니다."

비로 되지 않자 모래가 쏟아졌다. 이번에는 불길이 서서히 잦아들었다. 평원을 가로지르는 모래 언덕이 새롭게 만들어졌다.

황성 공방전의 마지막 전투가 될 듯한 마군의 공격은 벌써 몇십만이 죽었건만, 아무런 일도 없었다는 듯이 다시 시작됐다.

하늘엔 점차 먹구름이 짙어졌다. 세찬 비바람이 몰아쳐서 평원을 바라보기도 어려울 지경이었다. 황성에서 준비한 방어 전략을 무용지물로 만들려는 의도인 듯했다. 전쟁은 점차 점입가

경으로 접어들었다.

"청장님! 마스터 기사들이 모두 집합했습니다."

안티야스가 파라미에게 집합 보고를 했다.

"마스터 기사 파견 특공대 제1, 2부대 열 명을 제4군으로, 다음 열 명씩을 제5군에서 8군으로 명명한다. 특공대장 안티야스는 임시 부청장으로 임명한다."

"예, 기사청장님! 특공대장 안티야스, 임시 부청장직을 수행합니다."

"일단 지휘부 주위에서 명령에 대기하도록!"

"예, 청장님!"

안티야스가 명령받은 새로운 조직을 전하려고 물러나자, 기다렸다는 듯이 관측병이 보고했다.

"사령관 각하! 적이 2차 방어선으로 진입했습니다."

"5분 동안 모든 공격을 퍼부어라!"

붉은 기가 수기대에 올라가고 노란 동그라미가 그려진 백색 기도 올라갔다.

둥둥둥둥둥둥!

갑자기 급박한 북소리가 울렸다.

"궁수대, 자유 발사!"

"연사대 발사!"

"마법 정단, 캐스팅된 마법 발사!"

"마법 부단, 파이어 볼 발사!"

마군과의 거리는 아직 떨어져 있건만, 갑자기 여기저기서 각종 부대 지휘관들의 공격 명령이 떨어졌다.

쌩쌩!

피융, 피융!

휙휙!

"파이어 볼!"

"그레이트 파이어!"

"파이어 웨이브!"

"연사대 발사!"

"노궁 발사!"

꽈꽝! 꽝꽝!

으악! 꾸륵! 꽥! 컥!

대단위 공격이 일시에 평원의 마군에게 쏟아졌다. 엄청난 마
군의 비명이 동시에 터졌다. 광풍이 불 여가도 없었다. 아직 멀
쩡한 마군들은 하늘을 쳐다보지도 않고 더욱 빨리 달렸다.

짜르르꽝꽝!

바로 그때였다. 천지를 진동하는 굉음이 지축을 갈랐다. 지하
에 묻었던 막대한 양의 화약이 터졌다. 평원에는 단번에 거대한
골짜기가 새로 만들어졌다. 마군이 그야말로 떼죽음을 당했다.
그 광경을 뒤따르면서 달리다가 지켜본 마군은 넋을 놓았고, 성
벽 위의 병사도 너무 엄청난 결과에 잠시 할 말을 잃었다. 갑자
기 함성이 터져 나왔다.

"와, 우리 편이 한 것이지만, 정말 굉장하다."

"봤지? 이 괴물들아, 얼마든지 덤벼봐! 또 어떻게 구워줄까?"

"완전 통닭구이 수준이군. 잘 봤냐? 우리가 이 정도라고. 까

불고 있어, 그냥 콱!"

병사들은 무기를 공중으로 마구 흔들면서 환호했고, 간첩들은 고개를 절레절레 흔들었다.

"아, 이번 총공격은 마군을 일시에 폭발지역으로 끌어들이는데 전략의 핵심이 숨어 있었군요."

"그렇습니다. 참으로 많은 마물과 몬스터가 일시에 죽었습니다. 최소한 3~40만은 쓰러졌을 겁니다. 마군 지휘부가 폭발지역에 대한 대응책을 만들기 전에, 함정으로 유도하는 거였어요."

우르릉! 꽝꽝!

마른하늘에서 천둥이 울부짖고 벼락이 평원을 강타했다. 먹장구름이 심하게 요동했다.

어스름이 장막인 양 평원을 내리덮었다. 어스름보다 더욱 검은 거대한 마차가 천천히 나타났다. 마차에는 검은 갑옷을 입고 오른손에는 거대한 랜스를 들었으며, 왼손에는 큰 도끼와 독사를 든 자가 타고 있었다.

그가 내뿜는 강한 기운은 마차 주위에 회오리바람을 만들어서 주위 나무가 몸살하다가 쓰러졌다.

벼락은 연방 마차 사방을 강타했다. 마차 위의 먹장구름은 용틀임하면서 마차를 따랐다.

꽈꽝! 꽝꽝!

평원에서 공격을 멈춘 몬스터와 마물들이 땅바닥에 그대로 부복했다.

"위대하시고 영명하시며, 그 위엄이 천계까지 미치는 엘리고스(Eligos) 마왕이시여!"

"전쟁 결과를 미리 아시고, 힘을 추구하는 자들의 수장이신 마왕 전하의 한량없는 신위에 모든 자가 엎드려 경배를 드리옵니다."

"엘리고스 마왕이시여! 저희에게 힘을 내리소서! 대공 각하를 위하여 소멸할 각오로 길을 열겠나이다."

마물들이 연방 머리로 바닥을 치면서 절했다. 이마에 푸른 피가 가득 흘렀다. 엘리고스 미왕이 마물들에게 축복을 내렸다.

"크크크, 귀여운 녀석들! 너희 믿음만큼 힘을 더하리라!"

"경배, 경배를 받으소서! 대공 각하의 은혜가 실로 크옵니다."

황성 평원에 갑자기 눈에 보일 정도로 마력이 넘쳐 났다. 거대한 포스가 몰려들어 공기가 꿈틀거렸다. 엘리고스의 명령이 떨어졌다.

"내 종들아, 길을 열어라! 오늘 인간의 황성을 풀 한 포기 나지 않게 만들 것이며, 지금의 모습을 갖춘 건물이 없을 것이고, 살아서 도망가는 생명체는 하나도 남지 않으리라! 모든 것을 너희 뜻대로 해도 좋다. 가라!"

마물들은 함성을 지르며 달리기 시작했다.

"우와, 마왕 전하의 뜻이다. 황성을 잿더미로 만들어라!"

"가자, 야들야들한 인간으로 포식하자."

눈에 보이는 마물의 수는 점점 불어났다. 마물은 숲에서, 산 너머에서 계속 평원으로 몰려들었다. 백만, 2백만 그리고……

숲과 평원이 살아서 꿈틀거리는 듯했다.

그 광경을 지켜보던 레슬리 사령관이 명령했다.

"준비한 모든 무기를 동원해서 공격을 퍼부어라!"

둥둥둥둥둥둥!

총공격을 알리는 북이 울리고 오색기가 깃대에 올랐다.

"총공격 명령이다. 모든 화살을 무조건 발사하라!"

휙휙! 쌩쌩! 웅웅!

연사대가 30발씩 연방 쏘아지고, 노궁이 쉴 새 없이 하늘을 갈랐다. 그러나 그러한 모든 게 모래사장에서 꽃삽으로 모래 한 삽 뜨는 격이었다. 엄청난 수의 마물이 죽었지만, 전혀 표가 나지 않았다. 마물이 달려오는 소리에 지축이 흔들렸다. 주도로에는 무기를 실은 마차가 엄청난 속도로 왕래했다.

"빈 상자는 그대로 버려라! 그거 옮길 여가가 없다."

"장전하는 대로 무조건 발사해!"

우르릉! 꽝꽝!

화염벽이 다시 한 번 솟구쳤다.

꾸액, 컥! 꽥!

마물들의 비명이 들리자, 엘리고스가 손을 들어 흙의 상급 정령을 소환했다.

"클레이, 땅을 뒤집어서 원상복구시켜."

"예, 엘리고스님!"

휘익!

화염벽이 사라지고 새로운 땅이 솟구쳤다.

"와, 마왕 전하께서 함께 계신다."

"인간들을 먹이로 만들어라!"

마침내 마물들이 성벽 밑에 도달했다. 하지만 40m 높이의 성벽은 난공불락의 요새였다. 특수부대는 연방 각종 무기를 발사했다. 마물의 수가 워낙 많아서 쏘면 무조건 맞았다. 성벽 위의 싸움도 황제군이 결코 불리하지 않았다. 40m 성벽을 겨우 기어오르면 창이나 칼로 내려치거나 찔렀다. 한 번 찌르면 뒤따르던 마물들이 한꺼번에 떨어졌다.

"죽여라, 죽여."

"어딜 올라오려고, 내려갔다가 다시 올라와."

"마룡이 다가온다. 연사대를 쏴라!"

"젠장, 표적 한번 커서 좋군. 눈감고 쏴도 맞겠다."

"이 새끼는 거미족이야? 사다리도 없이 기어오르네."

엘리고스는 마물이 그렇게 죽는데도 여유롭게 바라봤다.

"젠장, 워낙 많은 마물이 죽으니까, 그놈들이 사다리 역할을 하는군."

"마물이 성벽 위에 올라왔다. 죽여라!"

하지만 성벽 위로 올라선 마물의 수는 점차 많아졌다. 이때 엘리고스가 랜스를 들어 올렸다. 대륙에서는 볼 수 없는 무기인 랜스, 끝이 뾰족한 마상창인 랜스에서 번개가 번쩍였다. 그게 신호였는지, 서쪽하늘에서 엄청난 수의 괴조가 몰려왔다.

"세상에, 괴조가 몰려온다, 괴조가 몰려와!"

"젠장, 엄청나군. 가고일, 그리폰에… 저건 또 뭐야? 앞발 없는 드래곤 모습의 와이번이잖아?"

이 광경을 지켜본 아리안 황제가 파라미에게 명령했다.

"파라미, 마스터 기사 절반을 출동시켜서 무조건 한 시간만 괴조들을 죽인 후, 황궁으로 들어가라고 일러라!"

"예, 황제 폐하! 안티야스 부청장, 마스터 기사 절반을 이끌고 한 시간 동안 괴조를 사살한 후, 황궁으로 복귀하라. 밖에서 무슨 일이 있어도 절대 황궁 밖으로 나오면 안 된다!"

"예, 청장님! 자, 가자. 모두 죽여라!"

안티야스가 마스터 기사 절반을 이끌고 하늘을 날아서 괴조들을 마중했다. 아리안 황제가 파라미의 명령 내용을 듣고 고개를 끄덕였다.

"경천일검!"

마스터 기사가 검을 한 번 휘두르면, 허공에는 거대한 광검이 나타나 괴조 두세 마리를 죽였다. 그들은 공중에서 괴조들보다 더 빠르게 움직이면서 검을 휘둘렀다. 40여 명이 열심히 죽였지만, 괴조는 워낙 많았다. 검에 맞아서 떨어지는 수도 상당했지만, 줄어든다는 느낌은 들지 않았다.

"에이, 경천만검!"

경천검법 두 번째 초식 경천만검이 펼쳐지자, 하늘에는 빛의 그물이 만들어지고 괴조 이십여 마리가 떨어졌다.

마스터 기사들이 출동한 지 벌써 한 시간이 됐다. 그들은 꽤 많은 수의 괴조를 죽였다. 누구도 이루지 못할 성과였다. 그리고 황성 위로 날아오지 못하게 하는 역할은 충실히 이행했다. 안티야스가 명령했다.

"각자 경천만검을 세 번씩 사용한 후 황궁으로 복귀한다."

"예, 부청장님!"

"경천만검!"

마스터 기사들은 일제히 빛의 그물을 만들어 괴조들을 죽인 후, 안티야스의 뒤를 따랐다.

"자, 황궁으로 복귀한다."

안티야스가 돌아가자 괴조들이 황성으로 날아와 성벽을 공격했다. 하늘과 땅의 이중 공격으로 점차 쓰러지는 병사가 늘어났다. 바로 그때였다. 멀리서 말발굽 소리가 들려왔다.

"저건 또 뭐야? 말이 허공을 밟고 뛰어오잖아?"

"세상에, 죽음의 기사야. 결코 상대할 자가 없다는 불사의 존재, 죽음의 기사가 나타났어!"

"젠장, 저놈의 거대한 검은 인간을 그렇게도 쉽게 죽이지만, 인간의 검은 아무리 휘둘러도 허공을 베는 느낌이니, 어떻게 싸우란 말이야."

죽음의 기사가 유령마를 타고 나타났다. 머리에서 발끝까지 온통 검은색이었다. 완벽한 무장을 했으면서도 무척이나 가볍게 허공을 밟고 왔다. 그런 죽음의 기사가 백여 명이나 됐다. 병사들은 대항할 방법이 없었기에 얼굴이 파랗게 질렸다.

"파라미!"

황제가 죽음의 기사를 물끄러미 바라보다가 기사청장을 불렀다.

"예, 황제 폐하!"

"죽음의 기사는 경천검법 마지막 초식 '만검무흔'이나 영검으로 상대할 수 있다. 네가 가서 상대해라. 그리고 그 일을 끝내면, 기사청장도 기사들을 데리고 황궁으로 돌아가라!"

"예, 황제 폐하!"

파라미는 남은 마스터 기사들을 돌아봤다.

"즉시 황궁으로 들어가 밖에서 어떤 일이 일어나도 상관하지 마라!"

"예, 청장님!"

기사들은 모두 황궁으로 돌아갔고, 파라미만 죽음의 기사를 향해서 날아갔다.

"와우, 마스터 기사 한 사람만 죽음의 기사를 상대하려고 날아간다."

"어휴, 우리가 상대해야 하는 줄 알고 놀랐잖아."

병사들은 놀란 가슴을 부여안고 죽음의 기사를 상대하려고 나서는 마스터 기사를 바라봤다.

"만검무흔!"

파라미의 검은 지독히 느린 동작으로 움직였지만, 시간이 흐를수록 점차 커지면서 엄청난 포스가 팔방을 점했다. 그리고 태양이 폭발하듯이 강렬한 빛이 퍼져 나갔다.

도저히 상상조차 할 수 없는 일이 일어났다. 한두 명도 아니고 30여 명의 죽음의 기사가 단번에 빛과 함께 사라졌다.

"허걱! 윽!"

그야말로 순식간에 끝난 일이었다. 그리고 유령마도 진정한 안식을 찾았다. 파라미는 검을 몇 번 더 휘두른 후 무슨 일이 있었느냐는 듯이 신속히 황궁으로 돌아갔다.

"와, 마스터 기사가 죽음의 기사를 모두 소멸시켰어."

"세상에, 정말 모든 것을 마스터한 기사들인가 봐."

"젠장, 왜 이렇게 콧잔등이 시큰거리지?"

황제도 마물들을 쳐다본 후 사령관들을 거느리고 왕궁으로 들어갔다.

도저히 있을 수 없는 일을 목격한 엘리고스의 분노는 끝없이 타올랐다. 그가 일으킨 마기의 영향으로 그의 트레이드마크인 검은 마차가 박살 났다.

"윽, 이, 이놈들을 씹어 먹어도 분이 풀리지 않겠군. 내 호위 기사단을 전멸시키다니⋯⋯."

엘리고스는 어느새 황성 성문 앞에 도착했다. 그는 성문을 가로막은 거대한 강철판을 바라보며 랜스에 기운을 모았다. 강철판에는 태극도가 그려졌고, 주위에 복잡한 기호와 그림들이 많았다.

우~ 웅!

사방에서 온갖 기운이 랜스로 몰려들었다. 랜스의 검은 빛이 점차 짙어졌다. 엘리고스가 랜스를 들어 전력으로 거대한 강철판을 향해 던졌다.

꽈쾅! 쾅! 꽈쾅!

엄청난 두께의 강철판이 폭발했다. 하지만 랜스로 일으킨 폭발치곤 너무나 강력했다. 눈조차 뜰 수 없는 광채가 사방으로 퍼졌다.

"으악! 내 눈!"

"크윽, 강철판이 처음부터 폭발용이었어."

수십만의 마수와 마물, 그리고 몬스터가 그대로 먼지가 되어 흩어졌다. 순식간에 산소가 다 타버리고 진공 상태가 됐다가 다시 후폭풍을 일으켰다.

꽈꽝! 꽝꽝!

이번에는 어마어마한 열과 포스가 평원을 휩쓸었다. 다시 성문에서 떨어진 평원에 있던 수십만의 마물 몬스터가 뼈만 남겼다가 먼지로 변해 소멸했다. 폭발력이 밖으로 뻗도록 설계를 했지만, 상상을 초월한 너무 강력한 폭발이었기에 성벽조차 남지 않았다. 성문이 있던 곳은 커다란 웅덩이만 남았다. 한데 마왕 엘리고스의 흔적 역시 찾을 길이 없었다. 마왕치고는 참으로 허망한 결과였다.

얼마 후, 여기저기서 살아남은 마물 몬스터가 눈치를 보며 슬금슬금 다가왔다. 아직 땅바닥에는 열기가 남았는지, 더는 앞으로 가지 못하고 뒤로 물러났다가 발바닥에 나무 조각을 묶고 다가섰다. 어떤 마물은 살을 데일 듯한 열기마저 두려워하지 않고 그대로 황성 안으로 뛰어 들어갔다.

"으악, 살려줘! 괴물이 몰려온다."

"엄마, 어디 있어?"

성안에서 인간의 비명이 들리기 시작했다. 그 소리를 들은 마물 몬스터 무리가 먹이를 빼앗기지 않으려고 갑자기 달리기 시작했다. 점차 황성 밖의 마물 몬스터는 남지 않고 모두 황성 안으로 들어갔다.

그렇게 많이 죽었는데도 황성 안에 들어간 마물은 이백만이 넘는 듯했다. 거리와 골목에는 온통 마수와 마물 그리고 몬스터뿐이었다. 황성 안에는 마물 몬스터가 이리저리 눈이 벌겋게 변한 채 돌아다녔지만, 이상하게 인간은 전혀 보이지 않았다.

"쓰벌, 어디로 다 숨은 거야?"

"땅속으로 숨었나? 인간은 약삭빠른 종족이라 어딘가 꼭꼭 숨었겠지."

웅~!

바로 그때였다. 황성을 넓게 둘러싼 성벽이 일제히 울음을 터뜨렸다. 마물들이 무슨 일인가 싶어서 사방을 둘러봤다. 갑자기 땅이 지진이라도 난 듯이 꿈틀거렸다.

번쩍!

으악! 꽥! 크헉! 컥!

다시 한 번 세상 종말을 알리는 듯한 빛의 폭발이 일어났다. 땅이 갈라지고 지상의 모든 건물과 마물, 몬스터가 각종 비명을 지르며 땅속으로 가라앉았다. 땅이 뒤집혔다. 그리고 태양보다 더욱 강한 백색 광채가 뿌려지는 순간 성안에 있던 마물들은 순간적으로 에너지가 고갈되어 먼지로 변했다가 소멸됐다.

산들산들~!

그리고 남은 것은 말 그대로 거대한 평원일 뿐이었다. 잡초들이 미풍에 날려 흔들렸다. 그 자리에 황성이 있었다는 어떤 증거도 남지 않았다. 그곳에서 어마어마한 전쟁이 있었다는 어떤 흔적마저 없었다.

*   *   *

마계의 하늘은 전해진 것과는 달리 무척이나 맑았다. 그러나

오직 한 곳, 하늘을 찌를 듯이 높디높은 산봉우리 중에서도 가장 높은 봉우리에 세워진, 바로 마계의 존엄인 마황성의 하늘만은 검은 먹구름이 무겁게 드리워졌다.

마황이 숨을 쉬거나 움직일 때마다 생성된 마기가 마계 유지의 원동력이었다.

중간계에는 생명수가 있어 온갖 생물의 생기를 뿌렸고, 마계에는 마황의 능력이 마계 존속의 원동력이었다.

권좌에 앉았던 마계 마황이 갑자기 이마를 찡그리며 몸을 휘청거렸다.

"으윽!"

"마황 폐하!"

"큭, 엘리고스가 소멸됐다."

마왕 엘리고스가 마계가 아니라 다른 곳에서 소멸했다는 것은 보통 문제가 아니었다. 마왕이 마계에서 소멸되면 대공 중의 한 명이 마왕으로 승격되면 끝나지만, 중간계에서 소멸되어 만약 3개월 안에 그의 영핵을 회수하지 않으면 마계 모든 마황은 물론이고 마왕과 대공 등 모든 마족의 능력이 감소되어, 중간계나 천계는 물론이고 정령계나 신선계의 침입에도 극히 취약하게 된다.

"마황 폐하! 소신이 중간계로 넘어가서 영핵을 회수하고 인간들을 쓸어버리고 오겠나이다."

마왕 아몬이 뿔을 지지직거리며 한 걸음 앞으로 나섰다.

"이번에는 짐이 친위대만을 거느리고 친정한다."

마계가 갑자기 시끄러워졌다. 10만 마황친위대가 무장을 갖

추고 마황의 마차를 경호했다. 마물들이 고함을 치며 바닥에 엎
드려서 경배했다.

"마황 영세!"

*　　　*　　　*

"황제 오빠! 이젠 전쟁이 끝난 건가요?"

아마르가 황궁에서 평원을 바라보며 생각에 잠긴 아리안을
향해 물었다.

"그렇지 않다, 아마르! 마왕이나 마황과의 한판 승부가 나지
않으면 결코 끝이 나지 않을 게다. 그렇지 않아도 마력이 부족
해서 중간계를 침입했는데, 죽은 마왕의 마력이 깃든 영핵을 회
수하지 못했으니 도저히 포기할 수 없겠지."

"그렇다면 그에 대한 대비를 해야 하지 않을까요?"

"이번에 워낙 많은 마군이 죽어서 마황이 직접 온다면 친위
대만 거느리고 올 확률이 높다. 마황은 그 혼자만으로도 마계를
대표할 수 있는 능력자니까."

그르릉!

사라진 황성이 있던 하늘의 구름이 뭉클거리더니 갑자기 소
용돌이치기 시작했다. 공기는 점점 차가워졌고 먹구름은 무거
웠는지 차츰 지상 가까이 내려앉았다.

번쩍번쩍!

순식간에 회오리치던 구멍은 점차 넓어졌다. 그리고 그 구멍

으로부터 10만 직할대가 마황의 마차를 포위한 채 차원문을 통해 나타났다.

그들이 진영을 갖추는 모습을 아리안은 묵묵히 바라봤다.

"황제 폐하! 10만 정도인 것으로 보아 마황과 친위대인 듯합니다. 수성전을 할까요?"

"우리도 병사들을 데리고 진영을 갖춰야겠지."

"예, 황제 폐하!"

다음날 아침 아리안은 원래 있던 황성 문을 열고 밖으로 나가서 진을 쳤다. 마황의 군은 10만이 진영을 갖췄고, 아리안 황제의 군은 15만이 그 당당한 모습을 드러냈다.

그러나 친위대는 하나같이 4m에 달하는 거대한 마물들이었다. 완전히 무장을 갖춘 그들의 모습은 그 위용이 실로 놀라웠다. 간혹 오크나 오거의 특징을 가진 놈도 보였지만, 한결같이 검은 얼굴에 검은 피부는 빛에 반짝거릴 정도였고, 간혹 뿔이 난 오크의 모습도 보였다.

뿔은 마족의 상징이었기에, 마황친위대가 마계 정예 중의 정예임을 드러냈다. 더구나 그들의 뛰어난 위용은 아리안 황제의 15만을 압도하고도 남았다.

병사들은 두려움을 넘어선 공포가 스멀스멀 피어올랐다. 아리안 황제의 마차 옆에는 람티무스가 이끄는 3,000명의 자이언트 전사단이 전열을 가다듬었고, 마스터 기사단은 무려 70명이 명령을 대기했다.

양군의 정예 중의 정예들이 평원에 대치했다. 그들 사이는 상당한 거리가 있었다. 엘리고스 마왕과 전투를 벌였던 그림자 황성이 있을 때도 넓기만 했던 평원이었는데, 인구 팔백만의 황성마저 사라지자 무척이나 광활한 벌판이었기에 10만과 15만의 병력은 참으로 작아 보였다.

"황제 폐하! 적이 움직이는 듯합니다."

그렇다. 마군이 공격하는 게 아니라 단지 움직였다. 마황은 양 진영이 너무 멀리 떨어졌다고 여기는 듯싶었다.

"진영을 앞으로 옮겨라."

아리안의 마차가 움직였다. 자이언트 전사와 마스터 기사단이 움직이면서 병사들도 앞으로 전진했다. 서로 얼굴을 구분할 정도로 가까워지자 갑자기 마황 친위군이 앞으로 달려나왔다.

"크악, 단번에 쓸어버려라.

"흠, 마황은 우리를 단번에 깨뜨릴 수 있다고 판단한 모양이군. 특수군을 준비시켜라."

"예, 황제 폐하!"

헤르메스 경호단장이 급히 복명하고 특수군단장에게 북을 쳐서 신호를 보냈다.

둥둥! 두두! 둥둥!

신호가 들리자 특수군은 재빨리 움직여 공격태세를 갖췄다. 병사들이 양쪽으로 갈라서서 특수군을 바라봤다. 적은 빠른 속도로 다가왔다.

마침내 마물 마족들이 완전히 사격 범위 속으로 들어왔다. 헤르메스의 총공격 신호가 들렸다.

둥둥둥둥둥둥둥둥둥둥!

그칠 것 같지 않은 북소리와 함께 각종 무기로 공격하는 소리가 들렸다.

"노궁, 자유 발사!"

"연사대, 아낌없이 쏴라!"

"화살을 들고 돌아가려면 무겁다. 모두 쏴버려라!"

휘익! 휘익! 쌩쌩! 뼁뼁! 꽈르릉! 꽝꽝!

화살, 연사대, 노궁이 수없이 날고, 폭탄 터지는 소리와 각종 비명이 그칠 줄 몰랐다. 마법이 인첸트되어 피할 수 없는 무기가 친위대를 향해 그야말로 폭포수처럼 쏟아졌다. 그러나 그들도 방패로 막고 무기로 쳐냈지만 모두 막을 수는 없었다. 한폭의 지옥도가 사막에서 펼쳐졌다.

꾸륵! 허걱! 꽥! 크헉!

아리안 황제는 자신을 쳐다보는 눈길이 흔들리는 것을 느꼈다. 눈길이 사라졌다.

"람티무스! 적의 예기를 꺾어라!"

"예, 주군!"

람티무스는 검을 뽑아 들고 부하들을 보면서 높이 쳐들었다.

"전사들이여, 적을 물리치고 천년 한을 풀라는 주군의 명이시다. 적을 모조리 죽여라!"

"와, 죽여라!"

3,000명의 자이언트 전사는 10만 명의 직할대를 향해서 덤벼들었다.

"건방진 드워프, 모두 머리를 잘라서 모래에 묻어라!"

꽈꽝! 꽈꽝!

3m가 넘는 자이언트 전사와 4m 가까운 직할대가 부딪치는 소리는 어마어마한 굉음이었다. 직할대는 상대보다 체격도 크고 수도 몇십 배나 많았지만, 천년 한을 검에 실은 자이언트 전사의 검을 막을 수는 없었다.

"죽어라!"

"어림없다."

꽝꽝! 번쩍번쩍!

자이언트 전사단은 광풍처럼 직할대 진영 일각을 파괴하면서 안으로 침투했다. 앞장선 람티무스의 검은 추호의 주저함이나 망설임이 없었다.

"죽어!"

"막아라, 막아! 뚫리면 안 된다."

직할대가 엄청난 수로 그 앞을 막으려고 했지만, 람티무스의 검에서는 누구도 막을 수 없는 붉은 검강이 사방으로 날아갔다.

"마법으로 공격해라!"

"플래시 투 스톤!"

"애시드 스톰!"

"앱솔루트 실드!"

하지만 석화마법은 항마력을 지닌 자이언트 전사들이 코를 긁게 했을 뿐이고, 산성 폭풍은 재채기 한 번으로 끝이 났다.

"에취!"

"허걱! 중급 마법이 깨지다니……."

실드 마법을 능가한다는 중급 방어마법도 검강 앞에서는 단지 한 번 더 검을 휘두르게 했을 뿐이었다.

하지만 대열의 옆과 뒤쪽 전사들은 한 명씩 무릎을 꿇으며 대열에서 벗어났다.

"앗, 어서 일어나."

"안 돼. 빨리 대열로 돌아가."

푹!

대열에서 벗어난 자이언트 전사가 모래에 얼굴을 묻었다. 그러나 직할대는 진영 가운데를 횡단당하는 수모를 당하고야 말았다.

"자, 다 왔다. 다시 돌아간다."

직할대는 만여 명이 죽은 듯했지만, 자이언트 전사의 수도 상당수 줄어들었다. 자이언트 전사는 다시 돌아서서 피를 뿌리며 왔던 길을 되돌아갔다.

"주군이 지켜보고 계신다. 적을 주살하라!"

"죽여라!"

그 광경을 지켜본 직할대의 만인장이며 다크 엘프 수장인 자가 뽑아 든 검을 높이 쳐들고 뒤를 돌아봤다.

"저 새끼들이 너무 설친다. 오히려 우리가 저들을 둘로 갈라 버려야겠다. 모두 나를 따르라!"

"와, 저들을 갈라 버리면 모두 오합지졸이다. 대장님을 따르자."

"죽여라, 죽여!"

다크 엘프 만 명이 자이언트 전사들의 정면으로 달려들었다.

꽈꽝!

람티무스의 검강은 단번에 블랙 엘프 수장뿐만 아니라, 그 옆에 따르던 보좌관과 천인장들까지 다섯 명을 쓸어버렸다.

"지휘하는 놈을 죽였다. 모조리 쓸어버려라!"

"와, 죽여라!"

자이언트 전사들은 희생을 무릅쓰고 블랙 엘프 만인대를 전멸시켰다. 하지만 다른 직할대의 거센 분노 앞에 직면했다.

"개새끼들, 더는 봐 줄 수가 없다. 모두 죽여라!"

"어떤 일이 있어도 뚫고 나가지 못하게 막아라!"

오거 만인대, 붉은 오크 만인 전사대, 미노타오르스 만인대, 버서커 만인대까지 그들을 둘러쌌다.

"황제 폐하! 직할대를 칠 수 있도록 저희를 보내주소서!"

파라미가 아리안 황제 앞에 어금니를 깨물며 무릎을 꿇었다. 아리안은 전장을 주시하다가 람티무스가 위험하다는 판단을 내렸다.

"허락한다. 하지만 그들을 후퇴시키는 것을 임무로 삼아야 한다."

"예, 황제 폐하!"

파라미가 마스터 기사 60명을 이끌고, 자이언트 전사단을 맹공하는 마황친위대를 향해 달려갔다. 그들의 달려가는 속도는 점점 빨라졌다. 마황친위대와의 거리는 점점 가까워졌다.

"저놈들은 마스터 기사단이다. 혼자서 대결하지 말고 네 명이 조를 짜서 덤벼라. 오거 친위대 천인대가 상대해라."

그들을 발견한 오거 천인대도 마스터 기사들을 향해 마주 달렸다. 그들의 간격은 급속히 좁혀졌다.

마스터 기사들은 비록 수가 얼마 되지 않았고 적의 체격은 두 배가 훨씬 넘었지만, 그들은 달릴수록 격앙됐고 마나의 순환이 빨라져서 그들의 검은 마치 정전기라도 방전하듯이 지지직거렸다. 그 바람에 그들의 달리는 진형은 자연히 송곳 모양으로 변했다.

"쳐라!"

파라미가 고함을 치며 검을 휘둘렀다.

꽈꽝!

양군의 선두가 강하게 부딪쳤다. 엄청난 굉음이 울렸지만, 누구 한 사람 신경 쓰지 않았다.

선두에 선 파라미의 검에서 뻗은 영검이 광검처럼 빛을 발하며 앞에서 마주 달려들던 선봉 20여 명을 쓸어버렸다. 안티야스가 달려드는 네 명과 격돌하자 뒤를 따르던 자가 안티야스와 격돌한 자들을 치고 지나갔다가 곧장 뒤를 따르던 친위대와 부딪쳤다.

친위대원들은 네 명이 한 조가 되어 덤볐고 마스터 기사들은 가급적 차례로 부딪치려고 노력했다. 그러나 그것도 잠시였고, 곧 혼전이 되고 말았다.

자이언트 전사단은 수없이 마황친위대를 쓰러뜨렸지만, 그들도 하나둘 상처를 받아서 점차 행동이 둔해졌다.

전장에 순식간에 도착한 마스터 기사들은 무려 스무 배에 달하는 친위대원들에게 아낌없는 환영인사를 베풀었다.

"경천만검!"

아직 그랜드 마스터가 되지 못한 마스터 기사들이 펼치는 검에서 줄기줄기 뻗친 오라블레이드가 사방으로 퍼져 나가며 친위대원들을 소멸시켰다.

"만검무흔!"

이어서 그랜드 마스터가 펼친 기둥 같은 검강은, 단번에 두세 명의 친위대원에게 비명마저 지를 기회를 허락하지 않았다.

"무상대능력!"

파라미가 다시 고함치며 검을 휘둘렀다. 공기가 부르르 떨렸지만, 검은 보이지도 않은 채 십여 명의 친위대원이 소멸했다.

"악, 마스터 기사단의 기습이다. 절대 혼자 대적하지 말고 네 명씩 합동 공격해라!"

마황친위대장 인디헤나가 정신을 차리고 명령했을 때는 이미 500여 명에 가까운 친위대원이 소멸한 뒤였다.

"제기랄! 공중에서 기습할 줄이야. 에이, 죽어라!"

인디헤나는 경천만검을 펼치는 마스터 기사를 향해 검을 휘두르고 왼손을 들어 가리키며 소리쳤다.

"홀드!"

번쩍!

홀드마법에 걸린 마스터 기사는 갑옷에 항마법이 인첸트됐기에 마법에 걸리지는 않았지만, 항마법이 발동되느라 번쩍거리는 빛 때문에 잠시 시야를 잃었다가 그만 인디헤나의 검에 맞았다.

헉!

"아니, 저 새끼가!"

"앗, 로데리코!"

마스터 기사들은 상상치도 않은 동료가 죽자, 놀라서 인디헤나에게 달려들었다. 마스터 기사도 불사의 존재는 아니었다. 동료의 죽음을 보자 마스터 기사들은 광분하기 시작했다.

"개새끼들! 모두 죽여!"

"만검무혼!"

마스터 기사들의 검에서 오라블레이드가 줄기줄기 뻗어서 친위대를 섬멸했다. 그러나 그들도 단독으로 덤비지 않고 네 명씩 조를 이뤄 마스터 기사들이 자이언트 전사와 협력하도록 내버려 두지 않았다.

"죽어라!"

컥!

마스터 기사가 검을 휘두르기도 전에, 인디헤나는 욕을 하며 달려드는 마스터 기사를 돌아보는 순간 그의 몸이 둘로 나뉘었다. 마치 저절로 잘린 듯이 그를 자른 검은 보이지도 않았다. 파라미의 무형검이었다.

"헤이븐, 조심해!"

안티야스의 악쓰는 소리가 들렸다. 헤이븐은 마스터 기사 단장의 고함을 들으며 순간 걱정이 들었다.

'젠장, 헤이븐이란 자식이 어떤 놈이야? 그 자식 때문에 또 한 따까리 하겠군.'

공격하려던 인디헤나가 눈앞에서 죽는 바람에 잠시 생각에 빠졌던 헤이븐의 목을 마황친위대원이 쳤다.

"헤이븐~! 이런, 개새끼가……."

그 친위대원의 목은 안티야스가 잘랐다.

이곳은 죽고 죽이는 전장이었다. 자신을 죽이는 자의 얼굴을 볼 수 없는 경우가 더 많은, 삶과 죽음의 갈림길이었다.

허공에는 마스터 기사가 펼치는 빛의 검과 마황친위대가 휘두르는 음산한 마검이 허공 가득 수를 놓았다. 마스터 기사들은 땅과 공중을 오가며 공격을 퍼부었다. 마스터 기사와 친위대원의 싸움은 말 그대로 천장과 마장들의 전쟁이었다.

꽈꽝! 꽝꽝!

번쩍번쩍!

수없이 굉음이 터지고 사방팔방에 빛이 난무했다.

아리안 황제는 마스터 기사단과 자이언트 전사들이 싸우는 모습을 눈에 담았다. 한 명 한 명 쓰러질 때마다 가슴을 도려내는 듯이 아팠다.

그는 당장에라도 달려가서 돕고 싶었지만, 자신을 호시탐탐 노려보며 금방 달려들 듯한 엄청난 마기를 띤 눈길을 잊지 않았다.

그런데 이상한 것은 파라미가 마황친위대를 공격하면서 아무도 모르게 주머니에서 구슬을 꺼내 평원에 하나씩 떨어뜨렸다. 구슬은 땅으로 박혔지만 아무도 눈치채지 못 했다.

[됐다. 이제 자이언트 전사단과 합류하여 돌아와라.]

[예, 황제 폐하!]

"파천황!"

파라미가 검을 휘두르자 하늘이 갈라지는 듯한 굉음이 울리면서 친위대원 백여 명이 우수수 쓰러지져 길이 훤히 뚫렸다.

"가자!"

"죽여라!"

람티무스가 뚫린 길로 달려와서 마스터 기사들과 합류했다. 그들은 땅을 쓸어버리고 하늘에서 벼락을 치면서 친위대의 포위망을 빠져나왔다. 자이언트 전사들의 수가 많이 줄었다.

바로 그때 아리안이 혀를 깨물어 하늘로 피를 뿌린 후 외쳤다.

"염라연환구구파천지력~!"

갑자기 마황친위대 3만여 명을 감싼 거대한 화염 띠가 동그랗게 형성되더니 삽시간에 불길에 휘감겼다. 불꽃은 붉은색도 아니고 오렌지색도 아니었다. 가장 강하다는 백색을 넘어선 무색에 가까웠다. 그 와중에도 화염 범위에서 벗어난 친위대도 상당수 보였다.

"……."

단말마마저 화염에 타버렸는지 그 어떤 비명조차 들리지 않았다.

"헉, 마황 폐하! 저건 틀림없이 지옥계 마화를 일으킬 때 사용한다는 '염라연환구구파천지력' 이 틀림없사옵니다."

마황의 옆에 있던 대공 아몬은 몸을 부르르 떨면서 아뢰었다.

"끄는 방법은?"

"6시간이 지나면 지옥불은 연환, 즉 방향을 바꿔 다시 피어오르려고 자동적으로 10분 정도 불이 꺼집니다. 바로 그때 49개의 핵이 나타나는데 동시에 그 핵을 깨뜨리면 됩니다. 진법 이름에 파천지력이라고 한 것처럼 진이 억지로 깨지면 그 파천지력은 상상을 초월할 정도로 엄청납니다. 오히려 그대로 두고 돌아가는 게 좋을 듯싶습니다."

부하의 충언에도 마황은 단호히 말했다.

"진을 깨뜨린다. 준비시켜라."

3만 친위대와 500여 명의 자이언트 드워프 전사, 그리고 10여
명의 마스터 기사의 시신을 삼키고 회오리처럼 돌던 지옥의 화
염이 서서히 잦아들기 시작했다.

잠시 후, 갑자기 우렁찬 고함이 들리며 하늘에서 화염진을 향
해 내리꽂히는 자들이 있었다. 그들은 동시에 불길이 걷힌 '염
라연환구구파천진법'의 검은 점처럼 보이는 핵을 향해 검을 든
채 각기 달려들었다.

"······!"

번쩍!

너무나 엄청난 소리였기에 아무 소리도 들리지 않았다. 49인
의 특공대원의 모습 역시 그 어디에도 보이지 않았다.

"마황창조지력!"

그때 어디선가 갑자기 나타난 마황의 창조지력이 소리와 함
께 퍼지려는 빛을 감싸 안았다. 마물 마족들을 덮치려는 염라연
환구구파천지력의 후폭풍이었다. 파천지력은 마황의 능력으로
도 힘이 들었는지 그의 이마에 땀이 한 방울 흘렀다.

마황이 감싼 파천지력이 서서히 이마로 빨려 들어갔다. 마계
존재의 원천인 마황, 바로 그의 마인이 박힌 제3의 눈이었다.

비틀!

마황도 힘이 겨웠는지 잠시 다리를 비틀거렸다. 친위대들이

놀라서 달려들었다.

"마황 폐하!"

"크크, 파천지력이 생각보다 강해. 이제 그 기운만 온전히 짐의 것으로 만들면… 크하하하!"

마황은 연방 통쾌한 웃음을 터뜨렸다. 마황은 실로 만족한 표정이었다.

"경하드리옵니다. 마황 폐하!"

"크하하하! 마황경이 폭발하는 파천지력을 모두 받아들여 마황인을 완수했다. 이런 것을 전화위복이라고 했던가? 크하하하! 인간 황제여! 이제 어디 한번 시원하게 놀아볼까?"

마황의 우렁찬 음성이 평원에 괴이하게 퍼지자 평원의 소음은 단번에 사라졌다. 마황은 자신이 완성한 마황인을 시험하고 싶은 마음이 간절했다. 이젠 다른 모든 것은 시시하게 여겨졌다.

'이젠 마신에 이르는 오직 하나의 과정만 남았어. 인간 황제와 싸우면서 파천지력을 합일시키는 거야. 크크크!'

"크하하하!"

마황은 폭소를 터뜨리며 마황 홀을 들고 서서히 공중으로 날아올랐다. 그에게서 흘러나오는 마황의 아우라는 아무리 멀리 떨어졌다고 해도 엄청났다. 친위대원들이 일제히 무릎을 꿇고 경배했는데, 진심에서 우러났는지 경건하기 이를 데 없었다.

"마황 영세!"

아리안도 검을 뽑아 들고 층계를 오르듯이 공중으로 올라갔다. 그에게서 황금색 오라가 뿜어졌고, 머리에는 후광이 둘러져서 성스러운 광경을 연출했다.

인간 황제와 마계 황제가 높은 허공에서 서로 바라보며 대치했다. 대조적인 두 황제의 모습은 마치 선과 악의 대립인양 여겨졌다. 두 황제의 격돌 결과에 대륙의 운명은 결정될 터였다.

두 황제의 모습은 너무 컸기에 황성 안에서도 확연히 보였다. 백성들이 아리안의 신비한 모습에 너도나도 무릎을 꿇고 절을 했다.

"황제 폐하! 부디 뜻을 이루소서!"

우르릉! 꽝꽝!

두 황제의 호신강기가 일으킨 마나 폭풍이 서로 부딪치며 굉음을 일으켰다. 마황의 뿔에서 작은 번개가 수없이 팔방으로 지지직거리며 비산했다. 몰려든 엄청난 먹구름이 몸살하면서 평원에 자욱할 정도로 깔렸다. 기온은 점차 내려갔다.

순간 마황의 이마에서 '마황의 인'이라는 제3의 눈이 떠졌다.

번쩍!

눈에서 주먹 굵기의 강렬한 레이저광선이 아리안을 향했다.

슬쩍!

아리안이 살짝 피하자, 광선이 평원에 꽂혔다.

꽈꽝!

굉음과 함께 평원에 거대한 웅덩이가 만들어졌다.

아리안은 예상치 않은 피해를 줄이려고 마황보다 오히려 더 위로 올라갔다.

마황의 마황인은 더욱 빠른 속도로 아리안을 향해 쏘아졌다.

횡횡!

마황인은 하늘에 수많은 궤적을 그렸다.

끊임없이 발사되는 마황인은 마치 그 한계가 없는 듯했다.

각기 다른 세계의 두 절대자의 쏘고 피하는 단조로운 공방이 당분간 이어졌다.

"크크! 피하는 재주만은 일품이로군. 황제!"

"하하하! 황제라 부르면서 도전하는 것을 보면 용감한 건지, 무식한 건지 모르겠지만, 막을 기분이라도 날 정도로 제대로 쏠 수는 없나?"

"그랬나? 그럼 이것도 한번 받아보게. 광폭혈광!"

마황이 큰소리로 외치면서 홀을 휘둘렀다.

우르릉!

천계가 떨어 울리는 듯한 굉음이 퍼졌다. 놀랍게도 하늘의 틈이 벌어지면서 별들이 쏟아지는 듯싶었다. 용권풍이 비틀리며 하늘로 치솟는 듯한 모습이 오히려 반대로 비틀리면서 아리안을 향해 쏟아부었다. 허공이 몸살을 하는 가운데 하늘의 모든 별이 퍼붓듯이 아리안을 향했다. 마치 메테오 마법처럼 보였다.

숨어서 바라던 사람들은 그 아름다움에 찬탄하여 입을 벌리고 넋을 잃었다. 그러나 기사단장 파라미 등 그랜드 마스터만이 그 흉험함을 깨달았다.

"안 돼! 피해라!"

다행히 마황이 공격한 '광폭혈광'의 중심은 별들이 모여 하나의 거대한 기둥을 이룬 후 폭포수처럼 아리안을 향했기에 더는 큰 피해가 없었지만, 그 빛의 파편에 맞은 사람들은 인간과 마졸을 가리지 않고 비명마저 지르지 못하고 모두 죽었다. 오직 자이언트 드워프만이 피를 흘리고 무릎을 굽혔다가 피를 닦으며 일어났다. 과연 마황의 능력은 인간이 상상하는 바를 넘어섰다.

그들은 그제야 그런 엄청난 공격을 당한 아리안을 쳐다봤다.

아리안이 비록 마왕을 견제하여 역소환을 시킨 적이 있지만, 마계의 근원인 마황은 완전히 차원이 달랐다. 아니, 마계 그 자체라고 여겨질 정도였다.

'광폭혈광'에 적중한 아리안은 도저히 공격 범위에서 벗어날 수가 없었고 호신강기는 점차 엷어져서 상당한 충격을 고스란히 받아야만 했다.

꽝꽝! 꽈꽈꽝!

아리안은 비록 직접 타격을 받은 게 아니지만, 그의 전신은 점차 붉게 물들었다. 어딘가 찢어져서 흐른 피가 아니라 이미 모든 실핏줄이 터진 게 분명했다.

아무리 의지가 견성한 아리안도 몸 안의 마나가 빠져나간 상태라 어쩔 수 없는지 다리가 휘청거렸다.

'단 한 번도 제대로 싸워보지도 못한 채 이렇게 끝내야 한단 말인가. 아, 지난 번 천마전쟁에는 마황이 출전하지 않은 게 틀림없어. 그러니까 조상들이 남긴 서적에도 마황에 대한 기록은 전혀 없었지. 그렇다고 마황과 싸워서 타격전을 벌이면 그의 몸에 흡수한 파천지력을 온전히 자신의 것으로 만들어 마신이 되고 말테니, 인간들과 유사인종은 그들의 먹이로 전락하여 마물의 세상이 되고 말겠지.'

아리안은 하단전의 마나를 움직였지만 꼼짝도 하지 않았다. 중단전은 일렁이기는 했지만, 그저 그것뿐이었다. 믿을 것은 상단전인데 연방 호신강기를 강력하게 두들기는 바람에 집중할 수조차 없었다.

아리안은 지금까지 수련했던 어느 것도 마황과의 싸움에는 도움이 안 된다는 사실이 너무나 억울하고 분해서 어금니를 꼭 깨물었다. 그의 눈의 실핏줄이 터져서 피눈물이 흘렀다.

'난 제대로 된 힘 앞에서 사랑하는 사람도 지킬 수가 없는 우물 안의 개구리였어.'

이러지도 저러지도 못하는 아리안의 심중을 알 길 없는 마스터 기사단은 피눈물을 흘리는 아리안의 모습을 발견하고 도저히 기다릴 수가 없었다.

"주군을 위해 목숨을 바치는 것은 기사의 영광이 아닌가."

파라미가 피를 토하는 심정으로 마스터 기사들을 돌아봤다. 안티야스가 조심스럽게 파라미에게 물었다.

"청장님, 난 아무리 해도 황제 폐하께 심어를 전달할 수가 없는데, 청장님이 한번 하면 안 됩니까? 혹시라도 폐하의 원모심려를 깰까 두렵습니다."

부청장의 말을 들은 마스터 기사들은 일제히 기사청장 파라미를 바라봤다.

"황제 폐하께서 내식을 고르는 중이신지 나도 연락이 안 된다."

파라미의 말을 들은 마스터 기사들은 심각한 표정으로 고민했다. 하지만 아리안이 자아치유 중이 아니라, 아리안이 블링크나 텔레포트를 할 수 없도록 마황이 그의 주위를 자신의 기운으로 완전히 감싼 탓이었다.

"공격한다."

파라미의 말은 비장하기 짝이 없었다. 황제조차 상대가 안 되는 마황을 그들이 이길 수는 없었다. 그러나 아무것도 하지 않고 황제의 위기를 그대로 보고 있을 수는 더더구나 없었다.

"그러나 역부족임을 알기에 명령은 하지 않겠다. 오직 나로 인해서 작은 틈이라도 드리고 싶을 뿐이다."

파라미는 그 순간 디오사의 얼굴이 떠올라 이를 악물었다.

'미안해, 디오사! 여기서 물러나면 난 평생 고개를 들지 못 할 거야.'

그리고 그는 마황을 향해 공중으로 날아올랐다. 마스터 기사들이 말없이 그의 뒤를 따랐다. 마황은 그들이 덤비는 것을 알면서도 돌아보지도 않았다.

파라미가 고함을 치며 마황에게 검을 휘둘렀다.

"무상대능력!"

파라미의 검에서 검강 기둥이 형성되어 돌아보지도 않는 마황의 등을 공격했다. 베지 못할 게 없는 엄청난 능력은 마황이라도 꿈틀거릴 수밖에 없었다. 그러나 마황은 그런 충격을 받았으면서도 뒤를 돌아보는 대신 아리안을 견제하는 데 최선을 다했다.

휘청~!

마스터 기사들은 마황이 타격을 받았다고 여겼다. 그들 60여 명은 일제히 고함치며 검을 휘둘렀다.

"만검무흔!"

마스터 기사들이 일으킨 오라블레이드는 사방에서 마황을 공격했다. 그러나 마황은 파라미의 공격에 충격을 받은 게 아니었다. 그의 강력한 마나가 몸 안으로 한꺼번에 유입되는 바람에 흔들렸을 뿐이었다. 마황의 가슴에는 희열이 넘쳤다.

'세상에, 이렇게 강한 기운이……'

마황의 창조지력으로 감쌌다가 받아들인 파천지력 상당 부분이 퍼지면서 원래 마황의 능력과 합일하여 조화를 이뤘다. 희열에 찬 마황은 반격조차 하지 않았다.

쫘쫘쫘쫘!

다시 이어지는 마스터 기사들의 기운이 마황의 전신을 강타했다. 그때 파라미는 자신이 기운이 빠져나갔다가 돌아오지 않은 것을 알고 상황을 즉각 깨달았다.

"안 돼! 그는 우리의 기운을 받아들여 자신의 능력을 극대화시키고 있어. 그래서 황제 폐하께서 마황과 직접적으로 격돌하지 않으신 거야."

파라미가 상황을 알고 외쳤을 때는 이미 한 걸음 늦었다. 벌써 마황은 자신의 능력을 십분 활성화시킨 뒤였다.

"크크, 귀여운 녀석들! 이거나 받아라."

마황은 홀을 들어 마스터 기사들을 향해 귀찮다는 듯이 가볍게 살짝 휘둘렀다.

우르릉!

마스터 기사들이 파라미의 말에 반응하여 뒤로 물러나는 순간 천지를 가를 듯한 굉음이 울리면서 파라미와 마스터 기사들을 단번에 사방팔방으로 날려 버렸다.

"컥!"

"으악! 완전 용권풍이잖아."

마황은 가벼운 동작 하나로 마스터 기사들을 마치 한 사람씩 잡아서 패대기친 것처럼 모두 날려 버렸다. 파라미는 날려가면서 문득 평원을 바라보자 자이언트 전사들이 친위대를 공격하려고 달려가는 모습이 보였고, 그 뒤를 15만 정예병사도 뛰어가고 있었다.

그때 아리안이 약간의 틈을 얻어 자신의 상단전을 개방하며 기운을 받아들였다. 그런데 그 기운 속에는 그를 둘러쌌던 마황의 기운이 포함됐다. 마황의 기운은 낯선 곳에 들어서자마자 자신의 영역으로 삼으려는 듯 세차게 밑으로 내려가면서 점령하기 시작했다.

그 기운은 중단전의 기운이 강력하여 쉽게 점령하지 못하자 일부만 남기고 재빨리 아래로 내려가서 하단전을 장악했다. 그리고 계속 허리 아래로 내려가며 발끝까지 검게 물들인 후에 하단전으로 와서 다시 한 번 기운을 추스른 후 중단전을 향해 올랐다. 상단전에서 나온 아리안은 기운은 서서히 머리에 남은 마기의 흔적을 지우면서 목 아래로 내려가 중단을 쓰다듬은 후 하단전으로 내려가다가 올라오는 마황의 기운과 마주했다. 두 기운은 저돌적으로 달려들었다.

꽝!

서로 안간힘을 다해 부딪치는 바람에 고생을 한 건 아리안 본인이었다.

"윽!"

아리안이 느끼는 통증은 복통만이 아니라 전신통이었다. 배꼽 부위에서 시작된 통증은 마치 불창으로 전신을 꿰뚫는 듯이 달렸다. 그는 신음을 내뱉으며 허리를 굽혔다. 그의 상반신에서는 황금빛이 번쩍였고 하반신은 묵광이 퍼졌는데, 묵광이 마치 빛처럼 검은 빛을 토해내는 모습은 실로 기경이었다.

이미 마신의 경지에 돌입한 마황은 그 상황을 보고 즉시 아리안의 상태를 짐작했다. 그는 즉시 홀을 휘둘러 아리안을 공격했다.

마황의 홀에서 먹구름이 뭉클뭉클 쏟아져서 삽시간에 아리안을 덮을 듯이 팔방을 에워쌌다. 그가 완전히 보이지 않게 됐다.

황성에선 모든 사람이 집 밖으로 나와서 천지가 개벽할 듯한 광경을 지켜봤다. 저 싸움이 끝나면 인간의 운명도 결정될 터였다. 대륙의 모든 병사가 모이고, 그들이 제아무리 백만을 넘어 천만에 이른다고 해도 마물이나 마수가 아닌 마황을 상대하는 것은 역부족이었다. 단지 손 흔드는 수고를 한 번 더하는 데 불과했다.

그 사실을 너무나 잘 아는 백성들은 가족들과 함께 하늘을 바라보며 두 손을 모았다. 물론 그들 중에는 황후와 아마르, 그리고 포르피리오와 같은 가신들도 있었다.

800만이 넘는 사람이 황성 곳곳에서 하늘을 바라보며 마음을 졸였지만, 마스터 기사들이 모두 일패도지했고 황제가 먹구름에 갇힌 상황에서 누구도 입을 열지는 않았다.

단지 그들의 눈에서 눈물이 끊임없이 흘러내렸을 뿐이었다.

황제가 죽으면 다음 차례는 자신의 가족이란 생각마저 들지 않았다. 오로지 워낙 엄청난 마황을 상대할 사람이 황제 폐하밖에 없다는 사실이 안타까웠다.

'오, 조화신이시여! 제발 우리 황제 폐하를 도우소서!'

백성들의 가슴은 황제를 감싼 먹구름처럼 타들어갔다. 그리고 상당수의 사람이 도저히 하늘을 쳐다볼 수가 없어 고개를 숙이고 두 손을 맞잡은 채 기도에 몰두했다.

'조화신이여! 인간을 불쌍히 여기소서!'

바로 그때였다. 먹구름 장막 속에서 한 가닥 빛이 백성들의 간절한 소망인 양 뿜어져 나왔다.

번쩍!

아리안의 몸속에서 싸우던 상단전에서 나온 영기와 마황의 뿌리인 마기가 싸우며 평행을 이루는 중이었다. 그런데 마황의 공격을 받으면서 마기의 밀도가 한층 강해지더니 점차 그 세력을 확장시켰다. 그리고 단번에 상단전만 남기고 전신을 장악했다. 그의 몸이 완벽한 어둠으로 휩싸였다. 층층이 강화된 마기는 마지막 남은 상단전을 공략하려고 호호탕탕 사기를 돋우며 모여들었다.

꽝!

아리안의 몸이 크게 흔들릴 정도로 세찬 기운이 상단전을 들이받았다. 그리고 상단전은 여지없이 마기의 침습에 자리를 내어주고 말았다. 그의 모든 선천진기마저 마기에 물들었다.

'마신의 경지로 올라선 이 몸의 뒤를 이을 새로운 마황의 탄생이 임박했군. 흐흐!'

마황이 신묘한 미소를 머금는 순간, 아리안의 상단전에서 예기치 않은 일이 벌어졌다. 아리안이 대공의 마물 공략을 제자들을 거느리고 도울 때 발견했던 선조들이 남긴 동굴. 그 동굴에서 저도 모르게 몸 안으로 스며들었던 선조들이 남긴 기운이 상단전 깊은 곳에 숨었다가 한 가닥 빛을 뿌리며 일제히 터져 나왔다.

그 선조들의 기운은 일반적인 마기에는 반응조차 하지 않았다. 그리고 아리안의 기운이 단 한 점이라도 남은 상황에서도 깊은 잠에 빠진 듯 전혀 상관조차 하지 않았다. 바로 그 기운이 두 가지 조건이 충족되자 긴 동면에서 깨어나 팔다리를 뻗었다.

그 기운은 마치 도미노처럼 목을 타고 내려가면서 마황의 기운을 점령하기 시작했다. 어둡던 기운은 마치 동이 트는 순간 어둠이 사라지듯 순식간에 더할 나위 없는 광명으로 변했다.

손끝, 발끝까지 도달한 기운은 다시 머리로 치고 올랐다. 사실 치고 올라갔다고 하기보다는 마기가 아리안의 기운에 접하자마자 서둘러서 아리안의 기운으로 합류하듯이 그 속도가 극히 빨랐다.

아리안의 몸속에서 일어난 광경을 목격한 마황이 놀라서 급히 자신의 홀을 흔들어 먹물 같은 마황의 기운을 쏟아붓듯이 내보냈지만, 오히려 황금빛으로 번쩍이는 인간 황제의 기운을 더욱 거세게 도왔을 뿐이었다.

번쩍!

마황은 벌써 마신의 능력을 발휘하게 됐는지 '블링크'를 생각하는 순간 이미 상당한 거리를 곧장 물러났다.

허공에 고고한 자세로 선 아리안의 전신에서 백색 광휘가 성스럽게 번쩍였다.

"황제 폐하!"

황성에서 너도나도 황제를 연호하는 감격에 겨운 소리가 우렁차게 황성을 울렸다. 황제가 마황을 물리친 것보다 살아나 준게 너무나 고맙고 감격스러웠다. 황궁 안팎에서 눈물을 뿌리지 않는 사람이 없었다. 그들은 새삼스럽게 황제가 자신에게 얼마나 소중한 존재인지를 자각했다.

마황은 갑자기 자신의 머리에서 울리는 소리를 듣고 자신이 이미 마신이 됐음을 확실히 깨달았다.

마신이 되면 한시도 비울 수 없는 마황의 자리를 신속히 누군가에게 전하고 마황의 능력을 넘겼어야 했다. 그러나 그대로 조화주에게 가기에는 노파심이 생긴 마신은 최후의 계략을 생각해 냈다.

"크하하하! 인간 황제여! 승부를 내지 못하고 돌아가야 하지만, 이 몸이 왔다가 간 흔적은 남겨야겠지. 네놈이 있는 황성만은 한 놈도 남기지 않고 모두 죽여 버릴 테니, 어디 막을 수 있다면 막아봐라."

휙!

말을 마친 마신이 자신의 홀을 던지며 고함쳤다. 마신의 뜻이 황성 공중에 발현되자 황성 전체가 부르르 떨렸다.

"분혼섬멸마라대나이연환마신지의!"

마신이 던진 홀은 황성 공중에 하나의 점을 만들었다. 그 점은 점차 커지면서 강력한 흡입력을 발휘했다. 주위 공기가 엄청난 몸살을 하며 비틀리면서 마치 소용돌이처럼 빨려들었다.

"헉! 블랙홀을 만들다니……."

아리안은 놀라서 점점 자라나는 블랙홀을 주시했다. 황성 주위의 나무들이 빨려 들어갔고, 숲에서 숨은 채 아리안의 전쟁을 지켜보던 간첩들도 빨려들었다.

"으악, 살려줘!"

자이언트 전사와 병사들은 다행히 마황친위대를 공격하는 바람에 멀리 떨어져서 안전한 듯싶었다. 아리안은 갑자기 눈을 동그랗게 떴다. 붉은 망토를 걸친 기사가 아무런 움직임도 보이지 않은 채 흡입되는 대열에 끼어들었다. 파라미와 함께 마황을 공격했다가 오히려 당하면서 숨을 거둔 모양이었다.

"세상에, 마스터 기사까지……."

아리안의 눈에서 피눈물이 흘렀다.

황성 안에서도 그 광경을 목격하고 두려움에 떨고 공포에 질려서 갑자기 아비규환이 됐다.

"모두 피해라, 어서!"

"지하대피소가 안전하다. 어서 도망가라."

이젠 엄청나게 커진 블랙홀의 위력은 황성 결계까지 접근하여 포스를 자랑했다.

꽝!

갑자기 요란한 굉음이 울렸다. 바로 황성 결계가 깨진 소리였다. 아직 집 밖에 있던 자들이 빨려 들어가며 비명을 남겼다.

"으악, 어떡해! 살려줘!"

"황제 폐하! 저 좀 구해주세요."

아리안이 그 모습을 보고 어금니를 깨물었다.

'맞아, 작은 일의 소중함을 모르는 자가 어찌 큰일을 논할까. 만사는 순간에 최선을 다해야 하거늘!'

아리안은 더는 생각할 겨를이 없다는 듯이 블랙홀을 향해 검을 휘둘렀다.

"대우주파천지력!"

갑자기 아리안의 검에서 엄청난 광채를 발하는 검강 기둥이 형성되어 무지개처럼 선명한 궤적을 남기며 블랙홀을 공격했다.

번쩍!

그러나 놀랍게도 아리안 황제의 회심의 일격은 블랙홀 앞에서 무용지물이 되어 그대로 빨려들고 말았다. 블랙홀은 점차 커져서 하늘을 온통 뒤덮고 말았다.

그 광경을 보고 블랙홀의 가공할 위력에 놀란 아리안은 더는 방법을 찾지 못한 채 몸을 날렸다. 그 모습을 본 황궁에서 외마디 절규가 터졌다.

"앗, 황제 폐하! 아니 되옵니다."

"황제 오빠! 꼭 그렇게 하셔야만 합니까?"

"황제 폐하!"

모두 놀라서 바라보는 가운데 블랙홀로 들어간 아리안은 오직 자신의 백성들을 구하려고 스스로 몸을 폭발시켰다.

쾅! 쫘르르! 쾅쾅!

경천동지의 굉음이 울리면서 인구 800만의 황성마저 삼킬 듯이 포스를 뿌리던 블랙홀이 사라졌고, 마침내 맑은 하늘이 그 모습을 드러냈다.

"크하하하! 그럼 그렇지! 크하하하!"

마신은 뜻한 바를 이뤘다는 듯이 통쾌한 웃음을 남기며 사라졌다.

황성의 백성들이 모두 밖으로 나와 무릎을 꿇고 자신들을 위해 스스로 희생한 황제를 기리며 눈물을 흘리며 절했다.

"황제 폐하! 저희들이 무엇이기에 무엇보다 고귀한 폐하의 목숨을 던져 구하셨사옵니까, 흑흑!"

그들의 비통함에 산천마저 부르르 떨었다. 그들의 오열은 조금도 줄어들지 않고 점차 커지기만 했다. 백성들이 황제를 위해 백만이든 천만이 희생한 적은 있지만, 황제가 백성을 위해서 스스로 목숨을 던지다니 도저히 생각조차 할 수 없는 일이었다.

마황에게 반격을 받아 내동댕이쳐진 뒤 살아남은 파라미와 마스터 기사단은 제대로 몸을 가누지도 못하면서 절규했다.

"스승님, 무엇을 더 보여주시려고 친히 목숨을 던지셨나요, 예?"

"주군! 우리는 어떡하라고 이렇게 가십니까? 안 됩니다, 안 돼요. 엉엉!"

그러나 황궁의 황후와 아마르는 아무 말도 못하고 그대로 기절하고 말았다.

바로 그때였다. 하늘에 아리안 황제가 나타났다. 검을 든 게 아니라 황제의 관을 썼고 곤룡포를 입었으며, 그의 옆에는 이미 죽은 알레그리아와 마스터 기사들이 망토를 걸친 채 옹위했다.

아리안은 죽어서도 황제였다. 마스터 기사들은 자신이 죽은 후엔 황제를 모실 수 있다는 생각이 드는 순간 마음이 놓였다.

"주군! 곧 모시러 가겠나이다."

백성들의 마음에는 황제가 항상 같이한다는 생각과 더불어 그의 업적이 고통스러운 전설로 남았다.

"황제 폐하~!"

황궁에 있던 가신들은 언젠가 다시 모실 수 있다는 생각이 들어 눈물을 거뒀지만, 오직 마르티네스 황후와 아마르만은 오열을 그치지 못했다. 두 사람은 자식 때문에 빨리 죽기를 바랄 수조차 없었다.

'흑흑! 황제 폐하~!'

'황제 오빠~! 흑흑!'

황성 위에 몰렸던 먹구름은 모두 걷히고 태양이 제 모습을 드러냈다. 참으로 무엇보다 고귀한 희생으로 다시 얻은 태양이었기에 그들의 마음속에 고이 자리 잡았다.

'황제 폐하~!'

『검황전설』완결

오채지 新무협 판타지 소설

十兵鬼
십병귀

마교가 무림을 일통한 지 십 년,
강호의 도의는 땅에 떨어지고 오직 칼의 법칙만이 지배하는 환란의 시대는 끝날 기미를
보이지 않았다. 그러던 어느 날, 혼마(魂魔)가 죽었다. 오십 세에 혼세신교(混世神敎)
의 교주로 등극, 구십 세에 구주팔황과 사해오호를 정복한 철의 무인은 고락을 함께
했던 수백 명의 마군(魔軍)들이 지켜보는 가운데 조용히 숨을 거두었다. 그리고 삼 년 후,
한 사람이 신교를 떠났다.

마도의 하늘 아래 살 수 없는 자, 금사도(金砂島)로 오라.

신비로운 열 개의 병기, 내력을 알 수 없는 사내,
그를 만나기 위해 찾아온 수많은 사람들의 금사도를 향한 여정은
과거에도 없었고 앞으로도 없을 대살성의 탄생을 예고하는 서막이었다.

Book Publishing CHUNGEORAM

유행이 아닌 자유추구
WWW. chungeoram.com

CASTLE OF ANOTHER WORLD

강한이 장편 소설

이계 마왕성

『이계만화점』의 작가 **강한이**가 돌아왔다.
그가 전하는 신개념 마왕성의 이야기!

가족을 잃고 더부살이로 받던 설움을 떠나
서울로 상경해 우연히 얻은 셋방
그곳 지하실에서 채빈의 불행한 인생이 뒤엎어진다!

이계마왕성!

그곳에서 배워라, 지혜가 되리라!
그곳에서 얻어라, 내 것이 되리라!

마왕이 아니다. 마왕성을 이용하는 현대인일 뿐.

마왕성의 사나이, 그가 이제 날아오른다!

Book Publishing CHUNGEORAM

유행이 아닌 자유추구 -
WWW.chungeoram.com

Lord of MAGIC
마탑의 영주 TOWER

유왕 퓨전 판타지 소설

최대 장르 사이트 문피아 선호작 베스트!
작가 유왕이 그려내고,
청어람이 펼쳐내는 신마법의 세계!

『마탑의 영주』

마법이 사라지고,
드래곤은 환상 속의 신화가 되어버린 세계.
누구도 그 흔적을 알지 못하는 세계.

"마법이 사라졌다고? 누가 그래? 내가 있는데!"

위대한 마법사이자 마지막 마법사인
스승의 진전을 이은 카르!
황폐해진 영지를 되찾고, 마법사들의 꿈인 마탑을 세워라!
세상에 오직 하나뿐인 새로운 마법의 시대를 여는
독보가 펼쳐진다!

Book Publishing CHUNGEORAM

유행이 아닌 자유추구 -
WWW.chungeoram.com

TURNING POINT

훌로선별 장편 소설

영빈!
동정의 몸이 되어
20년 전으로 회귀하다!!

나이 서른아홉 모든 것을 잃고 한강 다리 위에 올랐다.
겸푸르게 넘실거리는 깊은 물을 대면한 순간.

운.명.은 이루어졌다!

정령의 힘으로 결의한 지금
새로운 인생의 전환점을 넘어 미래가 펼쳐진다!

『터닝 포인트』

훌로선별 작가의 새로운 도전이 펼쳐진다!

Book Publishing CHUNGEORAM

유행이야인자유추구
WWW.chungeoram.com

Book Publishing CHUNGEORAM

제국의 군인

요람 판타지 장편 소설

마도세국 알스테르담
그곳에 펼쳐지는 웅장한
스펙터클의 전율!

『제국의 군인』

"이런 미친……!"
분명 어제 전역을 했었다.
그리고 진탕 술을 마셨었는데……
눈을 떠보니 김철영이 아닌 휘안이다.

**살아남기 위해 미친개가 되었고,
돌아가기 위해 수문장이 되었다.**

징집병으로 시작해,
군인으로 정점을 찍은
한 사나이의 이야기가 시작된다!

유행이 아닌 자유추구
WWW.chungeoram.com

LEGEND OF SWORD EMPEROR
검황전설

미르나래 판타지 장편 소설

2012년, 판타지가 또 한 번 깨어난다.
지금껏 보지 못한 격정과 치열함의 드라마!

『검황전설』

검의 극. 검이 태어나기 전의 장소.
그곳에 도달한 자를 '검의 황제'라 부른다.

괴롭힘 당하던 나약함을 벗고
치우천왕의 능력을 받아
오롯하게 검의 길을 향해 달려가는 아리안!

검의 극을 이룬 자, 검황이라 불릴
아리안이 이끄는 그 전설에서
눈을 떼지 말라!

Book Publishing CHUNGEORAM

WWW.chungeoram.com